JN121998

島のエアライン　下

黒木亮

毎日文庫

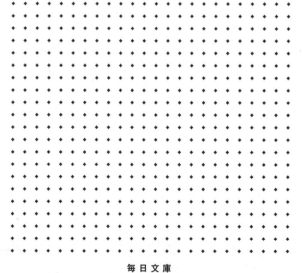

下

目次

島のエアライン

下

主な登場人物＜下巻＞

小松久夫……政府専用機機長（のち天草エアライン機長）
古森誠也……天草エアライン専務（県庁から出向）
安田公寛……本渡市長（のち天草市長）
松見辰彦……熊本県地域振興部次長
中川誠……熊本県交通対策総室審議員
金子邦彦……天草市役所企画部長
奥島透……日本航空整備企画室部長（のち天草エアライン社長）
小山薫堂……構成作家・脚本家
パラダイス山元……マンボ・ミュージシャン、国際サンタクロース協会公認サンタクロース
齋木育夫……天草エアライン専務
吉村孝司……天草エアライン社長
乗峯孝志……日本エアコミューター経営企画部長

（注・すべて実名です）

第八章　政府専用機

1

（平成十三年）六月二十九日――

東京は好天に恵まれ、日中の最高気温が三十一・六度に達する真夏日となった。

夜、羽田空港の民間航空会社用ターミナルビルから離れた場所で、去る四月に森喜朗の後を受け、第八十七代内閣総理大臣に就任した小泉純一郎が、米、英、仏三ヶ国を歴訪するため、政府専用機のタラップを上っていた。

ぴかぴかに磨き上げられた白い機体に深紅のライン、尾翼に日の丸が入ったボーイング747‐400型（ジャンボ）機は、航空自衛隊の特別航空輸送隊が運航する自衛隊機だ。皇族や要人の輸送、邦人救出、PKO（国連平和維持活動）や国際緊急援助活動に従事する自衛隊員の輸送などに使われる。操縦するのは自衛隊のパイロットで、ロードマスター（空中輸送員）と呼ばれる男女の乗組員も航空自衛官だ。常に任務機と予備機の二機で任務につき、尾翼の機体記号はＪＡで始まる民間航空機とは違い、２０‐１１０１と２０‐１１０２である。普段は北海道千歳市にある航空自衛隊の基地を拠点とし、要人輸送などの際に羽田空港まで飛んで来る。

背広姿の小泉首相は、タラップを上がると、制帽・制服姿の自衛官らがそばで見守る中、見送りの人々に手を振った。

頭上の夜空では、星が瞬《また》き始めていた。

タラップから少し離れた場所で、羽田空港での整備を受託している日本航空整備企画室政府専用機グループの整備士たちが整列し、首相を見送っていた。操縦室から見て、左手前方のあたりである。

整備士たちの最前列に恰幅のよい男が立っていた。八年後に、天草エアラインの社長になる奥島透《とおる》だった。京都大学大学院（機械工学専攻）を出て日本航空に入社し、整備部門を中心にキャリアを重ね、現在は整備企画室の部長を務めている。年齢は五十代前半。前職は熊本支店長で、三年前までは子会社のジャパンエアチャーター（現・ＪＡＬウェイズ）の企画業務営業部長も務め、整備以外でも幅広い業務を経験していた。

搭乗口のそばで手を振っていた小泉首相が、身体《からだ》の向きを斜め前方に変え、地上の奥島たちのほうを向いた。

奥島らがはっとすると、小泉は気を付けの姿勢をとり、折り目正しく白髪まじりの頭を下げた。

すぐに奥島らも頭を下げた。

(うーん、この人も整備士に頭を下げるのか……!)

奥島は人知れず黙々と整備に当たった部下たちの苦労が報われた気がして嬉しかった。昔から徹底した現場主義者で、現場で努力している人々を大切にしてきた。

(森前首相も、小泉首相も、こういう人物だったんだなあ……)

整備企画室の部長になる前は、整備士たちに頭を下げる首相がいる話は聞いたことがなかったが、昨年四月に部長になってから、森喜朗前首相も整備士たちに頭を下げるのを目の当たりにし、人柄が垣間見えたような思いだった。

やがて小泉首相は機内に姿を消し、乗降口のドアが閉められ、全長約七一メートルのジャンボ機は、照明で照らし出された滑走路に向かって、ゆっくりと自走して行った。


それから間もなく——

天草エアライン専務になった田山洋二郎は、北海道千歳市に出張し、政府専用機を運航する自衛隊特別航空輸送隊のトップである橋爪俊輔特別航空輸送隊司令を訪ねた。

「……いやあ、天草エアラインさんからご連絡があったときは、驚きました」

三つの桜星と二本線の航空一佐の階級章が襟に付いた青い作業用の上着を着た橋爪隊司

令が微笑した。白髪まじりで、日焼けした顔には丸みがある。防衛大学校十三期（昭和四十四年）卒の元戦闘機パイロットで、曲技飛行で有名な「ブルーインパルス」に所属したこともある。

「わたしは人吉の出身でして、以前、新聞で橋爪さんの記事を拝見して、球磨《くま》郡出身者にこんな方がいるのかと驚いたんです」

頭髪をきちんと整え、スーツ姿の田山がいった。五十歳になり、頭髪に白いものがまじっていた。

「ああ、あの新聞記事をご覧になったんですか。なるほど」

橋爪は球磨郡深田村の出身で、特別航空輸送隊のトップになったので、最近、地元紙の人物欄で取り上げられた。

田山の故郷の人吉市もかつては球磨郡人吉町だったので、同郷である。

「天草エアラインは、ダッシュ8というプロペラ機一機を運航しておりまして、今、機長が三人います」

応接用のソファーで田山がいった。

「ところが三人ともJASさんを六十歳で定年退職して、うちに来た機長さんたちでして、飛べるのは六十三歳の誕生日の前日までです」

これは定期運送用操縦士の機長に関する航空法上の規定による。

「要は三年しか飛べないわけですか。それは大変ですね」

「そうなんです。しかもその前に七ヶ月くらい訓練期間が必要ですから、実質的には二年と五ヶ月です」

その間の給与や訓練費を合わせると、一人当たり二、三千万円の初期投資がかかり、それで実質稼働期間が二年五ヶ月では、採算的にも厳しい。

「今いる三人の機長さんたちも、来年の四月から十月にかけて順次定年を迎えられるので、大手の航空会社さんだけじゃなく、地方の中小の航空会社なんかにも当たって、来てもらえる人を必死で探しているところです」

天草エアラインでは、機長の稼働年数を長くするため、三人いる副操縦士を自前で訓練し、機長に昇格させる計画も進めていた。機長になるには、カナダでの機長としての実機訓練、福岡・熊本路線への慣熟、国土交通省（旧運輸省）による法令上の各種試験に合格することなどが必要だ。

「まあ、うちは大手さんに比べれば、給料なんかもずっと安い小さな地方のエアラインですから、たとえ三年でも、来てもらえるだけで有難いんですが」

室内のサイドボードの上には、政府専用機の模型や世界中の時刻を示す時計が置かれ、窓の向こうには、北海道らしい原始の面影を留《とど》める林が見える。

「それで、わたしに誰かを紹介してほしいというわけですね？」

橋爪が訊いた。

「はい。特に熊本出身のパイロットをどなたかご存知ないかと思って、ダメもとでやって来ました。熊本出身の人なら、故郷に帰るという動機があって、可能性も高いと思いますので」

自衛隊は、階級にもよるが、だいたい五十三歳から五十六歳が定年（空将補以上は六十歳）で、大手航空会社の加齢乗員に比べれば、長く乗務できるメリットがある。

「なるほど……。いや、実はうちの部隊に、天草出身のパイロットがいますよ」

「えっ、ええっ⁉　天草出身のパイロットが、こちらにおられるんですか⁉」

「ええ、小松久夫っていう男ですよ」

「要はつまり、政府専用機のパイロットですか？」

政府専用機のパイロットは、自衛隊の中でも信頼の高い、選《え》りすぐりのパイロットで、定年後も大手航空会社から引く手あまたである。

「そうです。うちの部隊には、政府専用機しかありませんからねえ」

橋爪は愉快そうに笑った。

「小松は今機長で、定年まであと何年かありますけど、将来どうするつもりか、いっぺん訊いてみましょうか？」

「はっ、はい。是非よろしくお願いします！」

田山は勢い込んで頭を下げた。

田山が天草に戻るとすぐ、橋爪から電話があり、小松は定年退職したら、天草エアラインに行ってもいいといっていると告げてきた。

田山は大いに驚き、喜んで千歳まで小松に会いに行った。

初めて会った小松は、節制した生活を窺《うかが》わせる引き締まった身体つきで、驕《おご》りや衒《てら》いとは無縁で、誠実に任務に打ち込んでいるすがすがしさを漂わせていた。

昭和四十五年に天草高校を卒業し、航空学生として自衛隊に入り、戦闘機ではなく輸送機のパイロットの道に進んだ。ＹＳ11やＣ１輸送機などを操縦したあと、平成五年から政府専用機のパイロットを務めていた。

小松の両親は今も天草にいて、元気ではあるが、いずれ介護が必要になるだろうから、定年後は天草に帰ろうと考えているという。田山としては今すぐにでも来てほしかったが、小松は、政府専用機のパイロットになるために、全日空での７４７型機の訓練費など、かなりの金を国に投資してもらい、途中で辞めるのは申し訳ないので、五年後の定年まで待ってほしいと固辞した。

それから間もなく――

いつものように天草エアラインの一日が始まった。

最初に空港に出勤して来るのは、二人の整備士である。朝日が降り注ぐ午前六時半頃、空港脇の駐車場に車で到着した。

前日に雨が降ったせいか、車を降りると、空気が一段と澄んでいるように感じられた。

二人は、オフィスに入り、航空日誌に目を通し、前日の機体の状況を把握する。その後、機体や操縦室など三百ヶ所を超える項目の点検に取りかかる。

その日、紺色のキャップにグレーの作業服姿で、ダッシュ8が停まっている駐機場に出た二人の整備士は思わず声を上げた。

「げえーっ、何だこりゃ⁉」

「カッ、カタツムリ⁉」

駐機場で無数のカタツムリが蠢《うごめ》いていた。まるでホラー映画のシーンのようだ。

サイズは、庭の鉢の下に隠れているような小さなものだった。

「また出たか……！」

「昨日、雨が降ったからですかねえ？」

カタツムリは、二年前（平成十一年）の十一月十九日にダッシュ8が初めて天草にやって来た前日にも大発生し、社員たちが滑走路に横一列に並び、拾い集めたことがある。

「この辺は、元々手つかずの山だったから、カタツムリがたくさん棲《す》んでたんだろうなあ」

「しかしこれ、ＦＯＤにはならないかもしれませんけど、片づけないといけないですね」

ＦＯＤ（foreign object damage）は、異物混入による飛行機のトラブルで、典型的なものは、エンジンが小石、金属、鳥などを吸い込むケースだ。

「うわーっ、すごいカタツムリ！」

出勤して来たＣＡ（客室乗務員）や社員たちも、駐機場を見て驚いた。

その日、社員たちは全員でビニール袋を持って、カタツムリを拾い、一人二十匹くらい拾った。

2

九月十一日——

米国で航空機による同時多発テロが発生し、世界を震撼《しんかん》させた。イスラム系過激派グループ、アルカーイダのテロリストたちによってハイジャックされたアメリカン航空のボーイング７６７型機など四機が、ニューヨークの世界貿易センターや米国防総省などに突っ込み、三千人以上が犠牲になった。

天草エアライン専務の田山洋二郎は、その日、仕事で熊本市に滞在していた。朝、市内の自宅で起きると、三人いる娘の一人が「お父さん、テレビば見て！　大変なことが起きたごたるよ」という。急いでテレビを見ると、黒煙を吐き出しながら、世界貿易センターのツインタワーが崩落していく様子が映し出されていた。世界貿易センターには、去る一月に、商工観光労働部商工政策課の仕事で行き、地上四一七メートルの屋上にも上っていたので、背筋が凍りついた。

米国政府は、ビン＝ラーディンをはじめとするアルカーイダ幹部の引き渡しをアフガニスタン政府に要求したが、タリバン政権が拒んだため、十月七日から同国に対する空爆を開始した。

米同時多発テロを受け、国土交通省は航空各社に対し、警備を強化するよう複数回通達を出した。

地方の航空会社は大丈夫と思われがちだが、逆にその隙《すき》をつかれることもあり得るので、天草エアラインでも警備の強化が行われた。

ロビーの掲示板には「アフガニスタン空爆に伴い、航空保安の徹底のため、荷物検査を厳重にさせて頂きます」という張り紙がされ、手荷物だけでなく貨物室に入れる預け荷物もエックス線で入念に検査するようにした。また、替え玉乗客を防ぐため、乗客一人一人に名乗ってもらって名前を確認し、機内への刃物の持ち込みは長さにかかわらず全面的に禁止した。

十月——

天草エアラインの会議室で、幹部たちが打ち合わせを行なっていた。

「……今年上期（四〜九月）の搭乗率は七三・一パーセントで、引き続き好調を維持しており、国土交通省からは『ローカル路線では驚異的な成績』との評価をもらっています」

専務の田山洋二郎がいった。

前年一年間の搭乗率七二・七パーセントと比べても遜色《そんしょく》がない実績だ。

「ええと、運航のほうからですが、福岡線の増便の件ですが、新たに採用したパイロット二人の訓練も順調に進んでいますので、十一月から一日一往復の増便を実施したいと思います」

運航部門担当常務の高橋力《ちから》がいった。

天草エアラインは、今年、新たに機長と副操縦士の候補として、二人のパイロットを採用し、訓練を受けさせていた。機長候補者のほうは、日本エアシステム出身の「加齢乗員」だ。

「ただ、機長昇格のための実機訓練がありますので、十二月と一月は、年末年始を除いて、従来どおりの一日三往復のダイヤに戻さないといけません」

飛行機が一機しかないので、パイロットの訓練や機体の検査の際には、減便を余儀なくされる。

「それから来年六月にCAの教官の宮原の任期が来ますので、寺崎を後任の教官として養成したいと思います」

社内資格であるCAの教官になるためには、学科試験のほか、現教官から指導方法について実地を含めた訓練を受けなくてはならない。

「寺崎の訓練の時期やカリキュラムについては宮原と相談しますが、年明けくらいから始めることになろうかと思います」

一同がうなずく。

「営業のほうから、ご連絡致します」

東急観光出身の業務部長、高山正がいった。細身で笑顔が印象的で、長年旅行業界で営業マンを務めてきただけあって、人当たりが柔らかく、声は大きく聞き取りやすい。

「熊本線のテコ入れが必要ですので、天草空港利用促進協議会、JTB、阪急交通社等の大手旅行代理店の熊本支店とも協力しまして、パッケージツアーを売り出したいと思います」

熊本－天草間の往復航空券、ホテル代（一泊二食付）、天草空港とホテル間の送迎込みで、平日一万円、休前日一万二千円のパッケージだ。

「アメリカのテロの影響はないの?」

出席者の一人が訊いた。

「はい。むしろ海外旅行を計画していた人たちが、国内旅行にシフトしておりまして、JTBあたりと話しても、とにかく『安・近・短』(安い、近い、短期間)のツアーが、飛ぶように売れてるそうです」

海外旅行自粛ムードで、県内のパスポートの申請件数は例年の半分以下に落ち込んでいた。

「なるほど。まあ、テロの影響なので、手放しには喜べないけど……悪くないね」

「ただ安かろう悪かろうでは、利用者もがっかりして、リピーターの獲得につながりませんので、ホテルや旅館には料理をはじめとするサービスの質の向上をお願いするつもりです」

「とにかく熊本線は、どがんかして搭乗率五〇パーセント超えを実現したかところだね」

田山がいった。

「はい、今後、天草の住民を対象にした阿蘇観光ツアーなんかも作って、利用を促進したいと思っています」

利用促進につながるパッケージ商品の販売は社長の前田浩文も後押ししており、高山は張り切って色々な企画を打ち出していた。

る商品だ。

「それから、今年も『殉教の島・天草でクリスマスを』のキャンペーン用のパッケージを売り出したいと思います」

十二月二十一日から二十五日まで、福岡－天草の往復航空券と宿泊のパッケージを通常の半額以下の料金で提供し、天草エアラインの搭乗半券で各種施設の料金割引を受けられる商品だ。


それから間もなく――

田山洋二郎は、長崎県大村市にあるオリエンタルエアブリッジ（旧・長崎航空）の本社を訪れた。

長崎県のドーナツの穴のような大村湾の東岸に位置する大村市は、日本初のキリシタン大名、大村純忠《すみただ》を輩出した大村藩の城下町として発展した。市内には、城、藩校、石垣などの跡のほか、キリスト教関係の史跡や像が多い。大村城跡を中心とする大村公園は桜の名所で、湾に面して大村競艇場がある。昭和五十年、大村湾に浮かぶ箕島に日本初の海上空港である長崎空港が開設され、長崎県の空の玄関口になった。

オリエンタルエアブリッジの本社は、長崎空港の空港ビルに向かって右の端のほうにあった。

「……わたしどもも経営効率化ということで、常日頃から色々考えてるんですが、やはり単体での工夫というのは限界があります」

　応接室で田山が切り出した。

「そこで、ダッシュ8を持っている三つの会社が協力して、コスト削減を図れないかと思いまして」

　オリエンタルエアブリッジは、去る七月に、ダッシュ8（DHC－8－Q200）を導入し、長崎－壱岐－福岡線で運航し、二年後には二号機の導入も予定している。ダッシュ8を保有する航空会社としては、琉球エアーコミューター（RAC）、天草エアラインに次いで日本で三社目だ。

「協力といいますと、具体的には、どんなことでしょうか？」

　オリエンタルエアブリッジの社長はやや不思議そうな表情で訊いた。

　年齢は田山より十歳くらい上で、全日空で貨物本部長や同社の近距離路線子会社エアーニッポンの専務などを務め、二年前に、累積赤字に苦しむオリエンタルエアブリッジ（当時は長崎航空）再建のために社長になった人物だ。

「まず一つは部品の融通です」

　田山がいった。「わたしなんかが整備を見ておりましても、たとえばこんな小さなパッキンみたいなゴムの輪っかがないだけで、カナダから取り寄せなくてはならなくなったりしますよね」

田山は指で輪の形を作って見せる。

「そうすると、最悪の場合、それが届くまでの何日間か、飛行機を飛ばせなくなったりするわけです」

ダッシュ8の部品は一万種類以上あり、品質管理された純正品を使わなければならない。

「まあ、部品によっては、そういうこともあり得ますねえ」

細面に眼鏡のオリエンタルエアブリッジの社長は、いつもの淡々とした口調。

「ところが、うちに在庫がなくても、御社やRACさんにあれば、飛行機で一、二時間とか、あるいは陸路や海路で数時間で手に入れられるわけです」

「確かに」

「それからパイロットの訓練です。ご存知のとおり、パイロットの訓練は、常に二人でやらなくてはなりません。そのため、訓練の必要があるパイロットが一人だけの場合でも、別のパイロットもカナダに一緒に連れて行かなくてはなりません」

現代のコンピューター化された飛行機は、地上での操作も含め、機長と副操縦士の役割分担が細かくマニュアルで定められている。そのため、パイロットの訓練は必ず二人で行わなくてはならない。

「そうすると、費用が二人分かかったり、減便しないとならない便数も多くなったりします」

相手がうなずく。

「そういうときですね、別の会社で訓練が必要なパイロットを連れて行けば、そういう無駄がなくなって、恐らく数千万円規模のコスト削減ができると思うんです」

ダッシュ8を操縦するための「限定変更」訓練には、一人二千万円程度の訓練費用がかかる。

「主には以上の二つですが、それ以外にも整備とか営業とか客室乗務員に関する協力とか、色々できることは多いと思うんです」

「おっしゃることはよく分かります」

相手がいった。

「ただ田山さん、地域航空会社同士のこういった協力とか提携みたいなことはこれまで例がありませんよね？　ましてや系列を超えたところで、そういうことが可能なのか、ちょっと考えてみないといけないですよね」

天草エアラインは、日本エアシステムと結びつきが強い。一方、オリエンタルエアブリッジはエアーニッポンが四・七パーセント出資しているＡＮＡ系で、琉球エアーコミューターは日本航空の孫会社だ。

「確かに、系列の問題はあるかもしれません。しかし、何も将来合併しようとかそういうことじゃなく、あくまでお互いの経営効率化のために、協力できるところは協力しましょうということですから」

田山は熱を込めていった。

「いや、ご趣旨はよく分かりますよ。ただ、わたしどもも、全日空の支援を受けて経営再建を図っているところですから、果たして彼らがなんというか……」

3

天草エアラインの業績は、就航二年目も順調に推移した。

気象条件にも恵まれ、就航率は前年とほぼ同じ九七・九パーセントという高い水準となった。搭乗率は前年の七二・七パーセントにわずかに及ばない七一・二パーセントだったが、十一月からの福岡線の増便や、パッケージツアーの好調で、利用者数は八万三千六百五十四人と、前年を二千三百十五人上回った。

売上げも、前年を約一億一千万円上回る約七億九千三百万円に上った。財務面も強固で、手元の現預金は約五億千九百万円に達し、前年より七百万円増加した。ただ、新たに採用した三人の機長の訓練費用などがかかったため、営業損益は約二千八十一万円の赤字となった。

この頃、ＣＡたちが作る機内誌が『イルカの空中散歩』というタイトルに変わり、引き続き、社員の紹介、天草や就航地の観光やイベントの紹介、機内での役立ち情報などを提供した。

平成十四年六月、ＣＡ教官、宮原千鶴が、二年間の出向期間を終え、鹿児島の日本エアコミューターに帰った。

代わって五和《いつわ》町出身の寺崎純子が教官になった。西日本新聞は、〈熊本県／生え抜きの教官誕生　天草エアライン初　寺崎純子さん〉という見出しで報じた。

同月、二代目の社長だった前田浩文に代わり、元県職員で県の教育長も務めた東坂力《とうさかちから》が三代目社長に就任した。グランメッセ熊本理事長との兼任だった前任者二人と異なり、初の常勤社長となった。去る三月に、創業以来行われてきた出資自治体から地元利用客への助成金（福岡便は大人片道千五百円、熊本便同千円）も終了し、経営に本腰を入れなくてはならない時期がやって来た。

七月――

田山洋二郎が、オリエンタルエアブリッジと琉球エアーコミューターに設立を呼びかけてきた「ダッシュ8の会」が発足し、「熊本日日新聞」、「日刊工業新聞」、「沖縄タイムス」などで、〈天草エアラインなど地域航空3社　コスト減で相互支援へ　国内初〉といった見出しで報じられた。

記事は、全国で地域航空会社は十三社あるが、それらの間の提携は初めてで、それぞれ系列が異なる航空会社同士の協力という点でも異例であると述べていた。また、すでに三社の社長からなる経営者会議が発足し、下部機関として整備、運航、総務の三部会が組織され、ボンバルディア社と日本総代理店の日商岩井もオブザーバーとして参加することも報じられた。

記事が出たその日のうちに、国土交通省航空局から田山に電話がかかってきた。

「田山さん、今朝の新聞記事を見て、びっくりしたんですけどね」

航空局の担当官が非難めいた口調でいった。

「え？　ああ、そうなんですか」

会社の専務室で、田山は淡々と応じた。

「田山さん、あなた、第三セクターのエアラインを作ったり、系列を超えた提携を仕掛けたり、今度はいったい何をやらかそうっていうんですか？」

「いや、やらかそうなんて、何も」

田山は言下に否定した。「要は、みんな小さな航空会社で、協力すれば無駄をなくせるから、協力してやりましょうっていう話ですよ」

「みんなで連携して、パイロットの年齢制限の引き上げとか、そういった政治運動をやろうっていうんじゃないですか？」

「と、とんでもなか！　政治運動なんて、考えとらんですよ！」

「そうなんですか……？」

「まあ、その、パイロットの年齢制限を引き上げて頂きたいのはやまやまで、そういうことは全地航を通じてお願いしてるとおりですけどね」

全地航（全国地域航空システム推進協議会）は、地域振興の観点から地域航空システムの推進やあり方の検討を行う任意団体だ。都道府県や地域航空会社が就航している自治体が会員で、天草エアラインなど地域航空各社が賛助会員になっている。国に対しては、パイロットの年齢制限（六十三歳未満）の引き上げなどを要望している。

「ご存知のとおり、我々は皆、小さな航空会社です。特にうちなんか、一機しか飛行機がないですから、やれ部品がない、やれパイロットの訓練だ、やれ整備だと、ちょくちょく運休したりするわけですよ。そうすると、経営にも響くし、お客さんからの信頼もなくなります」

ダッシュ8の保有機数は、天草エアラインが一機、オリエンタルエアブリッジが二機、琉球エアーコミューターが三機である。

「今回の提携は、同じ機材を持つ、同じ境遇の会社同士、助け合って、経営を少しでも安定させましょうという趣旨で、それ以外の意図は何もありません」

新聞各紙も、協力する分野は、①部品の共同保管・共同使用、②パイロットの合同訓練の実施で、今後は窓口の共同化や必要に応じた機体の貸借なども検討すると報じていた。

「なるほど。経営安定化のためにね」

「そうです。それだけです」

「まあ分かりました。それでは我々のほうでも、見守らせて頂きましょう」

相手はなおも疑り深そうにいって、電話を切った。

4

翌年（平成十五年）五月中旬――

天草空港から北に二キロメートルほど舗装された坂道を下って行った場所にある五和町城河原《じょうがわら》地区は、緑の山あいに田園風景が広がる自然豊かな一帯である。農業が盛んで、米、白菜、キャベツ、大根、柑橘《かんきつ》類、柿、いくり（赤いスモモ）などが作られている。

同地区を流れる内野川の土手や近くの城河原小学校周辺には、約五千株の芝桜が植えられ、春になると濃いピンク色の絨毯《じゅうたん》が敷き詰められたようになる。

夜、内野川の川面で、無数の小さな光が乱舞し、岸辺の草むらで、黄色い光が息づくように点滅していた。

天草はホタルの季節を迎えていた。

城河原地区では二年前に「ホタルの里をつくる会」が発足し、地元の小学生たちも参加して、ホタルの棲息調査や川の浄化作業を行なっている。

「そーっと、そーっと……」

「……とったっ！」

「ああー、逃げられたぁ！」

城河原小学校（児童数七十三人）の男女児童たちが、白い捕虫網を手に、ホタルに静かに近づいては、バサッと白い網をかぶせていた。

「おぉ、これは珍しかねえ！　ホタルの幼虫だ」

白い野球帽に長靴姿の壮年男性が、一人の児童が見つけた虫を見ていった。

男性は、ホタル学習の指導をしている五十歳の郵便局長だ。

「えっ、幼虫!?　見せて、見せて！」

周りの児童たちが目を輝かせる。

男性が、白い捕虫網の上の茶色い虫をペンライトで照らすと芋虫のようなゲンジボタルの幼虫がたくさんの足を蠢《うごめ》かしていた。

「へえー、これが幼虫！」

「おしりが光ってる！　幼虫も光るんだ」

児童たちは珍しげに見入る。

「さあ、みんな。だいたいとり終えたかな？」

「はーい」

「じゃあ、そろそろ学校に戻ろう」

児童たちは、プラスチック製の虫籠《かご》と捕虫網を手に、指導者の男性や保護者たちに付き添われ、夜道を城河原小学校へと戻って行った。


翌朝――

天草空港のロビーで、東坂社長をはじめとする天草エアラインの職員、城河原小学校の教師、保護者らが見守る中、藍色の制服姿の高学年の男子児童が挨拶をしていた。

「……みんなでとったホタルを、無事に病気の子どもたちの手に届けられるよう、気を付けて行って参ります」

学校を代表して五人の児童が、昨晩捕獲した三百五十四のホタルを天草エアラインで福岡まで運び、病気の子どもたちに届けるところだった。費用は天草エアラインと、五和町の補助を受けている城河原地域づくり振興会が負担する。

「みんなが思いを込めてとったホタルです。どうか大切に運んで下さい」

男子児童は、ホタルがたくさん入った金網の大きな籠《かご》を、そばにいた制服姿の副操縦士とCA一期生の圓《つぶら》久美子に渡した。

「お預かりします。無事に福岡まで運ばせて頂きます」

青のスカーフに濃紺の制服姿の圓が籠を受け取ると、ロビーに拍手が湧いた。

やがて五人の児童たちは、「行ってきまーす」と、タラップで手を振り、ダッシュ8に乗り込んだ。

「オッケーです」

圓が乗降口から外に腕を出し、親指を立てて搭乗完了の合図をする。

ドアが閉められると、ダッシュ8はプロペラを回転させ、滑走路へと向かった。


機が福岡に到着すると、児童たちは、国立療養所南福岡病院（現・国立病院機構福岡病院）へと向かった。

市の中心部から一〇キロメートルほど南西の、田園風景を残す閑静な住宅地にある大型総合病院だ。呼吸器科、アレルギー科、小児科に多くの専門医を擁し、ベッド数は五百二十床である。

城河原小学校の児童たちがホタルを贈ろうと考えたきっかけは、ホタル学習の指導者の男性が、自分が小学生の頃入院したとき、親がホタルを持って来てくれて、元気が出たと話したことだった。

児童たちは病院に到着すると、小児病棟に案内された。同病棟には、ぜんそくやアレルギーなどで、生後一ヶ月から中学三年生までの約五十人が入院している。

「昨日の晩、みんなでとったホタルです。これを見て、喜んでくれれば嬉しいです」

五人の児童は、約三十人の子どもたちのベッドを一つ一つ回り、籠に入ったホタルと皆で書いた励ましの手紙を手渡した。

「遠かとこから本当に有難う。早う光るところば見たかです」

ホタルを受け取った子どもたちは、皆、目を輝かせた。

「元気になったら、城河原に遊びに来て下さい」

「有難う。ホタルも手紙も、ばり（注・すごく）嬉しかです」

二才くらいの小さな男の子、ガウンを着て車椅子に乗った小学生の女の子、ぜんそくで何年も入院している中学生の男の子など、闘病中の子どもたちは、皆、嬉しそうにホタルを見つめた。

その晩、ホタルは小児病棟の中庭に看護師たちが作った約三メートル四方の網の小屋に放され、入院中の子どもたちは、病室の窓から幻想的な光の乱舞を楽しんだ。

天草エアラインの「ホタル便」は、この年が第一回目で、その後も毎年続けられた。

約五ヶ月後（十月上旬）――

天草エアラインの会議室で、社長の東坂力、専務の田山洋二郎、常務の高橋力、業務部長の高山正ら幹部たちが、難しい表情で話し合いをしていた。

「……こらぁ、そうな（注・かなり）厳しか状況ばいね」

白髪まじりの頭髪をきちんと撫《な》で付け、銀色のフレームの眼鏡をかけた東坂は社長らしい貫禄がある。県職員時代、魚住汎輝と副知事指名を争う立場になったとき、自分から譲ったという温厚な人物で、社員たちからも慕われていた。

「確かに、六一・九パーセントという数字には、危機感を抱かざるを得ないですな」

田山洋二郎がいった。

開業以来の搭乗率は、平成十二年度が七二・七パーセント、十三年度が七一・二パーセントだったが、昨年度（十四年）は六五・二パーセントと落ち込んだ。一方、搭乗者数は、八万千三百三十九人、八万三千六百五十四人、八万三千八百六十八人と緩やかな右肩上がりで、平成十三年十一月から始まった福岡線の増便（一日四往復）が寄与した。これにより昨年度は、約二千四百万円の経常利益、約七百万円の純利益を確保した。

しかし、この上半期（平成十五年四～九月）の搭乗率は六一・九パーセントと、ますます落ち込み、採算ラインの六五パーセントを初めて割った。

「九月の重整備は織り込み済みでしたが、六月のエンジン故障と天候不良が痛かったですねえ」

出席者の一人がいった。

去る六月六日、機長二人が乗り込んで熊本空港まで定期便を運航したあと、天草下島の西約五〇キロメートルの東シナ海上に移動し、片方のエンジンを止めて再始動させる訓練を行なった。その際、右エンジンをいったん停止し、再始動させたところ、数分後に自動停止し、再始動できなくなった。やむなく左エンジンだけで熊本空港まで引き返し、原因調査と予備エンジンへの交換のため、五日間の運休を余儀なくされた。

六月十八日には台風六号の影響で四便が欠航し、十九日には全便（八便）が、二十二日も五便が欠航となった。

一方、開業後初めての重整備のため、九月一日から十一日までの十一日間、運休した。

「苓北《れいほく》の発電所の工事が終わって、関係者の移動がなくなったのも、響いてますねえ」

下島の苓北町にある九州電力の苓北発電所（石炭火力）の二号機（七〇万キロワット）の工事が終わり、去る六月二十四日に運転を開始した。工事関係者の利用は年間三、四千人で、四千万円程度の運賃収入があった。

「ご祝儀相場も一巡したという感じだしなあ」

それ以外にも、島の人口が毎年一・三パーセントくらいずつ減っている過疎化も、少しずつ影響を及ぼしてきていた。

「このまま行くと、大幅赤字は避けられなくなるねえ。何とか対策を打たないと」

東坂が危機感をにじませていった。

「チャーター便の運航が一つの手だと思います」

高橋力がいった。

去る九月に天草エアラインは、天草から仙台まで初のチャーター便を飛ばした。これは重整備の委託先が、仙台空港にある全日空の整備工場になったため、カラで往復するのはもったいないので、国土交通省へも届け出て、東北・北関東への二泊三日のツアーを企画したものだった。ツアーは、ＪＴＢ熊本支店などを通じて売り出され、二十六人が参加し、好評だった。

「機長の訓練が当初予定しているより何日か早く終わる可能性がありますから、それを利用してチャーター便を飛ばせると思います」

機長の訓練は、定期便の合間を縫って、数時間程度で行なっている。

「なるほど、チャーター便ねえ……。高山君、どこか面白い場所、あるかねえ？」

「屋久島なんか、いいんじゃないでしょうか」

高山がいった。「世界遺産ですし、旅行代理店なんかと話しても、結構、人気があるようです」

「なるほど、世界遺産ね。よかかもしれんね」

「それにＪＡＣが使ってる空港ですから、乗り入れの調整や地上の（荷物等の）ハンドリングの委託なんかもやりやすいと思います」

日本エアコミューター（ＪＡＣ、本社・鹿児島県霧島市）は、ＣＡ教官として宮原千鶴を派遣してくれた会社で、去る二月にダッシュ８（ＤＨＣ－８－Ｑ４００）を導入し、天草エアラインとは整備部門を中心に日頃から情報交換を行なっている。

「それと、四国の松山も検討したらどうですかね」

高橋がいった。「こっちで井関農機の連中とゴルフなんかをやると、熊本や天草に路線があるといいなあってよくいわれるんですよ。新たな路線の可能性を探る意味でも、飛ばしてみたらどうでしょう？」

愛媛県松山市に本社がある井関農機は、熊本市街から熊本空港に行く途中の上益城郡益城町安永《かみましき》にコンバイン（刈取り・脱穀・選別機）の専門工場を持ち、天草を含む県内全域の農家に農機具を販売している。同社の社員たちは、日本エアシステムの飛行機で松山から福岡まで飛び、そこから鉄道・陸路・天草エアラインなどで熊本や天草までやって来て、営業やアフターサービスを行なっている。農機具の部品などを空輸するニーズもある。

「高橋さん、乗員さん（パイロット）たちのほうは大丈夫かね？　今の一日八便のスケジュールだけでも結構きつい感じもあるけど」

　東坂が訊いた。

　チャーター便でも新たな路線を飛ぶとなると、その路線に関する知識の習得や、事前にCAなどを乗せて飛行することが必要である。

「まあ、心配がないかといえば、まったくないとはいえないのですが……」

　高橋がいった。

「ただ運航規程で定めている範囲内の仕事ですから問題はないと思います」

「そうかい？」

「はい。JASでは一日三回以上はランディング（着陸）させないのに、うちは最大八回もやらせるなんていう者もいますけど、飛ぶ距離が全然違いますからね。十分こなしていけると思います」

　一同がうなずく。

「チャーター便以外の商品の件ですが……」

　高山が口を開いた。

「毎年恒例の『殉教の島・天草でクリスマスを』のキャンペーンのほかに、『受験生きっぷ』をやってみたいと思います」

「ほう、受験生対象の割引ってこと？」

「そうです。新たな顧客層として、受験生を取り込めればと思います」

高山が考えたのは、正月明けから三月下旬まで大学、専門学校、就職試験で移動する学生が多いので、受験票などの提示を条件に、三五パーセント程度の割引をしようというものだった。

5

翌年（平成十六年）四月――

天草エアラインは開業五年目を迎えた。

専務を三年間務めた田山洋二郎が県立農業大学校（合志《こうし》市栄）の事務長に転出し、後任に県庁の健康福祉部の政策調整審議員だった古森《ふるもり》誠也が指名された。熊本県宇土市出身で、大学は九州大学法学部。入庁年度は松見辰彦の一年下の昭和五十二年で、広報課課長補佐として課長の松見に仕えたこともある。笑顔の絶えない明るい人柄で、ゴルフが得意な五十歳である。

それから間もなく――
六月の株主総会で専務取締役に選任される予定の古森は、天草エアラインに出資している地元自治体の首長の一人のところに、着任の挨拶と会社の業況説明のために訪れた。

「……そういうわけで、前期はかなり厳しい状況でして、これから新路線の開拓とか、経費の削減とか、色々対策を打っていきたいと考えております」

首長の執務室で、古森は前期（平成十五年度）の決算の概要を説明した。

去る二月に、熊本－屋久島間に四往復、熊本－松山間にも四往復飛ばしたチャーター便は、平均約六五パーセントの搭乗率で、まずまずの成績を収めた。しかし、「受験生きっぷ」のほうは集客につながらなかった。

年間の利用者数は初めて八万人を割る七万六千百六十一人で、搭乗率は六〇・三パーセントまで落ち込み、最終損益は開業以来最大の約七千百四十八万円の赤字となった。

「いやあ、あんたが来てから大変なことになったもんじゃなあ」

年輩の首長は、苦笑をにじませていった。

「いえ、わたしは四月一日に来たばっかりですから……」

古森は戸惑う。

これまで県庁では、総務、企画、福祉などの仕事に携わり、天草エアライン行きはまったくの青天の霹靂《へきれき》だった。

「そうかい。ばってん、あんたのせいじゃなくても、何とか立て直してもらわんとなあ」

「はい、それはもちろん」

これまで会った他の地元首長たちもからも、会社が大変な状況だから何とかしろといわれた。それぞれ苦笑まじりだったり、真顔だったり、いい方は様々だったが、話の内容はかなり深刻だった。

（天草エアラインて、そぎゃん大変な状態になっとっとか……？）

古森はまだ十分に会社の経営状態を把握できていなかった。

県庁では、「福岡便が儲かるから、いざっていうときは福岡便を増やして、熊本を止めれば大丈夫だけん」という人もいて、そんなものかなと思って着任した。

しかし、天草に赴任して、会社の書類を見たり、人から話を聞いたりするにつれ、これはどうも様子が違うと思い始めていた。

五月二十二日――

夜が明けて間もない羽田空港は、上空に厚い雲が垂れ込め、北北東の方角から秒速五、六メートルの風が吹いていた。都心では霧雨が降っていたが、空港の天気はまだ何とかもっていた。

天草出身の自衛隊パイロット、小松久夫は、肩章の付いた半袖のワイシャツ姿で、政府専用機（ボーイング７４７‐４００）のコクピット左側の機長席にすわり、出発前の準備をしていた。

オーバヘッド・パネルや正面パネルのスイッチ類、PFD（プライマリー・フライト・ディスプレイ）やND（ナビゲーション・ディスプレイ）などの画面、スラスト・レバー、コントロール・スタンドのスイッチ類などの目視点検が終わり、副操縦士にFMS（飛行管理装置）の入力を指示した。

副操縦士は、FMSのCDU（コントロール・ディスプレイ・ユニット）のキーボードを押し、羽田空港の略称、現在の駐機スポット、目的地空港の略称などを入力し、登録されているルートの一つを選択する。

「ええと、目的地は……」

副操縦士がマニュアルを見ながら、目的地の空港の略称を入力すると、それぞれの操縦席のディスプレイの黒い画面に「ZKPY」という緑色の文字が表示された。

北朝鮮の首都平壌《ピョンヤン》の郊外にある平壌国際空港だ。

すぐそばに駐機している任務機には、小泉純一郎首相をはじめとして飯島勲秘書官、外務省職員、警護にあたる警察庁や防衛庁の職員、マスコミ関係者らが搭乗し、北朝鮮に向けて間もなく出発する。首相の背広の襟には、拉致被害者救出のシンボル「青いリボン」のバッジが付けられていた。

二年前の九月十七日の電撃訪問に続く、二度目の北朝鮮訪問である。

前日には、一年七ヶ月前に北朝鮮から帰国した蓮池薫夫妻、地村保志夫妻、曽我ひとみさんや、拉致被害者家族連絡会、支援団体などが都内で記者会見し、家族の帰国や拉致問題の解決について期待を述べた。

午前六時四十分すぎ、小泉首相らを乗せた任務機が滑走路へと向かい、轟音《ごうおん》とともに灰色の空へ飛び立った。

約三十分後、小松が機長を務める予備機も、羽田空港を離陸した。

二機の政府専用機は、本州を南下しながら横断し、鳥取県境港上空を通過して日本海へ抜け、北朝鮮へと針路をとる。飛行ルートは、事前に現地にも飛び、北朝鮮の空港関係者と調整をしてあった。

小松の操縦する政府専用機は、離陸して二時間あまりで平壌国際空港に近づいた。

「ピョンヤン・レーダー、ジャパニーズ・エアフォース002、ウィズ・ユー……」

小松は無線の周波数を北朝鮮の管制に合わせて呼びかけた。

「ジャパニーズ・エアフォース002、ピョンヤン・レーダー、レーダー・コンタクト(貴機を識別した)。ウィンド・スリー・トゥー・ゼロ……」

ラジオ放送のように、平壌空港の管制官の声が聞こえた。意外と訛りは少なく、中東あたりの巻き舌英語に比べれば、遙かに聞きとりやすい。

「ディセンド・アンド・メインテイン・シックス・サウザンド・フィート（六〇〇〇フィートまで降下して下さい）」

「ラジャー。ディセンド・アンド・メインテイン・シックス・サウザンド・フィート」

小松は指示を復唱する。

徐々に高度を下げ、地上が近づいて来ると、副操縦士に、対気速度を確認してフラップを出すよう指示した。

「チェック・エアスピード、フラップ・ワン」

「フラップ・ワン」

副操縦士が復唱してフラップレバーを操作し、減速するために主翼のフラップを出す。

眼下に二本の滑走路を持つ空港が見えてきていた。後方から差している太陽が、茶色と緑色の風景を浮き上がらせる。見慣れた緑豊かな北海道の大地とは違う、荒涼とした不毛の風景だ。

「チェック・エアスピード、ギア・ダウン」

「ギア・ダウン」

副操縦士が小松の指示を復唱し、ギアレバーを操作して、車輪を出す。

ゴオーッという風を切る騒音の中で、車輪が出る機械音がする。

間もなく尾翼に日の丸が描かれた白いジャンボ機は、衝撃とともに着陸した。

殺風景な灰色の空港には、北朝鮮の国営航空会社である高麗《コリョ》航空のツポレフやイリューシン（ともにロシア製）が駐機していた。

「ジャパニーズ・エアフォース００２、ターン・レフト・アンド・タクシー・トゥ・ジ・エンド・オブ・ランウェイ（日本政府専用機００２、左折し、滑走路の端まで自走せよ）」

北朝鮮の管制官が指示する。

「ラジャー」

指示に従って、駐機場に向かって機を移動させながら、操縦席左手のステアリング・ハンドルを握る手が汗ばんでいた。やはり普通とは違う国に来た緊張感がある。

先に到着した任務機の小泉首相は、すでに北朝鮮の金永日《キムヨンイル》外務次官らの出迎えを受け、日朝首脳会談のために、市郊外にある大同江《テドンガン》迎賓館へと向かっていた。

小松ら自衛官らは、機を降りると、北朝鮮の空港職員に誘導され、寒々としたコンクリート造りの空港ビルへと向かった。

会議室のような部屋に乗組員たちと一緒に入ると、先に到着した任務機のパイロットや乗組員たちがおり、手持ち無沙汰にしていた。

部屋には小さな窓が一つあるだけで、自分たちが乗って来たジャンボ機は見えるが、それ以外の景色はほとんど見えない。

「なんか、収容所みたいだね」

「飛行機の中にいるほうが、よっぽどましだなあ」

政府専用機のクルーは、日本から持ってきた弁当を食べ、お茶やコーヒーを飲むと、やることがなくなった。トイレに行くときは、北朝鮮の政府職員がついて来た。小泉首相と金正日《キムジョンイル》総書記との間で、どのような話し合いが行われているのかは、まったく分からない。

午後四時すぎ、部屋にいた日本の外務省の職員が、市内中心部の高麗ホテルに置かれた日本政府の平壌連絡本部から連絡を受け、任務機のクルーに帰りの準備をするよう指示をした。

間もなく、小松ら予備機のクルーにも同様の指示があった。

小松と副操縦士はコクピットに戻り、機器の点検や帰りのルートのデータ入力など、離陸準備を開始した。

「小松さん、離陸準備をいったん中止して下さい」

そろそろエンジンを始動させようとしていたとき、任務機に乗っている特別航空輸送隊の本部班長から持参したトランシーバーに連絡が入った。

「何かあったんですか？」

「拉致被害者の家族を乗せて帰ることになりました」

小松ら二人はほうっと思う。

エンジン始動をいったん中止して、コクピットで待っていると、午後六時二十分すぎ、夕日に包まれた空港ビルから、北朝鮮の政府関係者に付き添われた蓮池、地村両夫妻の子どもたち五人が姿を現し、空港敷地内を徒歩で政府専用機へと向かって来た。男三人、女二人で、年齢は十六歳から二十二歳である。

約三十分後の午後六時五十分、小泉首相らが乗った任務機が、平壌国際空港を離陸した。

「搭乗完了しました」

女性のロードマスター（空中輸送員）からインターフォンで連絡が入る頃には、小松らも出発準備が完了し、速度、気象条件、航法データ、エンジンやシステムの状況などを示すディスプレイ類の濃紺の画面に、白や緑の数字や地図が浮き上がっていた。

「ピョンヤン・タワー、ジャパニーズ・エアフォース００２、レディ」

小松が管制官に離陸準備が完了したと伝える。

「ウィンド・スリー・シックス・ゼロ・アト・ワン・ゼロ・ノット、ランウェイ・スリー・シックス。クリアード・フォー・テイクオフ（風は北方向から一ノット。滑走路を北方向に向かって離陸を許可する）」

離着陸の方角は、零度から三六十度の角度で表す。

「ラジャー」

予備機は指示に従って平壌を離陸すると、上空で大きく左旋回し、東南東に針路をとる。

朝鮮半島を越え、釜山《プサン》付近から暗い日本海の上に出た。

「トーキョー・コントロール、ジャパニーズ・エアフォース００２、アプローチング・バウンダリー」

　小松は、飛行位置を示す正面パネルのスクリーンを一瞥《いちべつ》し、無線で東京の管制官に呼びかけた。

　機は、国土交通省東京航空交通管制部が管轄するＦＩＲ（Flight Information Region ＝飛行情報区）に近づいていた。

　ＦＩＲは、航空交通の円滑で安全な流れのために、ＩＣＡＯ（国際民間航空機関）が設定したもので、領空と公海上空を含み、航行に必要な各種情報提供や救難活動が行われる。日本のＦＩＲは札幌、東京、福岡、那覇の四つの管制部が分担して管轄し、日本海側の境界線は日本の防空識別圏とだいたい同じである。

「ジャパニーズ・エアフォース００２、トーキョー・コントロール・ウィズ・ユー、チェンジ・スコーク・アンド・アイデント」

　東京の管制官が、機体識別用の四桁のスコーク・コードを入力し、当該航空機であることを示すよう指示した（「アイデント」は「自分であることを示せ」という意味）。機体識別コードは、飛行ルートなど、その便の各種データを管理するための番号で、管制によって機に割り当てられ、離陸前にエンジンをかけたときから、着陸後、駐機場でエンジンを切るまで同じものを使う。

「ラジャー。スコーク・スリー・シックス・ゼロ・ワン（３６０１）・アンド・アイデント、ジャパニーズ・エアフォース002」
副操縦士がトランスポンダ（無線中継機）に機体識別コードを入力する。

「ジャパニーズ・エアフォース002、レーダー・コンタクト、メインテイン・フライトレベル・スリー・ゼロ・ゼロ」

管制官が小松の機をレーダーで識別した（レーダー・コンタクト）と伝え、高度三万フィートを維持するよう指示した。ここからはこちらが誘導するから、安心しろというニュアンスだ。

（ああ、日本の空だ……）

夜空を飛び続けながら、小松はほっとした。

日本の空域に入って安堵《あんど》するという経験は、今までになかった。

やがて松江や境港の街の灯が、地上の闇の中できらきらと輝いているのが眼下に見えてきた。

大きな日の丸を付けた747‐400は針路を東にとり、再び日本を横断して、羽田空港に向かった。

午後九時十七分、小松の操縦する政府専用機は、ビーコンライト（衝突防止灯）を白く輝かせながら、任務機から四十二分遅れて、夜の羽田空港に着陸した。

拉致被害者たちの家族を降ろし、入国手続きを済ませ、再び離陸して千歳の自衛隊基地に戻ったとき、時刻は午前一時をすぎていた。

六月二十五日——

天草エアラインの年次株主総会が開かれた。

総会後の記者会見で、社長の東坂力と専務の古森誠也は、マスコミの集中砲火を浴びた。

「東坂社長、前期の不振の原因は、重整備、機体のエンジン・トラブル、天候不順、苓北発電所の工事終了ということでしたが、今後、どういう対策を打っていくお考えなのでしょうか？」

株主総会場の本渡《ほんど》市本渡町のホテルアレグリアガーデンズ天草の大広間で記者の一人が訊いた。

会場は結婚披露宴などに使われる立派な部屋で、天井には和風のシャンデリアが下がっている。

「ええと、それにつきましては、チャーター便など新規事業による需要の掘り起こし、経費の削減、福岡都市圏や北九州、山口県での営業を強化したいと考えております」

正面中央の席にすわった、恰幅のよい東坂が答えた。

天草エアラインは三週間ほど前に、屋久島へのチャーター便の復活、「阿蘇体験・交流の旅」、「宝島！　天草休日二日間フリープラン」という一泊二日から二泊三日の新商品を三つ売り出すと発表していた。

「経費の削減については、具体的にどのようなことをお考えですか？」

「まあ、あの、職員の効率的配置で人件費を削減して、切り詰められる経費は切り詰めるということです」

古森が答えた。

「しかし職員数は元々ぎりぎりですよね？　経費だって、そう簡単に切り詰められないんじゃないでしょうか？」

「経費の大きな項目に、パイロットの訓練費用がありまして、一人二千万円程度かかります。新たに三人採用すれば、それだけで六千万円必要になります。現在、年齢の若い機長を自社で養成する取り組みをしておりますので、あと一、二年すれば、効果が出てくると思います」

昨年四月、会社創立時に、海上自衛隊のパイロットから天草エアラインに入社した四十九歳の深澤才幸《としゆき》が国土交通省の機長昇格試験に合格し、初の自社養成機長となった。また別の若手副操縦士も、現在、機長になる訓練を受けている。

「ただ整備費もかさんできているようですし、もっと抜本的な対策を打たないと駄目なんじゃないでしょうか？」

別の記者が、決算資料を見ながら訊いた。

平成十二年度に約二千七百万円だった整備費用が、翌年は四千百万円、翌々年は六千七百万円、昨年は八千五百万円と、増加の一途を辿っていた。

「それはもちろん、抜本的な対策を考えております」

古森がいった。

「抜本的な対策というのは、具体的にはどういう内容でしょうか？」

「いや、まだちょっと発表する段階にはないので……」

実は、愛媛県松山市への定期便を検討していたが、まだ国土交通省に話していないので、明かすわけにはいかない。

そのほかにも、日本エアシステムに委託し、同社が日本航空と経営統合したため、委託先が日本航空になった地上業務に関しても、委託料（年間一億円超）の減額交渉をする腹積もりだった。しかし、これもまだ話し合いが始まっていないため、明らかにできない。

「発表する段階にないというのは、どういうことですか？」

記者が疑り深そうな視線を向ける。

「いや、ですからそれは……」

古森は、忸怩《じくじ》たる思いを嚙みしめながら、言葉を濁すしかなかった。

第九章　引き抜き

1

九月——

天草エアラインで経理を預かる藤川陽介は、会社のデスクで、資金繰り表を見ながら深刻な表情をしていた。

開業準備期間中に、東京・池袋のホテルメトロポリタンから転職してきた藤川は、最初の二年あまりは業務課長としてチェックイン・カウンター業務など、運送業務の企画・営業をやり、その後、専務の田山の下で、総務・経理全般を見る総務課長になった。年齢は三十代前半で、地元のロックバンドでギターを演奏し、若い社員の兄貴分的存在である。

（現金が、どんどん流出していく……）

資金繰り表を見る藤川の背筋を冷たい汗が流れる。

銀行の入出金伝票や送金伝票を切るたびに、資金繰りの逼迫《ひっぱく》を日々肌で感じていた。

（このままだと、いずれ現金が枯渇してしまう……）

特に強い危機感を抱くようになったのは、昨年九月の重整備の頃からだ。

パイロットの訓練費用、整備費用、部品の購入費用などで一千万円単位の金がどんどん出て行き、二年前の四月に約五億千九百万円あった現預金が、半分ほど蒸発してしまっていた。

（何とかしないと……このままだと倒産だ……）

藤川は何度も経営陣に資金繰りの厳しさを訴え、経営陣も事態の深刻さは認識していたが、会社はまだ抜本的な手は何も打てていない。

「藤川さん、ちょっといいですか？」

かたわらから声がした。

視線を上げると、整備士の一人が恐縮したような面持ちで立っていた。

「ちょっとまた部品が必要なんですけど……」

そういって手にした書類を差し出した。

「うーん、四万三千ドル……！　結構しますねえ」

書類に視線を落として藤川はうなる。

オートパイロット（自動操縦）装置の部品の購入申請書だった。

「耐空性や定例整備に関わるものじゃないですけど、乗員（パイロット）さんたちにはもうだいぶ我慢してもらってますんで……」

航空機の部品は大きく分けて、①耐空性に関わるもの、②定例整備に必要なもの、③その他の部品、という三種類がある。①は、エンジン、プロペラ、無線機などの部品で、これがないと飛行できないので、購入は先延ばしできない。②は、フライト時間によって交換が必要な部品で、バッテリー、ＡＰＵ（補助エンジン）始動用ジェネレーター、消火ボトルなど。③は、交換をある程度持ち越しできる部品で、オートパイロット装置の部品はこれに該当する。

「ＯＲＣ（オリエンタルエアブリッジ）やＲＡＣ（琉球エアーコミューター）には訊いたんだよね？」

部品によっては、「ダッシュ８の会」のメンバー会社に借り、その間、安い部品を探して購入し、借りた部品を返却するようにしていた。

「もちろん訊きました。でも先方には貸し出しできるような予備がないそうです」

整備士の言葉に藤川はうなずく。

「もうしばらくオートパイロットがない状態で飛んでますから、パイロットの人たちも嫌がってるんですよ」

整備士はつらそうな表情でいった。

それを見て、藤川もつらい気持ちになる。

資金繰りの悪化で部品の購入申請がすんなり通らなくなり、整備士たちは、毎回のように思い悩みながら部品の手当てをしていた。

「過密ダイヤで、パイロットの負担も大きくなりますもんねえ……」

藤川は同情するようにいい、資金繰り表を見つめる。

来月から、熊本－松山間の定期便を飛ばすことになったので、ダイヤは一段と過密になる。

「今、ドルは百五円か……。もし今後、円安に行くんだったら、思い切って買ったほうがいいのかなあ」

部品の購入は為替レートとにらめっこでもある。重整備の予算はあらかじめ組んであったが、それ以外の予算は組んでいないので、その都度判断しなくてはならない。

「分かりました。上の人に話してみます」

藤川は購入申請書を手にいった。

まずは上司である総務部長の神作《かみさく》孝に話そうと思った。

神作は日本エアシステム出身で、常務の高橋に請われて去る四月に入社し、会社の資金繰りも見ていた。

「宜しくお願いします！」

整備士は頭を下げた。

十月一日――

熊本―松山間を一日一往復する天草エアラインの定期便が就航した。

新路線開設の狙いは、それまで多少空き時間があったダイヤの無駄をなくし、運航の効率を上げることだった。福岡線を往復四便から三便に減らし、距離がより長く、運賃も多く稼げる松山線にシフトすることにした。

開業初年度は八〇・七パーセントという日本一の搭乗率を記録した福岡線は、この上半期で搭乗率が六三・七パーセントまで落ち、減便しても旅客数には大きな影響が出ないだろうという読みもあった。

松山線の運賃は片道一万六千五百円、往復割引で二万九千七百円とした。発着時刻については、専務の古森、常務の高橋、運航部長の小笠原富廣（日本エアシステム出身）、総務部長の神作らが何度も話し合い、ビジネスマンの動き、道後温泉をはじめとする観光スポットへの移動時間、他社便との乗り継ぎなどを考慮して決めた。

その日、松山空港で初便の到着に合わせて記念式典が開催され、安田公寛本渡市長（天草エアライン副社長）が「熊本と松山が手を組んで、世界から注目されるような路線に発展させたい」と挨拶した。続いて永野英詞愛媛県出納長と中村時広松山市長が歓迎の言葉を述べ、テープカットが行われた。

就航と前後して、古森や高山が松山の井関農機本社や熊本県の企業で松山に支店や事務所を持っている会社、愛媛県の企業で熊本に支店や事務所を持っている会社などを訪問し、利用を売り込み、回数券のPRもした。また熊本県と愛媛県の観光キャランバン隊が相手方の県を訪れ、観光スポットなどのPRをした。従来から天草エアラインに好意的な熊本日日新聞は、記者が実際に松山線に乗り、〈四国・松山　天草エアライン就航でより身近に——「文豪」が愛した街、見どころいっぱい　道後温泉、坊ちゃん号…情緒豊かに〉という記事を書いて後押しした。

天草エアラインのダイヤは次のようになった。

朝八時五分天草発→八時四十分福岡着、九時十分福岡発→九時四十五分天草着、十時十分天草発→十時三十分熊本着、十一時熊本発→十一時五十五分松山着、午後〇時二十五分松山発→一時二十分熊本着、一時五十分熊本発→二時十分天草着（ここでクルー交代）、二時三十五分天草発→三時十分福岡着、三時四十分福岡発→四時十五分天草着、四時四十五分天草発→五時二十分福岡着、五時五十分福岡発→六時二十五分天草着。

着陸してから離陸するまでのインターバルは、二十五分から三十分という短いものになった。

それから間もなく——

熊本空港を午前十一時すぎに離陸した天草エアラインのダッシュ8は、伊予灘の上空を飛んでいた。

左手には、柔らかな曲線を描く瀬戸内海の島々、右手には、日本一長い岬（約五〇キロメートル）である佐田岬半島が青い海に浮かぶ剣のような姿を見せていた。

「皆様にご案内致します。当機は松山空港へ向けて降下を開始致しました。あと十分ほどで着陸致します。シートベルトをしっかりお締めになり、お使いになったテーブルは、元の位置にお戻し下さい」

やがて伊予灘沿いにある松山空港が見えてきた。東側には松山城を中心とする人口約五十一万人の街が広がっている。

ダッシュ8は、定刻の午前十一時五十五分に松山空港に着陸した。熊本を出てから約五十分間のフライトだった。

「……僕がトイレ掃除とゴミ拾いをやるから」

乗客が全員降りると、キャビンに入って来た年輩の機長がCAにいった。

「有難うございます」

CAは、窓を拭き、吐袋を補充し、座席、テーブル、シートベルト、機内誌、安全のしおりなどを所定の位置に戻す。

機長は機内前方のトイレに入って掃除をし、床やシートポケットのゴミを集めてビニール袋に入れる。

「あっ、ジュースのこぼれ跡がある！　雑巾、雑巾！」

機長は機内に備え付けてある雑巾を水で濡らし、床に這いつくばってふき取る。

「よし、終わった。あとは頼むね」

作業を続けるＣＡに声をかけ、乗降口から降りてゆく。

「有難うございました」

ＣＡは十五分ほどで機内の整理整頓を終え、用意してきたおにぎりの昼食を取り出し、客席の一つにすわって、急いで食べ始める。

機長は機体の周囲を歩きながら、出発前の目視点検をする。空港によっては給油の監視もしなくてはならない。昼食は操縦しながら、副操縦士と交替で済ませていた。サンドイッチ、おにぎり、バナナなど、短時間で食べられるものが多い。

副操縦士のほうは、コクピットにすわりっ放しで、操縦席の機器に気象条件や飛行ルートなどの情報を入力したり、出発準備に追われている。

ＣＡが五、六分で昼食を終えると間もなく、乗客の搭乗が始まった。

「いらっしゃいませ。天草エアラインへようこそ」

「お足もとにお気を付け下さい」

「5のAのお座席は、こちらでございます」

疲れも見せず、にこやかに乗客を案内する。

機長のほうは操縦席に戻り、出発前の最終準備に取りかかった。


十月十八日——

熊本県議会の決算特別委員会が開催され、業績不振の肥薩おれんじ鉄道と天草エアラインに関する質問が相次いだ。

去る三月に開業し、熊本県八代駅−鹿児島県川内駅間の一一六・九キロメートルを運行する肥薩おれんじ鉄道（第三セクター）は、旅客収入が計画の八四・七パーセントに止《とど》まっていた。

同鉄道に関して厳しい質疑がなされたあと、天草エアラインの話に移った。

「天草のことだから、あまり訊くまいと思っておったけれども、今、話が出たからお伺いしますけれど、結局、平成十四年度から利用者が七千六百人ばかり減っておるわね」

天草上島を地元とする杉森猛夫県議がいった。八年前に県議会議長を務めた自民党のベテランである。

「その穴を埋めようということで、今度松山に飛ばすことになった。それからもうひと月になるかな。今の現状はどうなのか、それを含めて話して下さい」

十四人の委員（県議）と向き合った執行部（県庁）側の席にすわった交通対策総室長が質問に対し、着席のまま答弁する。

「天草エアラインにつきましては、今、ご指摘のように、平成十五年度も七千万円の赤字ということで出しております。まさにこの赤字を解消するための道筋というものを早期につけなければいけないということで、この十月から松山便の就航ということで、努力を始めたところでございます」

国土交通省から出向してきたキャリア官僚は、真面目そうな雰囲気だが、三十代後半と若く、県議たちから見れば青年である。

「就航してからまだ三週間程度でございますけれども、十月につきましては、非常に好調ということで報告を受けておりまして、十月全体では利用率（搭乗率）が七〇パーセントを超えることは確実であろうといわれております。福岡便につきましては、今、三往復にしてございますが、お客様のほうはそんなに減っていないということでございます」

自民党の大西一史県議が発言を求めた。

日商岩井の子会社で産業用機械の営業を担当したあと、園田博之衆議院議員秘書を経て、熊本市区から県議に当選した人物だ。親が天草出身で、天草には好意的である。

「天草エアラインには、やはり民間のノウハウをもっと入れて、民間の航空会社あたりにいろんな形で支援をもらう、もうそういったことのシミュレーションを始めていなければ、わたしは遅いのではないかと思うのです」

　三十六歳の若手県議は、元商社マンらしく歯切れよくいった。

「それから、今、社長は県ＯＢの方で、やはり今から色々していく上では、航空会社のＯＢであるとか、ノウハウをもっと持った方でないと厳しいと思うのです。その点はどうなのか？　この二点をお尋ね致します」

　役所主導の経営では駄目という意見は、新聞などでも見られるようになっていた。

「西日本新聞」は、〈社長、専務は開業以来、県関係者が独占。さらに開業時に大手旅行代理店から迎え入れた営業担当部長（注・高山正）を今春、契約社員に降格し「お役所主導」が濃厚になっている〉とし、「企業経営の自覚が薄い。待っていれば乗ってもらえるという態度はお役所だ」、「早急に航空業界の経営に精通した民間人に会社を託す必要がある」という天草経済開発同友会会長の意見を載せた。

　大西県議の質問に対し、交通対策総室長が答弁する。

「確かに社長と専務は県関係ということでございますが、常務、それから総務部長あるいは整備、運航関係、このへんの各部長さんたちにつきましては、大手の航空会社から来て頂いておりまして、少なくともそういった民間のノウハウを活用した形で、コスト削減とか、あるいは営業努力、こういった努力はして頂いている状況と認識しております」

　天草エアラインには現在、日本エアシステム出身の幹部が四人いる。常務の高橋力、総務部長の神作孝《かみさく》、整備部長の土佐谷昭《とさやあきら》、運航部長の小笠原富廣である。

「民間の航空会社に将来的に色んな意味で支援を受けるということについてはどうですか？」

「民間の航空会社と、普通、連携できるところ、できないところ、色々あると思うのですが、なんと申しましょうか……、会社にとって何が必要で、どういうことがより強力に必要なのか、そのへんにつきましては、何といいますか……、協議をきちんとできている状況ではございませんが、色々なご指摘を踏まえて進めて参りたいと思います」

正直な人柄が出たのか、悩ましげな表情で、いいよどみながらの答弁だった。

「なにか段々答弁しながら苦しそうになっているので、可哀そうだなと思いますが……」

大西県議の言葉に、室内から失笑が漏れる。

「とはいえ、七千万円ももう赤字が出てて、見通しも暗いわけでしょう、はっきりいえば？　となれば、今後どうあるべきかなんて、そんな程度の危機感では、わたしはとても対応できないと思います。運営は航空会社の経験者の人たちがやってるかもしれませんが、トップ（社長）に危機意識がなければ、下は絶対動かないわけですよ」

大西議員は、先般、能登空港を視察したところ、搭乗率が七〇パーセントを下回った分は、県と地元自治体が二億円まで負担する「搭乗率補償」というやり方で全日空が就航し、現在は、年間九千七百万円くらい黒字が出ていると述べ、こういう民間航空会社を活用したやり方を検討すべきだと要望した。

「天草エアラインの問題ですが、これはかなり厳しいです」

交通対策総室長の上司である鎌倉孝幸企画振興部長が発言した。阿蘇町（現・阿蘇市）出身の県庁職員で、年齢は五十代後半。歯に衣着せず、大胆に本音で話す人物だ。

「苓北発電所の二号機の工事が終わって、運転を開始しました。つまり、その関係業者および技術者たちの行き来が消えました。それと観光という面も大事ですが、三十九名しか乗れないので、百人も募集できぬわけです。大手ツーリストに頼むと、あまりにも弾《たま》が細かいと。今、利用率が五〇パーセントくらいあるわけですから、あまっとっとは、十何席なんです。それを小さな営業、顔の見える営業をどうやるのかを、天草エアラインだけでなく、交通対策総室、地元自治体も含めて、ちゃんと考えろということで指示をしております」

自民党議員で熊本市区選出の村上寅美議員が発言を求めた。

「せっかく鎌倉部長が答弁をされましたけれど……、だいたい、鎌倉部長が答弁をすれば、わたしたちも収めるかなという雰囲気に普通はなるのですけれどもね」

ウナギ養殖や鮮魚卸しのヨーマングループの代表で、県養鰻漁業協同組合の代表理事も務める村上県議は六十代半ばで、押しの強そうな風貌である。

「さっき苓北発電所のあれが消えたということをおっしゃったんですけども、ただ、それは当初から分かっていたことですよね。では、そのときにどうして色んな対策を打ってこなかったのか。わたしは少し後手後手に回っているという感じを持っています」

いい方は丁寧だが、指摘は厳しい。

「それから常務とか専務とかいったのは、これは管理面ではそれでいいのです。しかし、経営の指針というのはトップなんですよ。知事でしょう、熊本県だって、最後は。だからそういう意味で、トップとプロ。それから非常に厳しいだろうけれども、民間移行あたりも範疇《はんちゅう》に入れたシミュレーションは、まだ水面下の水面すれすれでいいから、しとかなくてはいけないよということを申し上げておきます。以上、要望ですから、答弁は結構でございます」

「ほかにありませんか？」

横一列に着席した委員席の真ん中の島田幸弘委員長（玉名郡選出）が訊いた。

「道路が悪いから難しか、天草は」

天草選出の杉本猛夫県議が、ぼやいた。

翌年（平成十七年）一月――

天草エアラインは、日本航空への業務委託料の大幅引き下げに成功した。

熊本、福岡、松山の三空港のカウンター業務、運航管理、整備補助などの日本航空への委託料は、従来、年間約一億六千五百万円だった。これは運航経費全体の約二割という大きな比重を占めていた。

天草エアラインは、引き下げてもらえなければ自社でやる準備をし、新聞発表もした上で、不退転の決意で交渉した。

その結果、熊本と福岡の分の一億三千八百万円を新年度から約九千百万円にしてもらうことに成功した。約四千七百万円の引き下げは、会社の年間赤字額の三分の二に相当する大きなものだ。

三月三日――

東京地検特捜部が、西武鉄道グループの総帥、堤義明（コクド会長）を、西武鉄道株式に関する証券取引法違反（有価証券報告書の虚偽記載、インサイダー取引）で逮捕し、西武鉄道グループの崩壊が始まった。

同グループのゴルフ場建設計画は、天草空港開港と天草エアライン就航のきっかけになったが、そのために買収された本渡市と五和町にまたがる八八・六ヘクタールの土地は、利用方法が決まらず、草木が生えるままに放置されている。二つの自治体には総額十五億円の借金が残り、今後、長い年月をかけて返済していかなくてはならない。（のち土地の大半は保安林となり、約四ヘクタール分だけが、九州電工のオリーブ園になった。）

2

同年夏――

天草エアライン専務の古森《ふるもり》誠也は、会社の執務室で、県の交通対策総室の担当者と電話で話していた。

「おかげさまで、状況はだいぶようなってきとるよ。まずは一安心のごたるね」

松山線開設効果もあり、業績は上向いてきていた。

去る三月までの半年間の松山線の搭乗率は、目標の五五パーセントを上回る六〇・三パーセントだった。

「……うん、そがんね。他の路線にも効果を及ぼしてきとるしね」

乗り継ぎ効果で、天草‐熊本線の搭乗率も、前年度の四二・四パーセントから四九・五パーセントへと大きく上昇した。

年間搭乗者数は八万人台を回復し、開業一～三年目並みの八万三千四百八十四人だった。

前期（平成十六年度）の当期損益は、約五千九百八十万円の赤字で、赤字幅は千二百万円縮小した。

「熊本日日新聞」は、〈天草エアライン開業5周年　松山線効果でV字回復　2004年度見込み、前年度比6500人増　黒字化には依然厳しさ〉という見出しで決算の概要を報じた。

今期は、日本航空への業務委託料引き下げ効果も加わるので、さらに改善が期待できる。

「……だけど、燃料費の高騰は頭が痛かねえ。これがなけりゃ、本当にV字回復できるんだけど」

開業時に一バレル当たり三十ドル前後だった航空機燃料のケロシン（灯油）の価格が、一年くらい前から上昇し始め、現在は七十ドル前後と倍以上になっていた。

「まあ、空港の運用時間の延長も認められたし、もうひと頑張りしますよ」

経営陣は「役人経営」という批判を撥《は》ね返すべく、手綱をゆるめず経営改善に努めていた。

十二月からは、福岡線を一便増便し、福岡線往復四便、熊本線往復一便、松山線往復一便という、一日十二便体制にする予定である。

そのためには現在午前八時から午後七時までの天草空港の運用時間を一時間五十分延長して、午前七時四十分から午後八時半までにする必要があった。延長すれば空港の管理費も増えるため、県議会で審議されたが、天草出身の池田和貴県議や船田直大県議が後押しして実現した。

池田和貴県議は、昨年八月に死去した池田定行県議の長男である。天草高校から青山学院大学に進み、富士通に九年あまり勤務したあと、平成九年に父親の秘書になり、一昨年四月の選挙で初当選した。昨年は県議会の一般質問で、天草エアラインの就航によって、滋賀県や静岡県の仲買商が天草黒牛の買い付けに来るようになり、畜産農家の減少に歯止めがかかったことなどを述べ、空港の運用時間の延長を求めた。

「古森さん、ちょっといいですか？」

ドアがノックされ、運航部門担当常務の高橋力が顔を出した。

「実は、ちょっと面倒なことが起きましてね……」

高橋は古森の執務机のそばの椅子に腰を下ろし、話し始めた。

「……ええっ、辞めるって⁉」

話を聞いて、古森は愕然となった。

三十代前半のパイロットが、会社を辞めたいといってきたという。

開業の際に、航空大学校の新卒で採用し、カナダなどでの訓練を経て副操縦士にし、さらに機長になるための訓練を受けさせ、やっと最近機長に昇格した男だった。

「どっかに転職するわけですか？」

「スターフライヤーに行くそうです」

「スターフライヤー？　……ううむ」

福岡県北九州市小倉北区（現在は同南区）にある民間航空会社だ。東陶機器（現・TO

TO)、安川電機、日産自動車など地元に本社や工場を持つ企業や国内外のベンチャーキャピタルから資金を集め、北九州市や福岡県からも補助金を受ける予定で、来春の開業を目指して準備している。

「慰留はしたんですか?」

「それはもちろん」

「それで駄目だったわけですか?」

高橋は悩ましげにうなずく。

「性格はいい男なんですが、いったん思い込んだら突っ走るタイプですから」

「辞めたい理由は何なんですか?」

「ジェット機を操縦したいとか、もうちょっと格好いい会社で働きたいとか、都会で暮らしたいとか、色々のようです」

「そうですか……。しかし、困ったなあ!」

若い機長の確保は、創業時からの至上命題で、そのパイロットには大きな期待をかけていた。

「彼には何千万円も投資してるじゃないですか。会社の金で機長になった途端辞められたんじゃ、今後にも影響しますよ」

「おっしゃるとおりです。どこのエアラインだって、こんなことをされると困りますから、こういうあからさまな引き抜きはやらないっていうのが、業界の紳士協定ですよ」

高橋は苦々しげにいった。

「スターフライヤーは、それを守らないというわけですか？」

「まあ、なりふりかまっていられないということでしょう」

スターフライヤーの社長は、大学卒業後、東亜国内航空（のち日本エアシステム）に約二十年間勤務し、その後、いくつかの職を転々とし、二年半ほど前に徒手空拳で会社を立ち上げた男だ。目的実現への野心は強い。

「いずれにせよ、今、突然辞められたんじゃ、困りますよね？」

古森が訊いた。

「ええ。辞めるにしても、次のキャプテン（機長）ができ上がるまで、半年くらいは待ってもらわないと、乗員部（パイロットの部署）の人繰りに支障をきたします」

次の機長候補者は、やっと訓練が始まったところだった。

二人はすぐに件《くだん》の若手機長と話し合いの場を持った。

「……あなたには、会社として何千万円も投資をしているんだけど、それは分かっているよね？」

会議室のテーブルで古森が訊いた。

「はい、それは……」

若い機長はうつむきがちにいった。

航空大学校では成績優秀だったが、業界環境が厳しい中、日本航空や全日空の入社試験に落ち続け、天草エアラインに拾われて、ダッシュ8の訓練を受け、副操縦士からキャリアを始めた男だった。

「辞めたい理由は、何なの？」

「まあ、その、待遇面もありますけれど、……やはり自分の将来を考えると、ジェット機を操縦したいという気持ちが強くて……」

スターフライヤーは、北九州空港と羽田を結ぶ路線から業務を開始する予定で、米ゼネラル・エレクトリック系のGEキャピタル・エイビエーション・サービシズ社からエアバスA320‐200型機の新造機を三機リースする仮契約を結んでいる。

「それに家内も、もうちょっと都会で暮らしたいといってまして……」

スターフライヤーに行けば、ベースは本社がある北九州市になるという。

「奥さんがねえ……」

古森らには、とって付けたいいわけのように思えた。

この機長の妻は、会社のバーベキューやボウリング大会などにも喜んで参加しており、不満があるようには見えない。

「今、航空会社はどこも経営が厳しいのはあなたも知ってるよね？」

高橋がいった。

「はい、それは」

若い機長は素直にうなずく。

「スターフライヤーみたいな、あっちこっちから金をかき集めて作った、後ろ盾のない航空会社は、何かあったら倒産してもおかしくないと思うけどね」

戦後、日本の航空業界は、日本航空が国際線と国内幹線、全日空が国内幹線、ローカル線、近距離国際線チャーター、東亜国内航空（のち日本エアシステム）がローカル線という棲《す》み分けをする、いわゆる「45／47体制」（昭和四十五年に閣議了承、同四十七年に運輸大臣通達、通称「航空憲法」）が長らく続いた。

その後、昭和六十一年から規制緩和が始まり、新しい航空会社が業界に参入したが、どこも苦しい経営を強いられていた。平成十二年二月の航空法改正で、運賃・料金の設定・変更が認可制から事前届出制に変わり、大手が運賃の大幅値下げで対抗してきたことが大きな理由だ。エアドゥ（北海道国際航空）は、三年前に民事再生手続きが始まり、スカイマークエアラインズも二年前に累積赤字が百三十億円に達し、IT企業による増資引受けで辛うじて持ちこたえた。貨物航空のベンチャー、オレンジカーゴ（本社名古屋市）は昨年四月に破産し、スカイネットアジア航空（本社・宮崎市、現・ソラシドエア）は昨年六月に産業再生機構の手に再建が委ねられた。

中小航空会社だけでなく、日本エアシステムを手に入れて国内線でも全日空を逆転し、〝勝ち組〟になったはずの日本航空も、昨年三月期は八百八十六億円という巨額の赤字を出した。社内の権力闘争で怪文書が飛び交い、労使対立、労労対立、燃料価格高騰などで迷走し、近々、早期退職者の募集も始まる。

「うちは小さな航空会社だけれど、熊本県や地元の自治体が後ろ盾になっているから、そういう意味ではだいぶ違うと思うよ」

古森がいった。

「しかも、こんな立つ鳥跡を濁すような辞め方をしたら、業界でのあなたの評判に瑕《きず》が付いて、スターフライヤーに何かあったとき、次の転職も難しくなると思うけれどね」

「……」

「あなたに辞められると、みんなが困るんだよ」

高橋がいった。

「でも……僕はやっぱり、将来的なことを考えて、そろそろジェット機を操縦したいんです」

子どものような頑固さで、若い機長はいった。

エアバスA320は、約百五十席の中距離用ジェット旅客機だ。パイロットの操作を電気的信号に変換して飛行制御コンピューターを介して機を動かす「フライ・バイ・ワイヤ」システムを民間機として初めて導入したハイテク機である。

「それに妻も都会で暮らしたといってますし」

（妻じゃなくて、本人が都会で暮らしたいんじゃないの……？）

古森は訝る。

「何も一生天草で暮らせといってるわけじゃないんだよ。少なくとも、もうあと何年かはうちで働いてほしいんだよ」

「でも……こういう転職の機会は滅多にないですから……」

（若い人は、みんな島から出て行きたがるのか……それとも、天草エアラインの将来がそんなに不安なのか……）

古森はため息をつきたい気分。

その後も、古森と高橋は、何とか翻意させようと説得したが、退職の意思は変えられなかった。

「……そうかね。どうしても辞めるというなら、我々も首に縄を付けて引き留めるわけにはいかないけれど」

高橋がいった。

「ただ、次のキャプテンの確保の目処《めど》が立つまで、半年くらい待ってもらわないと、人繰りがつかないんだよ」

「はい、その点は……」

若い機長は素直にうなずく。

「スターフライヤーのほうにも待ってくれるよう、話してみます」

「うん。とにかく、そうして下さい」

古森と高橋は若い機長に念押しした。


ところが若い機長は、スターフライヤーから「すぐに辞めないと採用しない」といわれたらしく、一ヶ月ほどで辞めていった。

天草エアラインは、急に機長が一人減ったので、乗員のシフト変更を余儀なくされた。ただ、残ったパイロットたちが頑張って、規定ぎりぎりの時間を飛んだので、大きな支障はなかった。


怒り心頭に発した高橋は、社長の東坂、総務部長の神作とともに、北九州市小倉北区にあるスターフライヤー本社に怒鳴り込んだ。

「……あんた、これは、防災ヘリコプターの仕返しかね？」

先方の社長室のソファーで、高橋が皮肉るように訊いた。

スターフライヤーの社長は、一時、ヘリコプター会社、エクセル航空（千葉県浦安市）の社長を務め、天草エアラインに、熊本県の防災ヘリの共同受注をもちかけてきたことがある。

「いや、仕返しなんて意図はないですよ、もちろん」

ウェーブのかかった白髪に銀縁眼鏡のスターフライヤーの社長は、余裕を見せるかのように笑みを浮かべる。

高橋よりちょうど十歳下の五十代半ばで、日本エアシステム（ＪＡＳ）の後輩でもある。

「パイロットの養成には、どこの会社だって莫大な金をかけてるのは、あんたもよく知ってるだろう？」

「それはまあ、存じています」

「その莫大な金をかけたパイロットを引き抜かれたら、どの会社も困るのも、知っているよね？」

「……」

白いブラインドが下ろされた窓際のサイドボードには、独特の黒い塗装のスターフライヤーのエアバスＡ３２０型機の模型が飾られていた。白い尾翼には洒落た書体でＳとＦの文字が描かれている。

機体や尾翼の文字をデザインしたのは著名ロボット・デザイナーの松井龍哉《たつや》で、スターフライヤーのブランドコンセプトは「スマートスタイリッシュ」である。

「パイロットの引き抜きはお互いにやらないというのが、業界の紳士協定のはずだけれど、あんたはそれを無視するというのかね？」

天草エアラインもパイロットの採用に関しては、送り出す側の会社（組織）とも話し合った上で、関係者が納得ずくの採用を行なっている。

「無視はしませんけれどね……」

スターフライヤーの社長が笑みをうかべながらいった。

「しかし、仮にそういった紳士協定があるとしても、それはあくまで業界内の申し合わせみたいなものでしょう？　法律じゃないですよね？」

「法律に反しなければ、何でも好き勝手にやっていいと考えてるわけですか？」

恰幅がよく、いつもは温和な東坂も厳しい眼差しを向ける。

「そこまでは申していませんよ」

「法律に書かれていなくたって、航空業界に生きる人間として守るべきモラルってものが、あるんじゃないのかね？」

「モラルですか？　まあ、もちろん守っていきたいと思っていますよ」

仕立てのよいダークスーツをりゅうと着こなし、スノッブな雰囲気を漂わせたスターフライヤーの社長は、いかにもしたたかで、油断のならない顔つきをしていた。

彼がスターフライヤーを設立したきっかけは、旧帝国陸軍飛行場だった北九州空港が、場所を移転し、滑走路も一六〇〇メートルから二五〇〇メートルに延伸し、離発着二十四時間体制の空港としてリニューアルするのを知ったことだった。国内外のベンチャーキャピタルや投資ファンドから資金をかき集め、東京に頻繁に出張者が出ている日産自動車や安川電機など地元企業に対して、「そんなに出張者がいるのなら、株主になって株主優待割引を利用すれば、コスト削減できるし、将来当社が上場すれば、キャピタルゲインも得られる」と持ちかけた。

「場合によっては、我々も訴訟を起こさざるを得なくなると思うけれど、それでもよろしいということですか？」

瘦身の神作が訊いた。普段は温厚で誠実な総務部長である。

「訴訟？　どういう訴訟ですか？」

「おたくの会社とパイロット個人に対する損害賠償請求になるかと思いますが」

「ああ、そうですか……」

スターフライヤーの社長は、真意を探るように東坂らの顔を一瞥する。

あと半年あまりで開業しなくてはならない同社にとって、訴訟対応は面倒である。そのことは、開業前の怒濤《どとう》のような日々を経験した高橋が誰よりもよく知っている。

「ただ職業選択の自由という法律上の原則がありますよね。ですからパイロットの引き留めは無理なんじゃないでしょうか？」

スターフライヤーの社長は、法律について下調べをした様子。

「まあ、たとえ仮にそうだとしても、損害賠償は別途請求させてもらうということですよ」

「そうですか。……ではご随意にとしか、申し上げようがないですね」

相変わらず余裕めいた笑みを浮かべていった。

その後も、天草エアラインの三人は強く抗議したり、相手を非難したりしたが、話し合いは、物別れに終わった。

「あんた、こういうことをやっていたら、そのうち躓《つまず》くぞ」

帰り際に高橋がいった。

「そうですか。肝に銘じておきますよ」

スターフライヤーの社長は、相変わらず、煮ても焼いても食えなさそうな顔でいった。


それから間もなく——

古森と神作は、熊本市内の弁護士を訪ねた。

「……そういうわけで、うちとしてはせっかく金と時間をかけて養成した『金の卵』の機長に辞められると困りますし、他のパイロットたちにも示しがつきません」

法律事務所の会議室で古森がいった。

室内の書棚には、黒い背表紙の法律書がずらりと並び、窓からは熊本市中心部のビル街が見える。

「ことと次第によっては、裁判を起こそうかとも考えているんですが」

「そうですか……。でもこのケースは、勝つのは難しいと思いますよ」

五十代半ばの男性弁護士が、気の毒そうにいった。

「難しいですか？」

「率直にいって、まず勝てないという感じがします」

「まず勝てない……」

古森と神作は苦虫を嚙みつぶしたような表情。

「この種の訓練あるいは研修費用の返還請求については、まだ最高裁の判例が出てないんです」

最高裁判例は、法律の解釈や適用に関して、実質的に下級審（高裁以下）の判断を拘束する重要な指針である。

「それで、学説や下級審（高裁以下）の判決を見ますと、一定の条件があれば、費用の返還を認めるとするものは結構あります」

「それはどういう条件ですか？」

「その訓練や研修が、一般の社員が受けていない特別なもので、業務に直接関係がないということですね。社員を海外に留学させた金融機関が、留学費用の返還を求めた裁判で、留学には業務性がないとして、社員に費用の一部の返還を命じたケースがあります」

「なるほど……」

「けれども美容師さんが美容指導を受けるとか、看護師見習いが准看護学校で勉強するとか、勤務医が別の病院で研修を受ける費用なんかは、業務性があって、支払われた費用は賃金の一部であるとして、返還させることができないというのが過去のだいたいの判決ですね」

「うーん……業務性の有無は、どこで判断するわけですか？」

「研修内容が、今後継続して勤務するにあたって不可欠なものであるかどうかです。不可欠なものなら、業務性があると判断されます」

天草エアラインの二人は顔をしかめる。

法律の表現は分かりづらいことが多い。

「平たくいうと、その研修や訓練が、賃金をもらいながら参加すべき『仕事』であるかどうか、ということですね」

「ということは、パイロットの訓練費用は……？」

「おそらく業務性があるとして、返還は認められないでしょう」

「そうですか……」

「労働者に対して、退職の自由を不当に制限してはいけないという法律上の原則がありますから、費用の返還義務を課して、退職の自由を不当に制限してはいけないというわけです」

二人とも、ため息をつきたい心境である。

「ところで訓練を受けて、一定期間内に退職したら訓練費用を弁済するとかいうような会社の規定や社員の念書みたいなものはないんですよね？」

弁護士が訊いた。

「はい。そういったものはないです」

神作が答えた。

「そうですか。もし仮にそういったものがあったら少しはいいんですけど……。まあそれでも、業務性の有無が判断の大きな前提になりますけど」

「しかし、何千万円も金をかけて、それですぐ他社に行かれたんじゃ、かないませんよ。そう思われませんか？」

試算してみたところ、副操縦士になるための訓練費用と機長になるための訓練費用を合わせると、三千八百万円から四千万円がかかっていた。

「お気持ちは分かりますが、返還請求ができるためには、今申し上げた理屈から、三つくらい条件が揃ってないと難しいんです」

「三つ？」

「①その訓練が業務を遂行する上で必要がないこと、②本人の自発的な自由意思で訓練を受けたこと、③訓練後一定期間は辞めないというような社内規定や念書があって、それが合理的であること、ですね」

二人はうなずき、メモをとる。

「正直いって、今回のケースは、①〜③のどの条件も備えていないと思います」

「しかし、納得がいきませんねえ。パイロットもスターフライヤーも、住民の税金で運営されている天草エアラインを踏み台にしているようなもんじゃないですか？」

古森と神作は憤懣やる方ない表情。

「まあ、そういう見方もできますね」

弁護士は同情するようにいった。

「こういう案件で、会社側が勝ったケースとしては、ライバル社に転職する場合、退職金は半分しか支給しないという社内規定を設けていた会社が、ライバル社に転職した従業員と争って、この程度の不利益は職業選択の自由を不当に制限するものではないということで、勝訴した事例はあることはあります」

「そうですか……しかし、うちはそんな規定もないですし」

古森は悔しそうにうつむく。

「ただ、何もしないと、天草エアラインが他社の草刈り場になってしまうかもしれません。我々の怒りだっておさまりません」

視線を上げ、強い口調でいった。

「ある程度負けることは覚悟で、スターフライヤーとパイロット個人を訴えることはできないでしょうか？」

「まあ、できなくはないですけど……」

弁護士は躊躇《ためら》いがちにいった。

「ただ、費用や労力もかかりますし、あまり勝算のない訴訟を起こすのは、お勧めできませんけれどねえ」


それから間もなく――

社長の東坂、古森、高橋力、神作が会社の会議室で話し合った。

「……交通対策総室とも相談したんだけれど、やっぱり裁判は止《や》めろといってるよ」

恰幅のよい東坂がいった。

「そうですか……」

古森らは悔しさをにじませる。

「鎌倉君も、会社の体力がないこんな時期に、負ける可能性が高い裁判を起こすのは得策じゃないし、下手すると業界で物笑いの種になるという意見だそうだ」

　交通対策総室を管轄する企画振興部長の鎌倉孝幸は、県庁で東坂の九年後輩である。

「そうですか……。社長も同意されるのであれば、それに従います」

「まあ、本人が自分の将来を考えて転職したいっていうんだから、仕方がないだろう」

「はい」

「僕らの若い頃でも、同じようなことを考えたかもしらんしねぇ」

　温厚な人柄の東坂が、副操縦士の気持ちを思いやり、三人もうなずく。

「スターフライヤーのほうは、どうなの？」

「こないだ東京で社長に面会を申し込んだんですが、用事があるとかいって、出てきませんでしたよ」

　高橋が苦々しげにいった。

「もうこれ以上、話したくないということでしょう。……けしからんので、業界内で、もうちょっと吊《つ》るし上げたかったんですけれど」

　その後、天草エアラインは、パイロットの採用にあたっては、大手に行くための腰かけではなく、なるべく長く働いてくれそうな人や、どうしてもパイロットになりたいという強い意志のある人を採用するという従来からの方針を、一段と重視するようにした。

こうしたパイロットの一人が、米国で自家用機の免許をとり、日本に戻って四年間、コンビニのアルバイトやクラブのバーテンダーをしながらパイロットを目指し、二十八歳のときに天草エアラインに採用された谷本真一だった。谷本は訓練と試験を経て、副操縦士になり、その後、機長に昇格し、十年以上にわたって天草エアラインで飛び続けている。

一方、スターフライヤーは、この翌年（平成十八年）三月十六日に開業し、北九州－羽田路線に就航した。しかし、燃料費高騰なども響いて三年連続で経常赤字を出し、上場予定もずれ込んだため、日本エアシステム出身の創業社長は、三年後に顧問に退いた。新社長には、香港系投資ファンド、サイモン・マレー＆カンパニー・ジャパンの日本人副会長（三井物産の航空機部門出身者）が就任した。

新社長の下、上場準備の一環で内部体制調査委員会が設けられ、創業時からの契約を見直した結果、八百三十九件のうち六件が不適切と認定された。その中には、元運輸相の息子が代表取締役を務めているコンサルティング会社から、羽田空港の発着枠や出資に関してアドバイスをもらっていたものもあった。この結果、創業社長はわずか五ヶ月間で顧問からも退くことになった。

第十章　経営危機

1

平成十九年三月十三日――

「龍馬空港」の愛称を持つ高知空港は、高知市の東約一八キロメートルの香長《かちょう》平野の田園地帯にある。元々は、旧海軍の航空基地で、ここから特攻隊も出撃して行った。付近には大きな黒いカマボコ型の掩体壕《えんたいごう》、物資や人員を攻撃から守るためのシェルターが七基残っている。

その日、上空は灰色の厚い雲に覆われ、今にも降り出しそうな肌寒さだった。

空港ビル三階の送迎デッキで、警察や空港関係者二十人ほどが、吹き付ける風の中、固唾《かたず》を呑んで上空を旋回するダッシュ８－Ｑ４００型機の様子を金網越しに見守っていた。大阪の伊丹空港から飛んで来た全日空１６０３便だった。

ブルーのラインが入った白い機体は、二年前に製造された新しいものだ。全長三二・八メートルで、天草エアラインのダッシュ8－Q100の約一・五倍の長さ。座席数は七十四席で、この日は五十六人の乗客が乗っていた。

滑走路の向こうに民家の集落があり、その先の灰色の太平洋には白い波が打ち寄せている。

「……ずいぶん長いこと飛んでますけど、何やりゆうがでしょうね？」

若い警官が、年輩の警官に小声で訊いた。

「燃料を使いゆうがよ。これから胴体着陸するがやない」

「ああ、なるほど。火災事故とか、爆発が起きんように？」

「うん。上手《うま》くいったらえいけんどねえ……」

人々は心配そうに上空を旋回する白い機体を見上げる。

午前八時二十一分に伊丹空港を離陸した全日空機は、午前八時五十分頃、着陸態勢に入ったが、前輪が出ず、着陸を中止したのだった。

その後、しばらく空中を飛んで燃料を消費し、先ほど、いったん滑走路に接地し、すぐに上昇する「タッチ・アンド・ゴー」のショックで前輪を出そうと試みたが、上手くいかなかった。

同じ頃――

天草エアラインでは、社員たちが会議室に集まり、固唾を呑んでテレビ中継を見ていた。

画面には、灰色の空をゆっくりと旋回する全日空のダッシュ8が映し出されていた。

「これでまた、乗客離れが起きるんじゃないかなあ」

「うーん、同じダッシュ8だもんな」

約一年四ヶ月前の平成十七年十二月一日から空港の運用時間を一時間五十分延長し、福岡線往復四便、熊本線往復一便、松山線往復一便という、一日十二便体制にしたおかげで、前期（平成十八年三月期）は、史上最高の八万五千五百九十四人の乗客数で、赤字幅を約三千二百七十万円縮小し、当期損失を二千七百十七万円に抑えることができた。

しかし、今期は、初物効果が薄れた松山線の搭乗率がじわじわと落ち、燃料費も整備費も上昇し、再び大幅な赤字に陥っていた。

さらに機体の経年化で買い替えなくてはならない予備の部品も増え、ますます資金繰りを圧迫していた。開業当初の二、三年は五億円前後あった現預金は、ついに一億円を割り、資金繰りは危機的になっていた。

自己資金だけでは間に合わないので、来年度（平成十九年度）は、初めて県から四千二百万円、地元自治体から二千百万円の補助金を受け、プロペラと着陸装置の交換費用に充てることになった。

「ちょっと、運送の人、どなたか来て下さい。お客さんから電話が入ってます」

総務の女性が、テレビを見ている社員たちに呼びかけた。

「あっ、はい。今、行きます」

運送担当の男性社員が自分の席に戻り、受話器をとる。

「お電話代わりました。……えっ、うちのダッシュ8ですか？　……いや、それは大丈夫です。ちゃんと規定どおり整備してますんで」

全日空のニュースを見て、不安になった客が電話してきたのだった。

「……それにうちのはダッシュ8の100で、トラブルを起こしたのはダッシュ8の400ですから」

ダッシュ8-Q400は一昨年（平成十七年）一年間だけでも国内で二十六件のトラブルがあった。全日空とボンバルディア社が共同でプロジェクトチームを作って調査したところ、車輪の脚を動かすための油圧系統に製造段階でミスがあったことが判明した。


同じ頃――

霞が関二丁目の国土交通省七階の航空局でも、幹部や職員たちがテレビの中継を見守っていた。

「……そろそろ燃料もなくなった頃だろうな」

腕時計に視線を落とし、航空局の幹部の一人がいった。

通しだ。

「上手くやってくれるといいんだがねえ」

別の幹部が心配そうにいった。

高知空港では、滑走路は閉鎖され、この日の他の発着便四十一便はすべて欠航となる見通しだ。

午前十時五十三分――

高知空港の上空を約二時間旋回して燃料をほぼカラにした全日空のダッシュ8は、二度目の着陸態勢に入った。

「胴体着陸が始まります！」

航空局の職員の一人が叫び、他の職員たちがテレビの前に駆け付ける。

「おお、降りてきたぞ」

ワイシャツ姿の職員たちは、固唾を呑んでテレビ画面を見つめる。

ダッシュ8は、揺れる紙飛行機のように、ゆっくり高度を落としながら、滑走路に近づいて来た。

やはり前輪は出ていない。

滑走路には消火剤が撒かれ、周囲に十九台の赤い消防車のほか、警察車両も待機している。

「……今、１６０３便が、バランスを保って、滑走路に近づいて来ました」

実況中継をしている男性アナウンサーの声。

「やや機体が揺れております。……今、後輪の二つが出ています」

全日空機は風で左右にゆらゆらしながら、地上一〇メートルほどのところまで降りて来た。

数秒後、消火剤で濡れた滑走路に、両翼の下の二つの後輪で着陸した。

「今、後輪が着きました！　後輪が着きました！　着陸しました！」

白いダッシュ8は機首を上げたまま、雪上を滑るソリのようになめらかに滑走路を進む。

「こりゃ上手いなあ！」

「相当腕のいいパイロットだねえ」

職員たちは感心した表情で画面に見入る。

ほぼ十秒間、機首を上げたまま滑走し、やがて、シーソーの片側が下がるように機首をゆっくり下げ、滑走しながら地面にこすりつける。

「あっ、火花が散ってる！」

操縦室の下あたりの胴体が滑走路とこすれ、白い火花を散らしていた。

滑走速度が徐々に落ちてゆく。

着陸して約三十秒後、ダッシュ8は、機首を地面に着けた前のめりの恰好で停止した。

「おお、停まった、停まった！」

「無事だ、無事だ！」

航空局で歓声と拍手が湧いた。

二台の消防車が駆けつけ、まだプロペラの止まっていないダッシュ8の上から噴水のように水をかける。

乗降口のドアが開き、二人のCAが降り、乗客が降りるのを左右から支える。

数人の消防士のほか、駆けつけた全日空の地上職員や整備士たちが見守る中、乗客たちは腕を支えられ、タラップのない乗降口から五〇センチほど下の地上に飛び降りるように脱出する。

「今、乗客たちが降りて来ております。怪我人はいなかったということです」

男性アナウンサーがいった。

機体のそばに日本航空のマイクロバスが待機し、乗客たちはそれに乗り込む。

「このあと十一時四十分から全日空が会見を開く予定をしております。今回の胴体着陸の件について、全日空が会見を開きます」

この日の夕刊やニュースは、各メディアともトップで事故を扱った。
〈全日空機胴体着陸　旋回、恐怖の2時間　衝撃3度「助かった」〉　大阪読売新聞
〈胴体着陸　全日空・高知空港所長らが会見　事故機は2年前製造　着陸は4200回〉

NHKニュース

〈全日空胴体着陸　ボンバルディア社製プロペラ同型機、過去にも車輪異常〉日本経済新聞

国土交通省は、日本に三十六機あるすべての型のダッシュ8を保有する航空会社に対し、航空法にもとづく耐空性改善通報（TCD）を出し、速やかな点検・整備を求めた。

天草エアラインも、その夜、自社のダッシュ8を点検し、問題のないことを確認して、翌日以降も通常のダイヤどおり運航した。

その後、国土交通省の航空・鉄道事故調査委員会の調査で、事故原因は、ボンバルディア社が製造時に、前輪格納扉の開閉部のボルトを装着し忘れたことと判明した。装着忘れによって、ボルトの摩耗防止のためにボルトを包む「ブッシング」と呼ばれる金属製の筒がずれ、前方の壁に引っかかって、前輪格納扉を開閉するアームを動かなくしていたのだった。

一週間後（三月二十日）――

天草を定刻に出発した天草エアライン201便は、徐々に高度を下げながら熊本空港に向かっていた。

時刻は正午を少しすぎたところで、この日の乗客は十五人。天草エアラインの高橋力常務、神作《かみさく》孝取締役総務部長、藤川陽介総務課長も乗っていた。三人は、会社の中期経営計画の最終打ち合わせのため、県庁に行くところだった。

中期経営計画は今後五年間で、重整備などの大規模整備に関して県と地元自治体の補助金を仰いだ上で、商品開発や経費節減により、累積損失を現在の三分の二の約二億千二百万円に減らすという内容だった。

「クマモト・タワー、アマクサエアー201、ナウ・テン・マイルズ・ウェスト。リクエスト・ランディング・クリアランス」

日本エアシステム出身の六十四歳の機長が、熊本空港から西に一〇マイルの地点で管制官に着陸許可を求めた。

三年前からパイロットの年齢制限は六十五歳未満（六十五歳の誕生日の前日まで）に引き上げられた。

「アマクサエアー201、クマモト・タワー、クリアード・トゥ・ランド、ランウェイ・ゼロ・セブン、ウィンド・スリー・シックス・ゼロ・アト・フォー（天草エアライン201便、こちら熊本管制、滑走路7への着陸を許可する。風は北方向から四ノット）」

熊本空港の滑走路は一本だけだが、西南西の方角からアプローチして着陸する場合は滑走路7（真北からの角度が七十度）、逆方向は滑走路25（同二百五十度）と呼ぶ。

「ラジャー」

フロントグラスの先には、家々の銀色の屋根の間に高層ビル群が建ち並ぶ熊本市中心部や、黒い模型のような熊本城が見えていた。市内を流れる白川には青いアーチ型の橋がいくつもかかっている。

イルカ模様のダッシュ8は高度を下げながら東に向かって飛び続け、空港から五マイルの地点で、高度九〇〇メートルまで降りた。

「チェック・エアスピード、ギア・ダウン」

機長が車輪を出すよう指示した。

「ギア・ダウン」

副操縦士が復唱し、目の前のパネルにある車輪のノブを下まで押し下げる。

「あれっ、点かないな」

車輪が出ていることを表示するランプを一瞥《いちべつ》して、機長がいった。

前輪一つと後輪二つが出ると、車輪操作ノブの上にある三つのランプが緑色に点灯する「スリー・グリーン」になるが、三つとも点いていなかった。

「出てないですね、これは」

副操縦士もランプを見て、表情を曇らせる。

フロントグラスの先には、熊本空港の三〇〇〇メートルの滑走路と、その先の阿蘇の山々の雄大な景観が迫ってきていた。山々は濃い緑の樹木に覆われ、ところどころ茶色の山肌が露出している。

「アマクサエアー201、ゴー・アラウンド、マイナー・トラブル」

機長が管制官に対し、多少のトラブルがあるので、ゴー・アラウンド（着陸復行＝着陸中止）すると伝えた。

「ラジャー、エクスィキュート・ミスト・アプローチ・プロシデュア」

管制官は、着陸のやり直しを認めた。

機は着陸を中止し、滑走路を下に見ながら再び上昇する。

「あれ、どうしたんだ？」

機内にいた高橋が訝った。

「風もそこそこあるし、バードストライクを避けようとでもしたんですかねえ？」

隣にすわった神作も首をかしげる。

ダッシュ8は高度を上げ、空港上空を通過したあと、来た方角に戻るべく左旋回する。

そのとき、空港ビルの西南西寄りに一際高く聳える管制塔で、国土交通省航空局の職員が双眼鏡で天草エアラインのダッシュ8の様子を注視していた。ボンバルディアの機体のトラブルがないか監視するため、本省から派遣されて来た男だった。

「着陸態勢に入ったのに、車輪が一つも出ていない！　……またボンバルディアの車輪トラブルだ！」

　男の顔が険しくなる。

「大変だ！　また胴体着陸だぞ！　すぐに消防車を出してくれ！」

　間もなくダッシュ8は再び西南西の方角まで戻り、向きを変えて着陸態勢に入った。

「ギア・ダウン」

「ギア・ダウン」

　手動で車輪を出したダッシュ8は、ビーコンランプ（航空障害灯）を輝かせながら滑走路へと降下し、何事もなかったかのように着陸した。

　飛行機は駐機場に移動し、乗客を降ろす。

（ん？　訓練か何かやってるのか？）

　乗降口から出たとき、高橋は怪訝な気分だった。

　周囲に、数台の消防車や警察車両が停まっているのが目に入った。

　天草エアラインの三人はターンテーブルで荷物を受け取ると、タクシーで県庁へと向かった。

　県庁までは約一六キロメートルの距離で、車はしばらく、田や畑が広がり、ビニールハウスが点在する田園地帯を上下する道を走る。

　タクシーの後部座席にすわった高橋の背広のポケットの携帯電話が鳴った。

「はい、高橋です」

「高橋常務、すいません……」

電話をかけてきたのは、天草にいる運航部の社員だった。

「社長からすぐ空港に戻ってくれというご指示です」

「えっ、空港に戻る？」

「はい。高橋さんたちが乗っておられた機の車輪が出なくて、着陸をやり直したんで、消防車が出動する騒ぎになってます」

「ええっ⁉」

「マスコミからすごい数の問い合わせが来てて、おそらく空港にもマスコミが向かっていると思います」

「何だって……⁉」

高橋は絶句した。

「油圧で車輪が出なくて、手動で車輪を出したそうです」

「なるほど……それで着陸をやり直したわけか」

多くの航空機と同じくように、ダッシュ8も、油圧で脚のロック機構を解除し、車輪を下ろすようになっている。油圧で車輪が出ない場合は、手動でハンドルを引き、格納扉を開閉するアームを上げると、観音開きの扉と車輪のロックが外れ、自重で車輪が下りる。

一週間前の全日空機は、前方の壁に引っかかった筒形の「ブッシング」がアームを動かなくしていたため、油圧でも手動でも車輪が出なかったが、今回は油圧系だけの故障と見られる。

「運転手さん、ちょっと申し訳ないけど、空港に戻ってくれますか」

高橋は携帯から耳を離し、運転手にいった。

「しかし、手動で車輪を出すなんてのは、たまにあることじゃない。いったい、誰が消防車を出動させたの？」

空港へ戻り始めた車の中で高橋が携帯で訊いた。

「いや、それがまったく分からないんです……」

天草にいる部下は困惑したようにいった。

（まったくどこのどいつが、こんな面倒なことをしてくれたんだ……!?）

一週間前の全日空機の胴体着陸のせいで、ボンバルディア機の安全性に対する疑念が広がっており、消防車を出動させたりすれば、マスコミが騒ぎ立てるのは目に見えている。

熊本空港ビルに到着すると、高橋は真っ先に機長と副操縦士をつかまえた。

「ちょっと、二人ともこっちへ来てくれ」

高橋は、二人を空港ビル前に停まっていたタクシーに乗せ、八〇〇メートルほど離れた防災ヘリの事務所に連れて行った。マスコミの餌食にならないようにするためだった。

事務所に着くと、東坂に現状を報告したあと、二人のパイロットから事情を聴いた。

そのとき再び背広の携帯電話が鳴った。

「高橋さん、すいません」

電話をかけてきたのは、一緒に熊本にやって来た総務課長の藤川だった。

「県の交通対策総室長が、ＪＡＬの事務所で至急会いたいといってます」

「えっ、総室長が空港に来てるの？」

「真っ青になって、県庁からタクシーで駆け付けたみたいです」

藤川は声をひそめていった。

「真っ青になってねえ……」

「自分で陣頭指揮をとろうと思って飛んで来たみたいですけど、マスコミがカウンターに押し寄せて来たんで、やけになって『はい、もう手遅れ！』と、マスコミ対応要領をぐちゃぐちゃに丸めて、床に叩きつけましたよ」

マスコミ対応要領は、部下に命じて急遽作らせたものだという。

「そうなの？　まったく、何やってんだか……」

大事故でもないのに、県庁まで取り乱せば、ますます不安視される。

高橋は、急いで空港ビルにとって返した。

空港ビル一階西寄りにある日本航空と天草エアラインのカウンター背後の壁のドアを開

け、事務机が並ぶ日本航空の空港事務所に入ると、国土交通省から出向してきている交通対策総室長が、部下とともに待っていた。

「高橋さん、これ大変な事故ですよね。消防車まで出して」

交通対策総室長は、不機嫌そうな顔でいった。

東大法学部卒のキャリア官僚で、年齢は三十代後半。現場よりも、上司である企画振興部長や県議会のほうを向いて仕事をするタイプである。

「いや、大変な事故でもなんでもないですよ。車輪を手動で出すことはたまにありますから」

高橋は落ち着いて説明する。

戦時中、陸軍士官学校出の兄を人間魚雷「回天」の特攻で失い、防衛大学校で学び、ヘリコプターのパイロットを皮切りに、黎明《れいめい》期から民間航空業界の荒波の中を生きてきた高橋から見れば、相手は素人の子どもだ。

「でも消防車まで出てるじゃないですか？」

薄い眉に銀縁眼鏡の役人は、甲高い声でいった。

「それがおかしいんですよね。いったい誰が消防車なんか出したのか……？」

高橋が悩ましげに首をかしげる。

「機長に話を聞いたら、管制には『マイナー・トラブルがあるから、着陸をやり直したい』といっただけで、車輪が出ないなんて、一言もいってないそうですよ」

「そうなんですか……？」

相手は疑り深そうに訊く。

「ええ。だから胴体着陸なんて話はもちろん全然ないし、実際に手動でちゃんと車輪が出て、普通に着陸したわけですから」

「……」

「機内アナウンスも特になかったし、乗客も通常の着陸だと認識してますよ」

「ふーん……じゃあ、油圧で車輪が出なかったのは、何が問題だったんですか？」

気が立っているせいか、詰問調である。

「おそらく、電気回路の接触不良かなんかじゃないですかね。そんなに大きな原因じゃないと思います」

油圧系統は電気信号によって作動する。

「今、整備の連中がこっちに向かってますから、原因はじき特定できるはずです」

高橋は東坂に、マスコミが騒がないよう、一刻も早く原因を特定する必要があると伝え、整備士の第一陣二人がセスナ機をチャーターして熊本空港に向かっていた。

「それで、運航はどうされるつもりですか？　今日はもう運休ですよね？」

「いや、問題が特定されて、修理が終わったら、運航は再開しますよ」

「ええっ、そんなこと許されませんよ！」

交通対策総室長は目をむいた。

「どうしてですか？」

今度は高橋が驚く。

「だって、これだけ大騒ぎになって、マスコミも来てるんだから。テスト飛行とかちゃんとしたことをやった上でないと、世間が納得しませんよ」

「テスト飛行？　この程度のＳＱ（squawk ＝不具合）でテスト飛行なんかやってたら、毎月テスト飛行をやらなけりゃなりませんよ」

素人考えに、高橋は呆れた。

「整備とパイロットがオーケーを出せば、飛行機を飛ばしてよいと、規定上そうなっているんですから、ここは専門家に任せて下さい」

「いや、そういうわけにはいきません」

交通対策総室長は、むきになった。

プライドを傷つけられたと感じたようだ。

「こういう事態になったからには、ちゃんと社長が記者会見を開いて、テスト飛行もやって、信頼を回復した上で運航を再開して頂かないと」

「そんなことやってたら、何便運休になって、どれだけロスが出ると思うんですか？　自分で自分の首を絞めるようなものじゃないですか」

「いや、これはもう、県として認めるわけにはいきません」

「運航に関してはわたしに責任があるんだから、口出しされても困るんだけれどね」

「いや、天草エアラインの最大の株主は県ですから。県として対応します」

「株主が現場のデイリー（日々）のオペレーションに口出しして、どうするんですか？」

高橋は反論したが、感情的になった相手は聞く耳を持たなかった。

しばらくやり合ったが、埒が明かないので、「では社長と話し合って決めて下さい」といって、東坂に電話を入れさせ、二人の話し合いに委ねた。


結局、天草エアラインは、東坂や高橋が出席し、午後四時半から県庁で記者会見を開いた。

記者たちから「ボンバルディアのあの機種自体が危ないのではないか？」、「ほかの機種に替える気はないのか？」、「今回このような事態を引き起こし、責任をどう考えるのか？」といった質問が出された。これに対し東坂らは「お客様に安心して乗って頂く公共交通機関として、ご迷惑やご心配をおかけして申し訳ないと思っている。ただ、飛行機という乗り物は様々な安全対策が講じられており、通常の操作で車輪が出ないときは、手動で出す仕組みになっている。今回も一回目は油圧系の操作で出なかったが、二回目に手動でちゃんと車輪が出て、安全に着陸した」と説明した。

しかし航空業に関して素人の記者たちは、なかなか納得せず、東坂らは忸怩たる思いを噛みしめながら、何度も釈明せざるを得なかった。

午後からの便はすべて欠航し、搭乗予定だった乗客の一部は、会社が手配したバスで福岡、熊本、天草などへ向かった。

天草から駆け付けた整備士たちが機体を点検したところ、油圧装置を動かす電気回路で接触不良が見つかった。操縦室の作動レバーにつながるスイッチと電線を結ぶ二本の金属製のネジ（長さ約一センチ）の一本が接触部から数ミリ浮き上がっていた。ボンバルディアのマニュアルでは整備点検の対象外の配線部分で、製造段階でネジがきちんと取り付けられていなかったか、飛んでいるうちに徐々に緩んだ可能性があると見られた。

全国のメディアはこの件を一斉に報じた。〈ボンバル機　全車輪出ず手動着陸　熊本空港　緊急点検の対象機種〉（北海道新聞）、〈ボンバルディア機　車輪出ず　天草エアライン　原因を調査〉（NHKニュース）、〈あわや胴体着陸の二の舞〉（熊本日日新聞）といった、刺激的な見出しが付けられた。

天草エアラインには、全国から苦情や叱りの電話がかかってきた。「幹部の答えに真剣さが足りない」、「二度目で安全に着陸したから問題ないとは何事だ。一度でちゃんと着陸すべきだ」、「謝り方が悪い。社長は上を向いて話している。普通は俯《うつむ》いて話すもんだろう」といったもののほか、北海道のある母親は、凄い剣幕で「自分の子どもは何度か天草エアラインを利用したが、あなたがたの説明には納得できない！　もうおたくみたいな危ない飛行機会社は二度と子どもに使わせない！」と三回も電話をかけてきた。担当者の説明では納得しないので、総務部長の神作が応対し、最後は東坂が何度も釈明した。

その一方で「負けずに頑張れ」といった励ましの電話も多く、東坂の明治大学のゼミ仲間たち二十一人が激励のために二泊で天草にやって来ることを計画し、予約を入れてきた。

天草エアラインは、翌二十一日も全十二便を運休した上で、不具合箇所を修理し、テスト飛行も行なった上で、二十二日の始発便から運航を再開することにした。

三月二十二日——

運航再開初日の午前九時半頃、福岡から１０２便が戻ってきたあと、整備士たちが機体を点検していた。

「やばい！　レッドフラッグが出てる！」

機体の右側の胴体下部にもぐって、車輪収納場所にある箱の蓋を開け、中のパネルをチェックしていた整備士が顔をしかめた。

右エンジンの状態を示すパネルに付いている金属片検出器（magnetic chip detector ＝略称ＭＣＤ）のランプが赤く点灯していた。

「本当ですか⁉」

そばにいた若い整備士が驚く。

「また何か混じったみたいだな」

整備士は小さく舌打ちした。

二週間ほど前にも、エンジンの潤滑油に小さな金属片が混入したばかりだった。

「四百時間たってないから、アウトですね」

若い整備士が悩ましげにいった。

ごく小さな金属片の混入であれば、運航は継続できるが、四百時間以内に再び金属片が検出された場合は、エンジン交換かエンジン・メーカーの指導にもとづく修理を行わなくてはならない。

「もう就航から七年もたつから、ＳＱ（不具合）も多くなってきたなあ」

航空機は古くなるにつれ不具合が多くなるが、先立つ物がないと新造機を買えない。経営難の日本航空も、古いジャンボ（ボーイング７４７）を使い続けているので、整備費がかさんでいる。

「まずは部長に報告だけど、これはもうエンジン交換だな」

整備士は急いで胴体下部から出ると、整備部長と運航部長に報告すべく、事務所へと走った。

整備士たちは東坂や高橋が見守る中、徹夜で保管していた予備エンジンに積み替え、翌日、午前十一時五十五分の天草発熊本行きから運航再開に漕ぎつけた。その間、十四便が欠航を余儀なくされた。

点検の結果、エンジンの潤滑油フィルターに長さ三ミリ、幅二ミリの金属片が付着しているのが見つかった。分析したところ、エンジン内部のベアリングやPCU（プロペラ・コントロール・ユニット）と同じ金属だと分かった。混入の原因は、製造過程で出たバリ（金属加工時にできた不要な突起）や、潤滑油を交換するときに入った可能性が考えられたが、特定はできなかった。

2

六月一日——

開業八年目に入った天草エアラインは、平成十八年度（平成十八年四月〜同十九年三月）の決算を発表した。

売上は、史上最高の八億四千三万円で、平成十七年十二月からの福岡線の増便（一日四往復）や、平成十八年四月からの運賃値上げなどが寄与した。しかし、同年七月に実施した重整備や、同九月から十一月にかけて実施したパイロットの訓練に伴う減便の影響で、当期損益は一億千二百五十七万円の史上最大の赤字となり、累積損失は三億五百四十六万円に達した。

全体の搭乗率も初めて六〇パーセントを割る五五・三パーセントまで落ち込んだ（福岡線五九・〇パーセント、熊本線五〇・四パーセント、松山線四三・三パーセント）。

同日開かれた株主総会で、社長の東坂力、常務の高橋力、取締役総務部長の神作孝の三人が退任し、代わって、全日空とスカイネットアジア航空（現・ソラシドエア）出身の尾形禎康《さだやす》が社長に、日本航空出身の神宮忠紹《ただつぐ》が専務に就任した。

「……わたしたちの仕事の中心はお客様であり、顧客サービスを向上させていかなければなりません」

新たに社長になった尾形禎康は、着任の挨拶で、民間の視点で顧客サービスを行うよう社員に呼びかけた。

神棚を背に話す尾形の前に並んだ約五十人の社員たちの中には、警戒するような眼差しで尾形やかたわらに立つ神宮を見ている者たちも少なくない。

「お客様の目線で物事を考え、工夫を凝らし、お客様に親しまれ、満足される航空会社にならなくてはなりません」

六十歳の尾形は眉が濃く、がっちりした体形で、航空マンらしい垢《あか》ぬけた雰囲気を漂わせている。全日空では、営業、管理、北京駐在など様々な部署を経験し、一九九〇年から九一年にかけて起きた湾岸紛争の際には、クウェート在住のフィリピン人を救出するため、ヨルダンのアンマンからフィリピンのマニラまで飛んだ全日空のチャーター機でチーフパーサーを務めた。五年前にスカイネットアジア航空に移籍してからは、産業再生機構による会社再建も経験し、熊本営業支店長時代には、県の交通対策総室とも接点があった。

「民間では給料は稼ぐもので、もらうものではありません。公営企業であるかのような意識を持って仕事をしていたのでは、いつまでたっても黒字化は望めません」

初の民間出身社長として、会社を改革しようという意気込みが、言葉に色濃くにじんでいた。

尾形はまず経費の削減に取り組んだ。電気の使用、清掃の外注、出張旅費、交際費、部品購入費等、あらゆる経費を見直した。また業績に対する社員の意識を高めることも狙って、自分を含む役員と次長級以上のボーナスをゼロにし、給与についても、社長二〇パーセント、専務一〇パーセント、部長八パーセント、次長五パーセントの割合でカットし、それを一般社員へのボーナス支給の財源の一部とした。こうした厳しい経費の削減に対しては、社内外で賛否両論があった。

それから間もなく――

尾形、専務の神宮と、パイロットたちの間で、かなり激しい議論が交わされた。

最終の福岡からのＡＭＸ１０８便が午後八時に到着し、夜空に星が瞬き始めた時刻だった。

「……熊本線はもともとそんなに需要がないから、開業当初から一日一往復にしてるんですよね。二往復にしたって、乗客は増えないと思うんですけど」

小さな会議室のテーブルを囲むようにすわった九人のパイロット（機長四人、副操縦士五人）の一人が表情を曇らせていった。

尾形ら経営陣から、従来一日一往復だった天草－熊本線を一日二往復にするという提案がなされたのだった。実施されると、熊本二往復、福岡四往復、松山一往復の一日十四便体制となる。これに対し、パイロットたちは全員反対を表明した。尾形に請われ、嘱託として数ヶ月間残ることになった前取締役総務部長の神作孝も反対で、尾形に意見具申した。

「熊本線については、やってみないと分からないと思うんです」

丸みのある顔に、大きめのフレームの眼鏡をかけた尾形がいった。

「従来一往復だったので、どれくらいニーズがあるかも正確に把握できていません。それにうちの会社ができたそもそもの理由が、『九十分構想』でしょう？　熊本を二往復にするのは、会社設立の本来の趣旨に合致すると思います」

「九十分構想」は、熊本都市圏や熊本空港と県内すべての主要都市を九十分で結ぶというもので、細川護熙元知事（在任昭和五十八年～平成三年）が打ち出したものだ。

「そうはおっしゃいますが、乗務している我々の感覚としては、乗客数の分母は同じで、便数を増やしたら、ただ各便に分散されるだけという感じしかしないんですけどねえ」

別のパイロットが憂い顔でいった。

「しかも、ダイヤがますます過密になって、インターバルが二十分になりますよね？　こうなるともう、安全性の確保ができないんじゃないんでしょうか」

現在の一日十二便体制では、着陸から離陸までのインターバルが二十五分から三十分で、これでもかなりきつい。

「ＪＡＬなんかでもダイヤがきつくて、パイロットがハリーアップ症候群になって、離陸許可を得ずに滑走を開始したりしてますよね」

ハリーアップ症候群は、時間に追われるあまり、注意が散漫になって、ミスを犯すことだ。

二年前に、新千歳空港で雪のために出発が三十分遅れた日航機のパイロットが管制官の離陸許可を得ないまま滑走を始め、前方にいた全日空機に衝突しそうになる事故があった。

「確かに厳しいかもしれません」

尾形がいった。

「生産性を上げるために、勤務は今よりタイトになります。けれども、これは会社のため、ひいては皆さんの待遇・給与改善のためとご理解頂いて、協力してもらえませんか」

九人のパイロットの顔ぶれの中に、元政府専用機の機長、小松久夫の細面もあった。昨年六月に入社し、訓練を経てダッシュ8の免許を取り、機長の一人として乗務していた。衣を剝がして天ぷらを食べるほど節制し、口数少なく誠実に仕事に打ち込む姿は、社内外の尊敬を集めていた。

「サウスウエスト航空は、百三十席以上あるB3《ビースリー》（ボーイング737型機）でもインターバル二十五分でやってるじゃないですか。三十九人乗りのダッシュ8なら二十分でやってやれないことはないはずですよ」

尾形は懸命に説得を試みる。

サウスウエスト航空は、テキサス州ダラスを本拠地に米国各地に就航しているLCC（格安航空会社）だ。人件費以外の徹底したコスト削減などで高い収益性を維持し、航空会社のお手本として世界的に知られている。

「そうですかねえ……。むしろディレー（遅れ）が頻発して、お客さんに迷惑をかけて、こんな飛行機に乗るくらいなら陸路で行くってなって、お客さんが減るという、負のスパイラルに陥るような気がしますけどねえ」

年輩の機長が腕組みし、首をかしげた。

3

九月二十九日——

土曜の朝の福岡空港は曇り空で、北東の方角から約二メートルの風が吹いていた。

天草エアラインのダッシュ8が先ほど天草から到着し、新たな乗客を乗せ、天草へ向けて飛び立つところだった。機長を務めるのは元政府専用機の機長、小松久夫である。

「アマクサエアー102、ランウェイ・スリー・フォー、クリアード・フォー・テイクオフ」

管制官が34番滑走路（北北西方向）での離陸を許可すると無線で伝えてきた。

「ラジャー」

肩章の付いた白い半袖シャツ姿の小松は答え、右隣にすわった副操縦士に、滑走路へ移動するよう指示した。

ブオォーン、ブオォーン……。

両翼のエンジンが轟音とともに回転を始め、ダッシュ8は右方向に進み、滑走路の端へと移動する。

空港は市街地にあり、日本航空や全日空の飛行機が駐機している敷地の向こうには、東平尾公園や下月隈公園の木々や民家が見える。

まだ残暑が去らず、時刻は午前九時前だったが、気温はすでに二十三度に達していた。

小松が天草エアラインに入社して、一年三ヶ月がすぎた。世界各地へ飛ぶ政府専用機と違って、毎日同じ区間を飛ぶ業務は単調といえば単調である。しかし、民間の定期運送事業の厳しさも肌で感じる毎日だった。

政府専用機であれば、現地の天候が悪ければ訓練を中止し、明日あらためてやればよいとなるが、民間の航空会社は可能な限りダイヤを乱さず、運休を最小限にするため、最大限の努力をする。政府専用機時代にダイバート（目的地外への着陸）したのは、冬場の山陰の空港で雪が積もっているとか、梅雨時の入間（埼玉県）基地に霧がかかっているときに、名古屋や厚木に行った程度で、せいぜい年に一回だった。

しかし、この小さな天草エアラインでは、毎日毎日が天候との戦いだった。寄港地の熊本、福岡、松山だけでなく、長崎、佐賀、鹿児島などの各空港の天候も睨《にら》みながら、火災やエンジン故障の際はどこに行くかとか、目的地の天候が悪くて着陸できないときは、どこにダイバートするかということを常に考えなくてはならない。天草エアラインでは、運休やダイバートをする場合は、どのタイミングで、どの場所でやるべきか、乗客の不都合と会社のコストと安全性のバランスを見極め、絶妙のタイミングで決定しており、小松は感心させられた。こうしたノウハウは、この六月まで運航部門担当常務を務めていた高橋力が中心になって作り上げたものだった。

目的地の天候が悪くて着陸できないときでも、回復の可能性があるときは、あえて曇り空へ向かって離陸して行く。天候のぎりぎりの回復を待って、難しい着陸を二度、三度とトライしなくてはならないこともある。また天草空港をはじめとして、滑走路の短い空港に頻繁に着陸するため、的確なタイミングで高度を下げ、間髪入れずに操作をしないと、飛行機が滑走路の前方に行きすぎて、せっかく視界が確保できたのに降りられないという難しさがあり、常に緊張を強いられる。

一方、天草エアラインのパイロットになって楽しいのは、飛ぶ高度が低いので、パノラマのような景色を楽しめることだ。特に春のうららかな日差しの中を飛ぶのが、小松は好きである。

ブオォーン、ブオォーン……。

小松が機長を務めるダッシュ8は、福岡空港の滑走路の端まで来ると、プロペラの轟音を響かせながら左方向に向きを変えた。

目の前に天草空港の三倍近い二八〇〇メートルの灰色の滑走路が真っすぐに延びる。

ダッシュ8は滑走を開始し、ぐんぐんスピードを上げていく。

パネルの計器が、時速一〇〇キロに近づいていることを示す。

（ん、何だ、これは!?）

機体が右に曲がり始めた。

小松は咄嗟《とっさ》に左足でペダルを踏み、前輪と方向舵を動かして、機首を真っすぐに戻す。

それでも機体は右方向に引っ張られる。

「リジェクト・テイクオフ！（離陸中止！）」

初動が遅れると、滑走路を外れたりして大変な事態になるので、離陸を中止した。

スラスト・レバーを手前に引き戻してエンジンの出力を絞ると、機体の曲がりも小さくなった。

（まさか燃料漏れでは……？）

つい先月、那覇空港で起きた中華航空機の炎上・爆発事故が脳裏をよぎった。

去る八月二十日、那覇空港に着陸した中華航空（台湾）のボーイング737型機が、駐機場へ移動中に右エンジンから煙が出ているのに管制官が気づき、乗客と客室乗務員の計百六十一人が一、二分で緊急脱出した直後、両方のエンジンから漏れた燃料に火が点いて爆発した。機長は操縦室の窓から飛び降り、同じく操縦室の窓から脱出しようとしていた副操縦士は爆風で吹き飛ばされた。

「ちょっと、右エンジン見てくれるかな」

小松は副操縦士に命じた。

プロペラはすでに自動で停止している。

「異常なしです」

操縦席の窓から右のエンジンを見て、副操縦士がいった。

小松も操縦席の窓から左のプロペラとエンジンを見てみたが、特に異常は見当たらない。

小松はインターフォンでＣＡを呼び出す。

「プロペラが止まってしまったんだけど、煙とか何か見えないですか？」

ヘッドセットのリップマイクで訊いた。

操縦席からはエンジンの前のほうしか見えないが、燃料を燃やしている後ろの部分で問題が起きることが多い。

「ちょっとお待ち下さい」

ＣＡは客室の窓から左右のエンジンを確認する。

「今のところ何も異常はありません」

「分かりました。おそらく右エンジンに何かあったと思うんで、これからスポットに引き返します」

ＣＡとの会話を終えると、無線で管制官に連絡した。

「アマクサエアー102、ハヴィング・トラブル。リクエスト・リターン・トゥ・ザ・スポット……」

管制官に、離陸を中止し、駐機場に戻りたいと伝え、許可を得た。

「機長より、乗客の皆様にご説明申し上げます……」

小松は黒いハンドマイクを手にし、離陸を中止し、駐機場に戻ることになったと説明した。

駐機場で、十二人の乗客全員とCAを降ろすと、小松は操縦室を出て、右エンジンの下まで行った。

「うわっ、こりゃいかん！」

エンジン下部から燃料が漏れ、地上にぽたぽた落ち、灰色のアスファルトの上に直径二〇センチほどの黒い染みを作っていた。

エンジンは高温になっているので、少量の燃料漏れでも引火し、炎上・爆発する可能性がある。

「燃料漏れです！　すぐ消防車を呼んで下さい！」

そばにいた日本航空の整備士に叫んだ。

小松は天草にいる整備士たちに電話で状況を説明し、整備士たちは不具合が起きている箇所について可能な限り目星を付け、修理に必要な機材を車に積み込んで、陸路を福岡まで駆け付けた。

点検の結果、エンジンに燃料を送り込む金属製のパイプと、燃料をエンジン内で分配する部品とをつなぐ直径約二センチのバルブが緩んでいることが分かった。前夜、その部品を交換した際、バルブの締め付けが不十分で、運航や離着陸時の振動で緩んだと考えられた。これにより右エンジンに十分な出力が出ず、機体が右に曲がったのだった。

整備士たちがバルブを閉め直し、念のため左エンジンのバルブの状態も確認し、エンジンの試運転を行なった上で、ダッシュ8は天草空港に回送され、午後四時五分発の福岡行きAMX105便から運航を再開した。欠航となった102便を含む七便の乗客たちは、会社が手配したバスやタクシーで目的地へと向かった。

十一月十五日――

天草エアラインは、熊本線を増便し、福岡往復四便、熊本往復二便、松山往復一便という一日十四便体制にした。経営陣がパイロットたちを説得した結果だった。熊本空港での羽田線との乗り継ぎもスムーズにいくようにダイヤを組み、地元天草の住民を対象に最大三五パーセントの運賃を割り引くサービスも始めた。これは開業当初にあった自治体の補助ではなく、天草エアラインの自腹での割引である。天草市などで作る天草空港利用促進協議会も、増便に合わせ、レンタカー代金の二千円補助を始めた。

年明け（平成二十年一月）――

尾形、神宮、総務課長の藤川陽介の三人が、社長室で額を突き合わせるようにして、資金繰りの相談をしていた。

「……ちょっと、これはもう、またＪＡＬさんにお願いするしかないだろうねえ」

尾形が苦渋の表情でいった。

天草エアラインは、支払いを先延ばしできるものは極力延ばし、資金繰りをつけていた。各空港での燃料代の支払いは、延ばすと飛行機が飛べなくなる。大きな項目で延ばせるのは、日本航空への地上業務委託料（年間約一億千八百万円）くらいだった。

「神宮さん、頼めるかい？」

「大丈夫だと思います。ＪＡＬは、あまりうるさいこともいわずに、待ってくれますから」

ひょろりとした長身で、細い目に眼鏡をかけた神宮忠紹が答えた。日本航空から出向扱いで専務を務めている。

「有難いね。もう現金も、かつかつだしなあ」

現預金が、いよいよ五千万円を割るところまできていた。

部品庫の中では、金がなくて修理できない部品が段ボール箱に入ったまま山積みになっている。

「藤川君、どうかね？　お金はもつかね？」

尾形が、資金繰りの実務を預かる藤川に訊いた。

「いや、もう、エンジン故障なんか起きたら、一発で何千万円か吹っ飛んで、完全にアウトですよ。もう毎日携帯電話が手放せません」

年齢より若々しい藤川の顔にも疲れがにじんでいた。いつ何が起きても対応できるよう、携帯電話を手放せないので、手が携帯電話を掴む形になっていると自虐的に話していた。

「僕も県から、『営業だけしっかりやってくれれば大丈夫だから』っていわれて社長になったけど、こんな自転車操業だったとは……」

尾形は、国土交通省から来ている交通対策総室長や、その上の財務省から来ている地域振興部長（旧・企画開発部長）に「赤字は県と地元自治体が負担するから、営業だけやれば大丈夫」といわれて社長を引き受けたが、県と地元自治体がいくら負担するかは、その都度金額を検討して議会に諮り、しかも年度末から三ヶ月後くらいに入金になるので、きわめて不安定な資金繰りを強いられていた。

「銀行借り入れのほうは、どうなんです？」

神宮が訊いた。

手元資金を補うため、前社長の東坂時代から銀行借り入れを模索しているが、まだ実現に至っていない。

「まだ貸してくれるところが、見つかってないんだよ。交通対策総室にも協力をお願いしてるんだけど」

尾形は、営業努力だけでは限界があることを痛感し、県や地元自治体、天草出身の園田博之衆議院議員や天草選出の県議たちに頭を下げ、助力を依頼していた。

一方、コスト削減で、沈みがちな社員の気持ちを奮い立たせ、コミュニケーションを図るため、若い社員たちを中心に、焼き肉店や屋居酒屋に連れて行っていた。ただ尾形のやり方に反撥する社員は、忘年会などにも顔を出さなかった。

それからしばらくして——

社長室の尾形は、交通対策総室と電話で話していた。

「……えっ、金を貸してくれる金融機関があるんですか⁉」

交通対策総室の幹部職員が驚いた声を上げた。

「ええ。色々お願いしたら、天草信用金庫さんが、貸してもいいといってくれまして」

尾形がいった。

天草信用金庫は、松原正樹理事長が天草エアラインの監査役を務めており、日頃から応援してくれている。

「そりゃあ、願ってもないことじゃないですか！　尾形さん、是非借りて下さい！　喉から手が出るほど、お金が必要なんでしょう？」

「それは、そうですが……」

尾形は逡巡する。

「ただ、うちが借りたとして、県のほうで、あとで面倒を見てくれるんでしょうか？」

「えっ、県で面倒を見る？」

「はい。やっぱりこの会社の構造的な問題として、県や地元の自治体の支えなしではやっていくのが難しいっていう面がありますから。いずれ返済とかそういったことについて、ご相談やご支援をお願いするような局面が出てくるかもしれないと思うんです」

「それはまあ……もちろん県としても、できるだけのことはするつもりですが……」

相手の答えは歯切れが悪い。

「ただその……県のほうでも、いずれご担当の方も替わってしまうでしょうし、そういったときでも、確実に支援をして頂けるんでしょうか？」

尾形は懸命に食い下がる。

「いやそれは、もちろん……そういった方向でいくということになると思いますが……」

相手はますます歯切れが悪くなった。

尾形は不安がぬぐい切れなかったが、借りなければ倒産するしかない状態だったので、天草信用金庫から七千万円を借り入れた。

第十一章　上下分離

1

熊本県庁で定例の人事異動があり、天草エアラインを担当する部署に、同社を熟知する二人の「サムライ」が帰って来た。
（平成二十年）四月――

一人は、天草エアラインの設立・開業に中心的役割を果たした松見辰彦で、総務部市町村総室長から地域振興部の次長になった。もう一人は、天草エアラインの専務を二年務めたあと、県北部の鹿本《かもと》地域振興局次長を務めていた古森誠也で、交通対策総室の副総室長になった。

着任後間もなく、松見は天草エアラインの状況について調べた。
（経営が苦しいとは聞いとったが、こがんひどか状態になっとったか……）
県庁六階にある地域振興部の次長席で書類に目を通しながら、愕然とする思いだった。

前年度の搭乗率は、下期の機材整備のための欠航などが響き、ついに五〇パーセントを割り、四八・六パーセントまで落ち込んでいた。熊本線の増便もパイロットたちや元総務部長神作孝が危惧したとおり効果がなく、搭乗率は三四・三パーセント。前年度は四三・三パーセントだった松山線も三六・八パーセントと低迷した。

（一番重たいのは、整備費か……）

経常損失は一億二千百二十六万円だが、部品購入費用を含む整備費に一億二千六百万円かかっており、それがそっくり赤字になったような感じである。

航空機は、製造当初の三〜五年間は整備費もあまりかからない「ハネムーン・ピリオド」だが、その後は、年を追うごとに整備費が増加する。

（あとは燃料費負担が増えとるとか……）

最初の数年は年間七千万円前後で済んでいた燃料費が、一億五千九百万円もかかっていた。

（まったく、ゴールドマン・サックスのおかげで、よか迷惑たい！）

三年前（平成十七年）の春に、米系投資銀行ゴールドマン・サックスが「原油百ドル説」を打ち出し、そのあたりからエネルギー価格がうなぎ上りで高騰した。

松見はすぐに古森と相談した。

年次が一つしか違わず、広報課で一緒に働いたこともあり、お互いをよく知る仲だ。

「……これ、このままほっとくと、四億九千九百万円の資本金を食いつぶして、債務超過になっちゃうよね」

次長二人が机を並べる執務室にある打ち合わせ用のテーブルで、天草エアライン関係の書類を手元に開き、松見がいった。

天草エアラインは、昨年度の特別利益として県や地元自治体からの補助金五千二百三十五万円を入れても、累積損失が三億八千七百八十二万円に達していた。

「そうですね。尾形社長も、金策に追われるばかりで、もう少し余裕がないと、やらんといかんこともできんとゆうてます」

手堅い仕事師の古森がいった。

「三月末で現預金が六千百六十八万円あるけれど、天信《あましん》（天草信用金庫）から七千万円借りんかったら、もうマイナスだったたつよね」

「ええ、もうほんとに綱渡りです」

「しかも、県・自治体からの援助の額と、キャッシュフロー上必要な額が違うけん、そこでも負担が生じとると」

たとえば五千万円のエンジンを買った場合、会計上は初年度の減価償却分一〇パーセントだけが費用になり、残り四千五百万円は資産としてB／S（貸借対照表）に計上される。

そのためB／Sベースで赤字を補てんしている県・自治体からは、五百万円の補てんしか受けられない。

「一応、九月から神戸に飛ばす計画はしとるようだけど、これも初物効果はあっても、二年目からどがんなるか分からんけんなあ」

天草エアラインは松山線を廃止し、神戸線を開設する計画を立てていた。乗客数が低迷している熊本線は往復一便に戻し、福岡線も往復三便に減らす予定である。

「社員のモチベーションも、相当下がってますね」

古森は交通対策総室に着任して間もなく、天草エアラインを訪れたが、社内の雰囲気は暗く、話し声も少なかった。

「表立って廃業させろとはいいづらかけん、なし崩し的に資金繰り倒産させれば、問題が一つ解決するみたいに考えてる連中も庁内におるしなあ」

天草エアラインを相変わらず問題視し、「そがん金ばずっと使《つこ》ていかないかんなら、もう止《や》めてしもたらよかじゃなかか」という県職員や議員は少なくない。

「要は、行政からの支援も行き当たりばったりだから、やり方を抜本的に改めないと、駄目だってことですね」

「うん。それで色々考えてみたんだけど、整備費を行政のほうで持つ、『上下分離方式』にしたらどがんかと思うんだ」

「上下分離方式？　要は、地方の鉄道みたいにやるってことですか？」

　上下分離方式は、地方の鉄道事業において、地元自治体が軌道や車両などのインフラ（すなわち下部）を用意し、会社が運行（上部）に責任を持つという経営方式だ。青い森鉄道（青森県）、三陸鉄道（岩手県）、富山ライトレール（富山県）などで採用されている。

「整備費がちょうど赤字の額だから、これをインフラと見て、行政で持つようにして、あとは経営努力でやってもらうってことにすればいいんじゃないかな」

「なるほど」

「それに整備費なら、ある程度、年間の見通しも立てられるし、実際の費用ベースだから、B／Sとキャッシュフローの乖離《かいり》っていう問題も生じない」

「そこまでやってもなお赤字が出たら、経営責任ってことですね」

「うん。それなら知事や議会も説得しやすいかと思うとたい」

「分かりました。早速資料を用意します」

古森は、①天草エアラインの現状、②「上下分離方式」という考え方、③今後どれくらいの整備費を行政が負担しなければならないか、等のポイントを盛り込んだ資料作りに取りかかった。

六月――

日曜日の朝、天草での住まいである本渡市内の県立天草高校近くのマンションにいた尾形に、専務の神宮忠紹《ただつぐ》から電話がかかってきた。

「……社長、申し訳ありませんが、今日は飛行機が飛ばなくなりそうです」

神宮の声は狼狽《ろうばい》していた。

「えっ、飛行機が飛ばなくなる⁉　それ、どういうことなの⁉」

青天の霹靂《へきれき》である。

「乗員さん（パイロット）が飛ばないっていってるんです」

「飛ばないって……いったい、どういう理由で？」

「もうあの人とは飛びたくない、一緒にコクピットに入りたくないっていってるんです」

神宮は、ある年輩の機長の名前を挙げ、彼とは一緒に仕事をしないとパイロットたちがいっていると告げた。

その機長は、確かに個性が強く、社内でも敬遠されているふしがあった。

「要は、個人的な相性の話なわけ？」

（運航担当の専務ともあろう者が、どうしてこういうことをいってくるんだ……？）

個人と個人の話なら、話し合うとか、組み合わせを変えるとかすれば、解決するはずだ。

飛行機が飛ばないなどという事態にはならない。

「違うんです。乗員さん全員が、もうあの人とは飛ばないっていってるんです」

「えっ、全員が⁉」

尾形は愕然となった。

「そうなんです。全員が一致団結して、もうあの人とは一緒に飛ばないっていってるんです」

「一致団結……⁉」

ようやく事態の深刻さが呑み込めた。

「分かった。分かったけど、とにかく、シフトを変えるか何かして、飛行機は飛ばしてよ」

「はい、それはもちろん」

「僕は、すぐ会社に行くから」

尾形は急いでスーツに着替え、シルバーのフォルクスワーゲン・ジェッタを駆って、会社に向かった。

尾形は会社に着くと、件《くだん》の年輩の機長を除く七人のパイロット（機長三人、副操縦士四人）から話を聞いた。

問題の機長は国土交通省の試験官も感心するほどいい腕を持っているが、反面、天狗になっており、他のパイロットたちによると、とにかく横暴で、いったこととやることとも違い、もうこれ以上一緒に乗務をしたくないという。酒癖も悪く、酔っ払ってパイロットやCAに長々と電話をかけ、態度が悪いとか、悪天候を理由に熊本から天草に戻ってこないとは何事かと詰《なじ》ったり、飲み会でCAに対してセクハラまがいの言動もあったという。

聞いてみると、昔から積もり積もった話で、運航担当常務だった高橋力がいた頃は、高橋が、「お前、何やってるんだ！」、「そんなんだったら、お前、もう会社を辞めろ！」といった強い言葉で叱っていたという。

高橋は、元々ヘリコプターのパイロットで、パイロットたちからは会社の常務というより、パイロットの大先輩とみなされ、重みと敬意をもって受け止められていた。

しかし、高橋という重しがなくなると、誰も抑える者がいなくなった。

尾形は、社内の信頼が厚い機長の小松久夫にも意見を訊いてみたが、「やはりあの人とは一緒に仕事はできないと思う」という返答だった。

また真偽のほどは定かではないが、温厚な小松が、「あなたが会社を辞めるか、わたしが会社を辞めるか、どちらかだ！」と問題の機長に怒ったことがあるという話も社内で耳にした。

やむなく尾形は、その機長を休職処分にし、機長は天草を離れた。

それから間もなく——

尾形は休職中の機長と、福岡市の大濠公園で会った。

市内中心部にある大濠公園は、福岡城跡の外堀を利用して造られており、外周二キロメートルの池の周りが遊歩道になっている。公園の南側には、大池泉庭、枯山水庭、数寄屋造りの茶室などを配した立派な日本庭園がある。

「……こういう事態になった原因については、どういうふうに考えているの？」

公園の遊歩道を年輩の機長と並んで歩きながら、尾形は努めて穏やかな口調で訊いた。

「いや、正直いって……よく分からないんです」

機長は、戸惑ったように答えた。

「まあ、僕の聞いた限りでいうとね、ほかの乗員さん（パイロット）やＣＡさんたちは、こんなふうなことをいってってね……」

尾形は、パイロットやＣＡたちから聞いた話を率直に伝えた。

「そうですか……」

年輩のパイロットは俯きがちに答えた。

「確かに、若干いきすぎた点は、あったかもしれません。わたしとしては、よかれと思って、そうした部分もあるんですが……」

青い水を湛《たた》えた池では、貸しボートで遊んでいる人たちもいて、のどかな風景である。

「飲み会でのセクハラとか、そういった行為については、どうなんですか？」

「いや、それは誤解です！　わたしはそんなことをいったり、したりした覚えはないというか……若干、ニュアンスが違うというか……」

「そうなの？」

「はい。……ただもし、相手がそういうふうに受け取ったとしたら、申し訳ないことをしたと思います」

　機長は神妙な表情でいった。

「それからお酒なんだけど、もう少し控えて、飲んだときは、人に電話するのは止《や》めてもらわないといけないね」

「はい、その点は、肝に銘じます」

「僕としては、あなたに是非また、うちで飛んでもらいたいと思ってるんだよ」

　それは偽らざる本音だった。そのためにわざわざこうして会いに来たのだ。

「せっかくそれだけのいい腕を持ってるんだし、うちの飛行機や路線も熟知しているし、会社にとって、貴重な人材だと思っています」

　日差しは初夏らしく明るく、深刻な話をしているのが嘘のようだった。

　遊歩道の脇には柳やツツジが植えられ、ジョギングやサイクリングをしている人々がいた。

「やはり上に立つ立場の人間は、自分を厳しく律する必要があると思うんだよ」

「そうですね……」

二人で遊歩道を歩いたり、ときにはベンチで休んだりしながら、尾形は、相手のいい分を聞き、自らの思いのたけを話した。

「とにかく二、三日中に、あなたがほかの乗員さんたちに謝罪して、誤解されていると思う部分があれば、きちんと説明する機会を設けるから」

「有難うございます」

「だからそれまで、今回のことをよく考えておいてほしいんだ」

その後、二人はタクシーで福岡空港に向かい、空港内の一室で、全日空で尾形と同期入社の男に会った。元パイロットで、今はスターフライヤーの運航部門の幹部を務めている。尾形は、パイロットの先輩として、問題の機長に対し、色々アドバイスをしてやってほしいと頼んでいた。

同期の元パイロットは、相手の話も聞きながら、機長としてのあるべき言動、問題への対処方法、リーダーシップについての考え方などを、一時間ほど穏やかに、優しく話した。

休職中の機長のほうは、話を聞きながら、何度か「はい」とうなずいていたが、本心からそう思っているのかどうかは分からなかった。同期の元パイロットも、あとで尾形と電話で話した際に、「本当に理解してくれたのかなあ？　パイロットはプライドが高いからなあ」といった。

尾形は約束どおり、休職中の機長がほかのパイロットたちに謝罪する機会を設けた。

一日の運航が終了した夜の時刻に、尾形、神宮、問題の機長、パイロット全員が会社の小さな会議室に集まった。

乗員部以外の社員たちも、何か重大なことが起きていると感じ、張りつめた空気がオフィス内に漂っていた。

最初に、件の機長が、パイロットたちに対し、謝罪と反省を述べた。続いて尾形が、本人も反省しているので、もう一度チャンスを与えてもらえないだろうかと、パイロットたちに話した。

その後、機長は退出し、尾形、神宮とパイロットたちの話し合いになった。

しかし、いったん拗《こじ》れた関係は容易に修復できず、パイロットたちは、機長を再び受け入れることを許さなかった。


数日後——

尾形と神宮は、天草下島の北端にある鬼池《おにいけ》港からフェリーに乗った。

休職中の機長に会い、パイロットたちとの話し合いの結果を告げに行くためだった。

背後に小高い丘がある港は、コンクリートの堤防に波がざぶんざぶんと打ち寄せていた。

堤防の上では、老若男女の釣り人が撒き餌を撒き、折り畳み式の椅子にすわったり、麦わら帽子に長靴ばきで立ったりして、釣りをしていた。

鬼池港は、明治から大正にかけ、貧しい家の若い女性たちが「からゆき」さんとして天草に別離《わかれ》を告げた場所である。彼女たちは、島原半島南端の口之津港に着くと、上海行きの外航船の石炭庫に押し込まれ、南方の島々やシベリアに売られて行った。

しかし、今の鬼池港には、そうした悲しい歴史の影は感じられない。島原湾は初夏の太陽をいっぱいに受けてどこまでも青く輝き、対岸には、五キロメートルしか離れていない島原半島（長崎県）の黒っぽい陸地が見え、すぐ背後に、大きな雲仙岳がどっしりした薄青色の姿を見せている。

尾形と神宮が乗り込んだ白いフェリーは、長崎県の島原鉄道株式会社（本社・長崎県島原市）が運航するものだ。最大で三百五十人が乗れるが、乗客は多くなかった。

尾形も神宮も、滅入りそうな重苦しい気持ちだった。

フェリーが鬼池港を出るとすぐ、島原半島と天草下島を分かつ早崎瀬戸《はやさきせと》に差しかかった。瀬戸は「狭門《せと》」（狭隘《きょうあい》な小海峡）を意味し、流れが速い天然の漁場で、多くのイルカも見られる。ここを徳川幕府初期の寛永十四年（一六三七年）十二月に、天草四郎に率いられた約二万七千人の軍勢が、白地に十字架の旗を押し立てて渡り、島原の一揆軍に合流した。

白いフェリーは、島原湾から回り込むようにして狭い入り江に入り、出発してから三十分後に口之津港に着いた。のちにキリシタンに改宗する大名、有馬義貞によって永禄五年（一五六二年）に開かれた港である。ポルトガル船がやって来て南蛮貿易で三十年ほど栄えたが、豊臣秀吉や徳川幕府が禁教令を出してからは寂れた。

その後、明治時代に入って三池炭鉱（福岡県）の石炭積み出しで賑《にぎ》わったが、明治四十二年に三池炭鉱のそばの大牟田に港ができると、その賑わいも終わった。

現在は、島原鉄道のフェリー専用に近い状態で、そのほか小型漁船や釣り船、国立口之津海上技術学校の練習船などが出入りするくらいである。

フェリーを降りると、バス乗り場が併設された二階建てのターミナルがあり、そばに「南蛮船来航の町」という茶色いオベリスク型の記念碑が立っている。食料品店や食べ物屋など、商店が何軒かあり、そのほかＪＡ口之津支店や、ソテツが植えられた小さな公園がある。車や人の数は少なく、片田舎の港という風情である。

尾形と神宮は、港の近くの一軒の喫茶店で休職中の機長と会った。

「……パイロットの人たちとも色々話をしてね、僕らのほうからも、何とかあなたの復帰を受け入れてもらえないかと頼んでみたんだけれども……」

南国特有の明るい日の光が窓から差し込むテーブル席で、尾形が切り出した。

「僕らとしても、本当に残念なことなんだけれど、どうしてもあなたを受け入れることはできないという結論でした」

尾形は断腸の思いで告げた。

「そうですか……」

機長はある程度覚悟していた様子で、萎《な》えそうな気持ちを何とか堪《こら》えている表情である。

「やはり、積もり積もったものがあって、みんなもなかなか拭《ぬぐ》い去ることができないということのようなんだ。僕らもずいぶん説得しようと頑張ってはみたんだけれど」

神宮がいった。

「分かりました。……ご迷惑をおかけしました」

そういって機長は頭を下げた。

言葉とは裏腹に、まだ現実であることが信じられないような表情だった。それは尾形や神宮にとっても同じだった。

「僕らももうちょっと早く気づいて、何か手を打てていたらと思うんだけれど……こんなことになってしまって」

尾形が無念の面持ちでいった。

哀愁の中、しばらく三人は無言だった。

「それで、今後の身の振り方なんだけれども……何か考えはあるのかい？」

「まあ、どこか雇ってくれるところがあればと思っています」

「あてはあるの？」

「いえ、今のところはまだ」

「そうか……。僕らのほうでもできる限りのことはするから」

すでに長崎のオリエンタルエアブリッジとスターフライヤーには、こういう腕のいいパイロットがいるから、できたら採用してくれないだろうかと、尾形から頼み込んでいた。


それから間もなく、件の機長から退職願いが郵送されてきた。しかし、再就職先の斡旋依頼や相談はなかった。風の噂では、酒癖の悪さが業界で知られていて、採用してくれる航空会社がなく、パイロットとして再び空を飛ぶことは叶《かな》わず、別の仕事に就いたということだった。


七月――

県庁の松見、古森らが音頭を取り、天草エアライン、県、出資自治体によって「天草エアラインのあり方検討会」が組織され、上下分離方式についての合意形成に向け、本格的な動きが始まった。（なお出資自治体は、以前は二市十三町だったが、平成十八年三月の市町村合併により、天草市、上天草市、苓北町の二市一町になった。）

古森は各自治体の首長の元に足を運び、上下分離方式について説明し、理解を求めた。首長たちの反応は概ね好意的で、天草エアラインの副社長も兼務する安田公寛天草市長は「天草エアラインは天草の宝ですから」といい、苓北町の田嶋章二町長も支援に積極的だった。

松見、古森らは、県庁内でも財政当局など関係部署を説得して回り、去る四月の知事選挙で初当選し、農協職員から東大教授という異色の経歴が注目を集めた蒲島郁夫知事にも説明した。蒲島知事は、県として今後どれくらいの整備費を負担しなくてはならないかなどを確認した上で、方針を基本的に了承した。

これと並行し、天草エアラインの問題点を徹底的に洗い出すべく、地方自治法第二百五十二条の三十七などにもとづく包括外部監査を行うことにした。五人の公認会計士が委嘱を受け、報告書の取りまとめ期間も含めて、八ヶ月間にわたる詳細な監査が始まった。


こうした動きが進む間も、天草エアラインの資金繰りは火の車で、尾形、神宮、総務課長の藤川らは、毎日、金策に追われた。

（もうこうなったら、何か仕事を引き受けて、金を作るしかないんじゃないか……？）

状況改善の目処が立たない中、藤川は、副業でもやるしかないと思いつめていた。

理想的には、日本航空が、福岡、熊本、松山の各空港事務所にいる職員たちの手すきの時間を活用して、天草エアラインの地上業務を受託しているような、既存の施設や人員を有効活用できるものが望ましい。

しかし、そうそう美味《うま》い話はないので、本業と多少かけ離れた仕事でも、贅沢《ぜいたく》をいわずに検討してみることが必要だと思っていた。

そんなある日、藤川は、天草市が、市内にいくつかある施設を民間事業者に委託するための募集要項を入手した。

（……うーん、これは航空業とはだいぶ違っているけれど……）

A4判の用紙で一〇ページの募集要項を見ながら、藤川は考える。

（委託料の目安は、年間三千九十万円か……。これだけあればなあ）

市内に何ヶ所かある施設のうち、本渡にある最大の施設を運営するのに支払われる委託料の目安は年間三千九十万円で、二番目に大きい天草町高浜の施設は千百五十五万円となっていた。

（応募資格は、と……）

藤川は、五ページ目に書いてある応募資格を確かめる。

⑴地方自治法施行令第百六十七条の四の規定（競争入札参加不適格事由）に該当しないこと、⑵県内に事業所を有すること、⑶天草市から指名停止措置又は暴力団の排除に関する合意書に基づく指名除外措置を受けていないこと、といった八つの応募資格が記されていた。

八番目の項目に、「この種の施設の運転管理に一定の経験を有する者と特殊資格者」とあった。そうした人材は天草エアラインにはいないが、社外の有資格者を契約社員か何かにしてスタッフに加えれば、クリアできそうに思われた。

(応募説明会は、十月二十七日か……。とりあえず行ってみようか)

2

八月三十一日——

愛媛県松山市の上空には青空が広がり、白い綿雲が北西から南東の方角に移動していた。午前中から気温が三十度を超える真夏日だった。

天草エアラインの運送サービス課長、川﨑茂雄は松山空港のカウンターで働いていた。

「あれっ、川﨑さん、こんなところで何してはんの?」

リュックサックを背負った中年男性が声をかけてきた。

「あっ、これはどうも! 大阪から来られたんですか!?」

男性は、天草エアラインのCAや職員とも顔見知りの大阪の航空ファンである。

「うん。松山線の見納めに、最終便に乗っとこうと思《おも》てね」

男性は八年前の天草エアライン開業初便にも搭乗しており、新路線が開設されるたびに初便に乗っていた。

「ああ、そうですか。それは有難うございます」

半袖シャツにネクタイ姿の川崎は、愛想よく頭を下げる。

「川崎さんは、なんで松山にいてるの？」

川崎は普段は天草の本社で働いている。

「いや、今日が最終便なんで、松山市役所とか、ＪＡＬさんとか、よく使ってくれた会社さんとか、関係各所に挨拶回りをしてたんですわ」

「ああ、そうなんや」

「残念ながら、搭乗率が伸びないもんで、こんなことになりまして」

川崎は残念そうな表情。

開設初年度（平成十六年）は搭乗率が六〇・三パーセント、翌年は五〇・一パーセントだった松山線は、昨年度三六・八パーセント、今年度三五・二パーセントと不振を極めた。

「九月四日の神戸線の初便、予約したんで、楽しみにしてますわ」

航空ファンの男性がいった。

天草エアラインは松山線をこの日で廃止し、九月四日に熊本―神戸線を開設する。

すでに神戸や熊本の観光キャラバン隊が相互訪問し、神戸空港で離着陸訓練も行われ、九月末まで片道一万八千五百円の通常運賃を一万円に割り引く記念キャンペーンも実施することになっている。

「しかし、天草エアライン初の路線閉鎖ゆうのんは、ちょっと屈辱的やねえ」

航空ファンの男性の言葉に川﨑が頭を掻《か》いたとき、胸ポケットの携帯電話が鳴った。

「あっ、ちょっとすいません。……はい、川﨑です」

航空ファンの男性に断って、携帯電話を耳にあてた。

「川﨑さん、濱田です」

電話をかけたきたのは、天草にいる運送部門の同僚の濱田雅臣だった。川﨑同様、開業時からのメンバーで、ともに天草出身だ。

「どぎゃんしたと?」

「川﨑さん、飛行機が飛ばんとです」

濱田が深刻な口調でいった。

「えっ、飛行機が飛ばん⁉」

「エンジンの潤滑油の中から金属片が出たとです」

「じゅ、潤滑油の中から、金属片が……!」

川﨑の顔がたちまち青ざめた。

「だけん、もう、とにかく今日は飛ばんとです」

気が遠くなりかけた川﨑の頭の中で、濱田の声がこだました。

(もう駄目だ、……倒産だ……!)

川崎は、総務課長の藤川から、今度エンジンの修理を要する事態が起きたら、もう払う金がないので、会社は倒産するしかないと聞いていた。

「川崎さん、どないしはりました？」

蒼白な顔で携帯電話を胸ポケットにしまった川崎に、航空ファンの男性が訊いた。

「申し訳ありません！　今日は、飛行機が飛びません」

「えっ……ええっ⁉」

リュックを背負った航空ファンの男性は、驚きのあまり、のけぞりそうになった。

その晩――

天草市役所では、ほとんどの職員が帰宅し、所内の照明もかなり落とされていた。

三階にある企画部の部長席で、部長の金子邦彦が、天草エアライン社長の尾形禎康と電話で話をしていた。

天草エアラインでは、徹夜覚悟でエンジンの整備点検が続いていた。

「……なるほど。その金属片ば抜いて、オイル（潤滑油）ば詰め替えて、フルエンジンかけっとですか？」

五十代半ばの金子は、天草高校を卒業後、本渡市役所に入所し、下水道課、土木課、県庁出向などを経験したあと、秘書係長、財政係長などを経て、平成十八年の市町村合併に際しては、合併推進協議会事務局長を務めた。痩身で背が高く、一見ひょうひょうとしているが、現場の意見をよく聞き、筋を通す人柄である。

「そもそも、その金属片ちゅうとは、どげんふとさ（大きさ）ですか？……えっ、ふとか（大きい）とが、縦四・五ミリ、横三ミリ、厚さ〇・三ミリ？ そぎゃん鉛筆ん削りカスんごたるとが出ただけで、飛ばれんごとなるとですか？」

潤滑油から出た金属片は二つで、金属片感知用の磁石にくっ付いて発見されたという。

「……うーん、なるほど。三万五千回転で、エンジンがパーにね、うーむ……」

ダッシュ8のエンジンは、燃料を噴射して燃焼させ、発生した高温・高圧のガスでプロペラに繋がっているタービンを回転させる「ターボプロップ」で、最高で一分間に三万五千回という猛烈な速度で回転する。小さな金属片が紛れ込むと、多くの箇所に損傷を与え、エンジン自体が駄目になる可能性がある。

「……え、えっ⁉ 今、世界中に電話しとっとですか⁉ ……予備エンジンば探して？」

天草エアラインには、予備エンジンが一個しかなく、先日降ろしたエンジンを修理に出したため、今使っているエンジンの修理が必要になった場合、たちまち運航に支障をきたす。

そうした事態を回避するため、エンジン製造者のプラット・アンド・ホイットニー・カナダ社（略称ＰＷＣ、米国のプラット・アンド・ホイットニー社のカナダ子会社）のリース用エンジンを借りようとしていた。しかし、同社のリース用エンジンは一基か二基しかなく、世界中を駆け巡っている。

「それで見つかったとですか？　……おお、ドイツに。そりゃあ、よかったですな！」

今しがた、ドイツでリースできそうなエンジンがあるのが分かり、シンガポール経由で運んで来る手筈《てはず》を整えているという。

「とにかく、何とか飛んでもらわんば、もう神戸就航も四日後ですけん……」

尾形との話を終えると、金子は交通対策総室副総室長の古森誠也に電話をかけた。交通対策総室でも関係職員が残って、整備の状況をフォローしていた。

「古森さん、今、尾形社長と電話で話したとですばってん、オイルば詰め替えて、明日試運転ばして、問題のなかごたれば、最大四百時間、飛べる可能性があっとだそうです」

金子は県庁にいる古森にいった。

「……ええ、そがんです。問題の左エンジンは、修理が終わって積み込んだばっかりですけん、金属片が出たとは初めてで、オイルば入れ替えて、試運転ばして、また金属片が出んならば、四百時間まで飛べるそうです」

しかし、分析の結果、金属がベアリング部分のものだと分かれば、飛べるのは五十時間までで、エンジン自体を修理しなくてはならない可能性も出てくる。しかし、天草エアラインにはもう払う金がない。

「……ばってん、古森さん、こげんぎりぎりの運航ばずっと続けとれば、どげんもやり切らんですばい」

金子の口ぶりに危機感がこもる。

「壊れてから予算ば上げて、また壊れてから予算ば上げてじゃ、もう間に合わんですばい。……ええ、そがんです。上下分離もですが、ほかに、何かすぐ金の出る仕組みば考えてやらんと、こりゃいかんですばい」


四日後(九月四日)――

午前九時半すぎ、天草エアラインの運送サービス課長、川崎茂雄は熊本空港の7番ゲート前で、神戸線就航記念式典の準備をしていた。

四日前に検出された金属片はただちに羽田にある全日空の発動機センターに送られ、分析の結果、ベアリング部分のものではないことが分かった。ダッシュ8は、最大で四百時間の飛行を続けることが可能になり、会社はひとまず倒産の危機を免れた。

PWCから借りたエンジンのほうは、シンガポール経由で関西空港に到着し、整備部の江口英孝と稲澤大輔が立ち会って国土交通省航空局の予備品証明検査を受け、トラックで天草に向かっている。

熊本空港の7番ゲートは二階の東の端にあり、広い待合スペースが併設されている。

東側の窓寄りの場所に式典用のアーチが設置され、「祝」の文字とともに、白地に赤い文字で「天草・熊本＝神戸線就航」と書かれた横断幕が掲げられていた。

そばの長テーブルの上には、テープカットを行うためのリボンが付いた十一挺《ちょう》の大きな金色の鋏のほか、乗客代表に贈られる花束、搭乗記念品、マイクなどが並べられている。

ゲートの搭乗案内スクリーンには、鮮やかな群青色を背景に白い文字で「10：35　AMX501　神戸」と表示されている。

会場には、関係者、報道記者、カメラマン、乗客などが集まり始めていた。

（無事に着いてくれよ……）

坊主頭に眼鏡の川崎は、同僚たちと一緒に式典の準備をしながら、心の中で祈り続けていた。

天草エアラインは、昨日まで全便を運休し、機体の検査を続けてきた。エンジンの試運転も毎日行なったが、再び金属片が出ることもなく、この日の運航再開に漕ぎ着けた。

今朝、すでにダッシュ8は、天草‐福岡間を一往復し、熊本に向かって順調に飛行を開始していた。

熊本の空は青く晴れ渡り、気温はすでに二十七度を超え、五日連続の真夏日になる見込みである。

「それではただ今から、天草エアラインの熊本‐神戸線就航記念式典を始めさせて頂きます」

午前九時五十九分、進行役を務める天草エアラインの若い女性ＣＡがマイクでいった。

彼女は、この日、お披露目される新制服姿だった。

「きれいかねえ！　清潔か感じもするし」

「こがん制服、見たことなかかね」

人々の間から、ため息まじりの声が漏れた。

新しい制服は、上着が白で、スカーフと巻きスカートに天草更紗《さらさ》が使われ、外国からの風が吹いて来るようなデザインだった。

天草更紗は、安土桃山時代に、ヨーロッパ、中近東、インドなどの更紗（木綿地に細密な柄を刷り込んだ布）が長崎を通じて伝わったものだ。色どり豊かな柄は、人、植物、動物、幾何学模様など様々で、異国情緒に溢れている。

「最初に、本日、ご出席頂きました来賓の方々をご紹介致します……」

司会役のＣＡがリストを見ながら、会場の前のほうに並べられた来賓席の蒲島熊本県知事、安田天草市長（天草エアライン副社長）、村上寅美県議会議長、熊本空港ビル社長、日本航空熊本支店長らを紹介する。

熊本空港ビルの社長は、故福島譲二知事の懐刀と呼ばれ、急逝した福島に代わって天草空港の開港式典に出席した河野延夫元熊本県出納長である。

来賓紹介のあと、社長の尾形禎康が挨拶に立った。ダークスーツの左胸には大きな赤いバラのリボンが付けられていた。

「……本日、念願の熊本－神戸線に就航することができましたのは、ひとえに関係各位のご支援とご指導の賜物であると、心より感謝申し上げております」

尾形の話を聞きながら、川崎茂雄は、待合スペース東側の壁に大きく穿《うが》たれた窓の向こうが気になっていた。

すぐそばに灰色のアスファルトコンクリートで舗装された駐機場が広がり、その彼方に滑走路が延び、空港の北側を縁取る林が濃緑色の島影のように見えていた。

窓に切り取られて見える滑走路は、三〇〇〇メートルのうち東側の四分の一ほどだ。

この日は、一・五メートル前後の風が北東の方角から吹いているので、島原湾と熊本市の上空を越えて来たダッシュ8は、滑走路の西側（滑走路7）からアプローチする。したがって、着陸の瞬間は空港ビルに遮られ、川崎は見ることができない。

「……熊本と神戸を結ぶこのたびの定期便の就航を機に、わたくしども天草エアラインとしましても、天草・熊本地区と神戸など関西地区の人事や文化面での交流、観光の振興などに資するよう、努力をして参りたいと存じております……」

尾形の挨拶が終わりに近づいていた。

「本日は、ご多忙のところ、蒲島熊本県知事をはじめとする関係者の皆様方にお集まり頂きましたことに、心から御礼を申し上げ、わたくしのご挨拶とさせて頂きます」

そのとき、川﨑の視界の左側から、白地に青と水色でイルカと波が描かれた機体が、ふいに姿を現した。

（おおっ！　無事着いた！）

胸中で歓喜と安堵が交錯した。

ダッシュ8は滑るように滑走路の西の端まで進むと、向きを変えて、7番ゲートの方向へゆっくりと近づいて来た。


約二週間後（九月十九日）――

熊本県議会で、天草市・郡選挙区選出で二期目の池田和貴県議が質問に立った。

「……最初に、天草エアラインに対する支援についてお伺いを致します」

父である故・池田定行県議を彷彿させる、恰幅のよい池田県議は、先輩・同僚の議員たちへの感謝の言葉を述べた後、質問に入る。

「わたしは、蒲島知事のマニフェスト十五ページに『天草エアラインのサポート』という言葉が入っておって、それを見て、本当に身体が震えるような思いでございました」

去る三月に熊本県知事に初当選した蒲島郁夫のマニフェストは、「くまもとに夢を、地域に力を」と題し、行財政改革、情報公開、農業振興などのほか、阿蘇と天草の世界遺産登録推進を掲げ、天草エアラインへの言及もあった。

「そういう想いを持って、二月一日から三月五日まで（注・熊本知事選告示前）、朝七時半から八時半まで、蒲島知事の応援のために、街頭に立って応援をしたわけでございますが……」

「俺も立ったですよ！」

議場内から朗《ほが》らかな野次が飛んだ。

知事選告示前の三十三日間、自民党熊本県連青年局長である池田が音頭を取って、議員たちが交代で熊本市内中心部に毎朝一時間立ち、街頭演説を行なった。

「……これまでわたしは、一般質問の機会を頂くたびに、天草エアラインの地域振興に果たしている役割を説明し、同社の経営が厳しい理由を分析し、経営改善のための指摘を行なってまいりました」

背後の壁の日の丸と、「ク」の字を九州の形に白抜きした熊本県旗を背に質問を続ける池田を、演壇左手の執行部席の端にすわった蒲島知事が見つめていた。

「それは天草エアラインの存在が、当初の目的である地域産業の下支えや、観光客誘致をはじめとする地域振興に貢献するとともに、天草住民の生活を支える社会基盤として重要な役割を担《にな》っていると認識しているためであります」

池田は、天草エアラインを利用して十五人の医師が天草地域の病院に勤務しているほか、それ以外の医療関係者の移動や、輸血用の血液の輸送にも使われており、また天草在住の弁護士が福岡高裁での裁判に出席するためにも使っていることを述べる。

「しかしながら、近年の地域の経済的疲弊や社会構造の変化にともない、天草エアラインの利用者数は平成十七年度の八万五千五百九十四人をピークに年々減少し、想定以上に機材整備費が増加していることや、昨年来の燃料費高騰なども加わり、経営を取り巻く環境は一層厳しくなってきております」

つい四日前、百五十八年の歴史を持つ米国第四位の投資銀行リーマン・ブラザーズが連邦破産法第十一条の適用を申請して破綻し、同社に日本円換算で四十六兆円にも上る保証を供与していた大手保険会社ＡＩＧも実質国有化された。

英国では住宅金融大手ノーザン・ロックが国有化され、ドイツの大手銀行も軒並み打撃を受け、アイスランドでは第二位のグリトニール銀行も国有化必至の情勢である。世界経済は大混乱の渦中にあり、いずれ日本や地域の経済にも悪影響が及ぶと見られている。

「……そこで、天草エアラインの過半数の株式を保有する県として、同社の存在意義をどのように認識しているのか、また、これからますます県の支援が必要とされる状況の中、天草エアラインをどのような形で支えていくつもりなのか、知事のお考えをお尋ね致します」

池田に代わって、蒲島知事が登壇する。

「天草エアラインは、天草地域唯一の高速交通機関として、また議員ご指摘のとおり、医療や福祉など住民生活を支える社会基盤としても、重要な存在だと認識しております」

六十一歳の知事は、鹿本郡稲田村（現・山鹿市鹿本町）出身で、高校卒業後、地元の農協に勤務し、二十代の初めに農業研修で渡米したのをきっかけに、ネブラスカ大学で畜産学や農業経済学を学び、ハーバード大学で政治経済学の博士号を取得した。帰国後、筑波大学で教鞭を執り、その後、東大教授になった。

「現在、県では、将来的にも安全かつ安定した運航が確保される方策について、地元市町や会社と一体となり、専門家の意見も聞きながら、総合的な検討を行なっているところです」

知事は、元農協職員らしく朴訥《ぼくとつ》とした風貌だが、米国仕込みの洗練された雰囲気も漂わせている。

「本年度中には、運航形態や運営体制など、会社にとって最も有効な今後の方向性を見極めた上で、県として、天草エアラインの運航継続に必要な支援のあり方を固めていきたいと思っています」

答弁が終わると、再び池田県議が登壇した。

「今、知事のほうより、継続をしていくために必要な措置をとっていくというご答弁を頂きまして、本当に有難うございました」

池田は蒲島のほうを向いて、頭を下げる。

「一つ知事のほうにも是非ご理解して頂きたいことは、もちろんお分かりであるかと思いますが、天草エアラインは株式会社ですので、最終的にはやはり株主の決定が前提としてありませんと、経営陣は身動きが取れないわけであります」

池田は、社長の尾形から、いろいろやりたいことがあるが、先立つものがないので動けないといわれ、総務課長の藤川からも資金繰りの苦しさを直接訴えられていた。

「したがいまして、株主の皆さん方の方針というものが早急に示される必要があると、わたしは思っております。そういった意味で、早く次をどうするのか、そういったものを考えて頂きたい、そういう想いでおります」

すでに池田は、交通対策総室の古森らと協力しながら、天草エアラインに対する支援スキーム確立のため、県議会の有力者や地元首長への根回しに奔走していた。


十月二十七日——

天草エアライン総務課長の藤川陽介が、藁にもすがる思いで見つけた副業案件の応募説明会の日がやってきた。

「……じゃあ、ちょっと市役所に行ってくるわ」

藤川は書類を手に席から立ち上がると、運送サービス課長の川﨑茂雄に声をかけた。

二人は同い年で、会社の問題についてもよく話し合う仲だ。

「うん。……うちの会社には、ちょっと難しい感じはするけどね」

席にすわっていた川崎が、藤川を見上げて苦笑いした。

「まあ、話だけども聞いて来るよ。このまま何もしないと、つぶれるだけだから」

やや自嘲的にいってオフィスの出入り口へと向かう。

出入り口近くの会議室では、天草エアラインの経営状態を徹底して調べるため、県から包括外部監査の委嘱を受けた会計士たちが、会社の帳簿や契約書類をチェックしていた。

空港ビルから出ると、青空に薄い雲が浮かび、明るい日差しが降り注ぐ穏やかな秋の日だった。

藤川は、空港ビル脇の駐車場に停めてあった自分の車に乗り込み、エンジンを始動させた。

天草市役所に到着し、会議室に入ると、市内にある公共施設の運営委託に応募しようと考えている人々が集まっていた。

午前十時、市役所の担当者二人が入室し、説明会が始まった。

「本日は、お忙しい中、募集説明会にお集まり下さいまして、有難うございました」

ワイシャツ姿でＩＤカードを首からぶら下げた男性が、会議室の正面に立って自己紹介をし、一緒に入って来た若い職員を紹介した。

「今回の募集は、平成十五年六月に地方自治法の一部が改正され、公共の施設に関して、民間事業者を『指定管理者』として運営を委託し、行政をスリム化するとともに、運営の効率化と利用者へのサービス向上を図ろうというものです。指定の期間は、来年（平成二十一年）四月一日から三年間で……」

担当者の男性は、資料を見ながら説明する。

「……指定管理者が行う管理業務の実施基準ですが、休業日は年に一度、一月一日のみです。ただし、必要があると認められるときは、市長の承認を得て、変更することができます。施設の利用時間は、午前八時半から午後五時十五分となっております。こちらにつきましても、必要があると認められるときは……」

説明を聞きに来た人々が、教室のように並べられた机にすわり、手元の資料を見たり、メモをとったりしながら話を聞く。

「続きまして、指定管理者を募集する施設の概要ですが、お手元の資料の一ページ目と、別紙の施設概要書に記載されております」

藤川は、手元資料の該当箇所に視線を落とす。

【施設の概要】
天草本渡斎場

所在地：天草市本町下河内四百四十二番地の二
沿革：平成十五年七月建設
施設内容、規模等：施設概要書の通り
現在の管理運営体制：直営管理運営（常勤委託職員一名、臨時職員二名と派遣職員一名による交代制勤務）
業務内容：火葬業務全般、火葬炉運転維持管理業務、施設内及び施設周辺清掃業務等
施設の利用実績等：別紙施設概要書のとおり

指定管理業者募集の対象になっているのは、市内に四つある火葬場だった。説明を聞きに来ていたのは、地元の葬祭業者、産業廃棄物処理業者、清掃業者など十社ほどの人々である。

「指定管理者の業務ですが……」

市役所の担当の男性が説明を続ける。

「①火葬場の利用の許可に関する業務、②火葬場の維持管理に関する業務、③火葬業務、④利用料金の収受及び還付に関する業務……」

その後、担当の男性が、応募に際しての提出書類、選定方法（審査される項目とそれぞれの配点）、結果の発表方法、留意事項などについて説明し、質疑応答に入った。

いくつか質問が出たあと、説明会は一時間ほどで終了した。

出席者たちは席を立って退出する。

藤川は席を立ったとき、市役所の担当者に声をかけられた。

「あのう、どちらの会社の方ですか？」

「えっ⁉」

藤川はどぎまぎした。

さすがに天草エアラインですとはいいづらい。

「あのう……いわないといけませんか？」

苦笑いでごまかし、やはり応募するのは無理があるなと思いながら、そそくさと会議室を後にした。


晩秋——

天草エアラインのCA、坂口慶《ちか》が、天草市内から国道266号を南の牛深方面に車で三十分ほど走ったところにある「天草宮地岳《みやじだけ》ふる里の家」を訪れていた。

平屋の古民家で、五右衛門風呂のある母屋、二つの客間がある別棟、和風庭園、休憩所、バーベキューコーナーなどを備えたスローライフ体験施設だ。

あたりはなだらかな山々がどこまでも続き、小魚が泳ぐ小川が流れ、朝霧に包まれる悠久の里である。

「……これは、どがんふうに炊くとですか？」

薄茶色のセーターを着て、紅色の縞のモヘアのマフラーをした坂口が、薪でご飯が炊かれている竈《かまど》を眺めながら訊いた。熊本県八代市出身で、華やぎのあるＣＡである。

「炊くとは簡単ばい。五分炊いて、十分蒸して、竈から下して、十分寝かせればでき上がりばい」

従業員の年輩の女性がいった。

「ずいぶん早く炊けるとですね！　五分炊いて、十分蒸して、竈から下して……」

坂口は、小型のメモ帖に鉛筆を熱心に走らせる。

ガラス窓から晩秋の日差しが差し込み、土間に温かみのある陰影を作っていた。

「すいませんが、ちょっと写真を撮って頂けますか？　機内誌に載せたいので」

坂口は年輩の女性にデジカメを差し出した。

「ええと、焚口《たきぐち》を覗き込んどるところを上から撮って下さい」

そういって竈の前にしゃがみ込み、赤々と薪が燃えている焚口を覗き込む。

「はい、じゃあ撮りますよー」

年輩の女性がシャッター・ボタンを押す。

「有難うございます！　薪が燃えとるところを、ちょっと撮らせて頂きます」

カメラを受け取り、再びしゃがみ込んで、竈の中で燃えている薪に向かってシャッターを切る。

「こがんふうに昔ながらの暮らしを体験すると、なんか癒やされますねえ」

そういって坂口は、湯気を噴き始めた釜を眺める。先ほど、竈にくべる薪割りをやり、新聞、小枝、割り箸などを使って薪に火を点け、その様子もメモや写真に収めた。

「そうでしょう。ここはいいところだよ」

年輩の女性の言葉に坂口はうなずき、その言葉も律義にメモする。

月刊の機内誌『イルカの空中散歩』の取材だった。

開業初年度にCAたちが始めた手作りの機内誌は、号を重ね、来月（十二月）には第九十六号が発行される。

毎号、就航地の観光場所、イベント、名物などを紹介するページがあり、この取材と制作が、五人のCAの大きな仕事だ。まず各人の年間の制作分担と取材日が決められ、それをもとに乗務シフトが作られる。経費がないので、泊りがけの取材はできず、取材先への謝礼もなく、写真は自分で撮ったり、そばにいる人に頼んで撮ってもらう。

業績が低迷し、資金繰りも苦しく、雰囲気が沈みがちな社内にあって、CAたちは明るく前向きに機内誌作りを続けていた。去る四月の八十八号では、山口亜紀が阿蘇の白川水源の紙すきを、翌月の八十九号では、太田昌美が天草の下田温泉を、九十号では、坂口が松山市の道後温泉を、九十一号では、中村結香《ゆか》が福岡の九州国立博物館を、九十二号では、山口、坂口、中村の三人が天草五橋を、九十三号では、坂口が熊本城を、九十四号では、大塚（旧姓・山浦）妹《まい》が天草西海岸陶芸まつりを、この月（十一月）の九十五号では、坂口が天草の西海岸を、それぞれ紹介した。

3

翌年（平成二十一年）二月——

天草市企画部長の金子邦彦のもとを、天草エアライン社長の尾形禎康が、専務の神宮忠紹を伴って、資金繰りの相談に訪れた。

「……あと五千万円ですか……。うーん、太か（注・大きな）金額ですもんねえ」

痩身の金子が、応接室のテーブルの上の資料をめくりながらいった。

かたわらには市役所の担当の男性職員が控えていた。

「年度末（三月末）は、色々な支払いが集中するもので、どうしても金が足りなくなります」

向かい側のソファーにすわった尾形が悩ましげにいった。

「特にこの三月は、エンジンのオーバーホールの支払いがありますので」

エンジンのオーバーホール（分解整備）は八千万円から一億円の費用がかかる。

「日々の売り上げも入ってきますし、五月末には返済できると思います」

眼鏡をかけた痩身の神宮がいった。

「キャッシュフローのでこぼこがあるとですねえ」

他の企業同様、天草エアラインにも支払いが多い月と少ない月があり、三月は特に多い。

「この五千万が期末（三月末）までに調達できないと、非常に苦しいというか……、燃料代や社員の給料支払いにも事欠きます」

尾形の声に悲壮な響きがまじる。

「しかし、やっぱり赤字が増えるのも原因ですよね？　期の途中までキャッシュが回ってって、最後になって回らんごとなりよるのは？」

「……はい」

尾形と神宮はうなだれる。

「神戸線も、苦しかですね……」

金子の隣にすわった市役所の担当者がつぶやく。

路線開設記念割引をした昨年九月は八五・九パーセントという高い搭乗率を記録したが、翌月は四九・三パーセントに激減。十一月は六〇パーセント台まで持ち直したが、その後は五〇パーセント前後という状況が続いている。

「やはりリーマン・ショックでビジネス客が出張を手控えたのが響きました」

尾形が疲れた表情でいった。

リーマン・ショックは、日本経済に早くも影響を及ぼしていた。事件が起きる前、一万三千円近かった日経平均株価は、実に半分近い七千円台まで落ち込み、業績不振に苦しむ企業は、経費節減に躍起である。

「ただ、神戸線の利用客の四割は天草－熊本線の乗り継ぎ客ですから、熊本線は今年は四〇パーセント台前半まで回復する見込みです」

昨年度の熊本線の搭乗率は三四・三パーセントという未曽有の低調ぶりだった。

「しかし、整備費が三億円ば超えるとですか……。こりゃ、恐ろしか話ですねえ」

金子が資料を見ながらいった。

機体の経年化による故障に加え、今年度は重整備やエンジンの修理などもあり、整備費用が三億円を超える見通しである。一昨年までは多い年でも八千万円前後、昨年は一億二千六百万円だったのに比べると、爆発的な増加だ。

「もうにっちもさっちもいかなくなって、今年は期中に行政から補助を出してもらいましたが、それでも足りません」

天草エアラインに対する行政の補助は、従来、年度が終わってから出されていたが、今年度は、急増した整備費に対処するため、県と出資自治体が議会に諮った上で、下期に一億二千四百七十七万円を緊急援助した。

「あと五千万円ですか……やっぱり、もうどこからも出らんとですか？」

金子が、労《いた》わるような口調で訊いた。

「はい、もうどうにも……」

尾形が首を振る。「経費のほうも、人件費にまで踏み込んで、切り詰めに切り詰めてますから、もう逆さに振っても金は出ません」

「給料もカット、カットで、職員さんたちもやり切らんでしょうねえ」

天草エアラインは、平成十八、十九年度の二年間で、人件費を約三千二百万円減らした。

「銀行さんには、借入れの打診はされとるとですか？」

金子のかたわらの担当者が訊いた。

「はい。今、天信《あましん》（天草信用金庫）さんに相談しています」

尾形は先日、交通対策総室から「日本政策金融公庫が金を貸すといっている」といわれ、同公庫の熊本支店に飛んで行って、借入れをした。今は、天草信用金庫に五千万円の追加融資を打診している。

「ただ、天信さんにはもう七千万円借りてますから、簡単にはいかないようです」

「そがんですか」

「あのう……市のほうから一時的に貸して頂くというようなわけには、いかないでしょうか？」

「えっ、天草市から⁉　うーん、それは……」

「年度が明ければ、県と出資自治体から補助金も入って、売り上げも入りますから、十分返せますので」

「うーん……。しかし、もう財政課と折衝して、十二月末に予算も締め切っとりますけん。どがんかしてくれっていわれても、どがんもこがんも……」

　金子は湯呑みの冷えた茶を一口すすり、考えを巡らせる表情で宙を見上げた。


　同じ頃――

　熊本県庁の地域振興部次長席のそばの打ち合わせ用テーブルで、次長の松見辰彦、交通対策総室副総室長の古森誠也、同総室のナンバースリーである審議員の中川誠が話し合いをしていた。

　北九州大学（現・北九州市立大学）出身で五十歳の中川は、少林寺拳法で鍛えた贅肉の少ない身体つきである。企画振興分野が比較的長く、行動派で、どんどん相手の懐に飛び込んで行くタイプだ。

「……『天草エアラインの財政状態は、債務超過寸前に陥っており、資本金の四億九千九百万円を〝食いつぶした〟状況となっているのは明白である』か……。なかなか厳しかねえ」

松見が、手元の書類に視線を落としていった。

県が外部の公認会計士たちに委嘱して実施した、天草エアラインについての包括外部監査の報告書の草案だった。

草案は、昨年三月末の預金残高六千百六十七万五千円は、毎月の要支払額（平均額）六千九百四十九万円にも足りず、日々の資金繰りが完全な自転車操業であると指摘していた。

「まあ、指摘すべきところは、はっきり指摘してもらったほうがよかでしょう。我々としても、一度現実を直視しないと、次に進めませんから」

古森がいった。

監査の結果、部品の帳簿上の二重計上、重要部品の減価償却不足、費用として一括処理すべき重整備費用や松山線就航時の営業所開設費用の繰延資産計上といった経理処理の誤りがあり、昨年度末決算で一億千百十八万円あったとされていた純資産額（資産総額から負債を差し引いた額）は、わずか千四百四十四万円しかないことが分かった。

「搭乗率や就航率について、前向きの評価をしてくれとる点は、よかったとは思いますけど」

中川がいい、松見と古森がうなずく。

交通対策総室で、陸・海・空運に関する実務を束ねる中川は、航空業の専門家ではない会計士たちに、航空会社の特性について説明したり、第三セクターの役割に関して、他の自治体の例も交えて説明したり、天草地域の交通体系などについて説明をしたりした。県としては、客観的な監査をしてもらうのは当然のことだが、かといってあまり否定的なことを書かれると動きがとれなくなるので、相手の理解を得るために腐心した。

中川の努力もあり、草案の〈就航路線の状況〉の項目では、〈利用率（搭乗率）については、全体的に低下傾向にある中、天草－福岡線の利用は比較的高い水準を維持している〉、〈就航率については、運航機材が一機しかない（故障時等の代替機材がない）にも関わらず、ほぼ全国平均並みの就航率を維持している〉と書かれていた。

「当面の課題として、①財務基盤の確立と、②毎年の損失と資金不足への対処を挙げるとも、まあ至極当然たいなあ」

報告書の草案は、最後の結論部分で、〈当面の課題として、債務超過寸前に陥っている純資産の状況を改善する必要がある〉とし、県の負担になっている空港維持費や県の補助金で買ったダッシュ８の減価償却費なども含めた路線維持費の総額を計算した上で、〈天草エアラインの運営する航空路線を社会的資本と考えるのであれば、効率的な経営を行なってもなお不足する費用は関係する自治体が負担することになる。この場合、経済効果に見合う負担となっているか、関係自治体相互間の負担割合が適正であるか、天草エアラインの存続の可能性も含めて、検討すべきである〉と、行政に下駄を預ける形で締め括られていた。

「それで、『あり方検討会』のほうの方向性も、ほぼ固まったとたいね？」

松見が古森に訊いた。

包括外部監査と並行して、昨年七月に天草エアライン、県、出資自治体によって作られた「天草エアラインのあり方検討会」が、今後どのような形で経営と支援を行なっていくか検討を進めていた。監査はあくまで会社の実態の調査だが、「あり方検討会」のほうは、監査の結果も踏まえて、関係者がどういうアクションを採るかを検討するもので、こちらのほうがより重要である。

「はい、上下分離方式の実施と、天草市が融資枠を設けるということで、知事、首長《くびちょう》さんたち、財政当局に基本的な了解をもらいました。あとは報告書を取りまとめて、それぞれの議会に諮ってもらうことになります」

古森の言葉に、松見がうなずく。

「あり方検討会」では、平成二十五年度まで部品購入代金を含む整備費用を行政が負担する「上下分離」方式を行うほか、天草市が総額で二億五千万円の融資枠を設けることになった。

天草市の融資枠は、会社のキャッシュフローの月によるでこぼこに対処するためと、突発的な整備費用支払いのためのもので、天草エアラインは毎年度末に融資枠による借入金を完済し、一度残高をゼロにするというやり方をとる。

「ただ、これは当面五年間の方針ですから、その間に、平成二十六年以降をどうするか決める必要があります」

年次的にいって、これは中川の仕事になる。

「次の機材をどうするかっていう問題も出てくるねえ」

松見がいった。

ダッシュ8は経年化で整備費がかさむので、次の飛行機をどうするかという問題をそろそろ考えなくてはならない。

「一応、ダッシュ8より座席数が多い、ATR42っていうフランス製の飛行機がありますんで、それを中心に検討していくことになろうかと思います」

中川がいった。

ATR（Avions de Transport Regional G.I.E.）はフランスのトゥールーズにある航空機メーカーで、フランスに本拠地を置く多国籍企業EADS社（現・エアバス・グループ）とイタリアのアレーニア・アエロナウティカ社のコンソーシアム（共同企業体）だ。ATR42–600は同社が製造しているターボプロップ（ジェット排気で回転させる新型プロペラ）双発旅客機で、ダッシュ8とほぼ同じ大きさだが、五十人近い乗客を乗せ、一〇〇〇メートルの滑走路で離着陸できる。日本ではまだ導入されていないが、世界中で広く利用されているベストセラー機だ。

「あと社長も交代してもらったほうがよかよね」

松見がいった。「新しい支援方式を始めるに当たって、けじめをつけんと、県や二市一町の議会も納得しないだろうから」

「そがんですね。尾形さんももうだいぶお疲れで、上下分離方式で一応次の基礎固めができたら、退任したかというようなことも、いいよんなはるです」

古森がいった。

「天エアはＪＡＬ系の会社だけん、尾形さんはＡＮＡから来て、パイプがなかけん、たいがなきつかごたるね（注・ずいぶん苦労してるようだね）」

松見の言葉に、古森と中川がうなずいた。

天草エアラインには、元々日本エアシステムが一千万円（約二パーセント）出資し、元常務の高橋力をはじめとして多数の人材を送り込んできた。平成十四年に、同社が日本航空と経営統合したため、現在の株主は日本航空である。

数日後——
天草市役所企画部長の金子邦彦は、市役所の五年先輩である森孝財務部長から声をかけられた。

「金子君、何か財務課の連中にいろいろ相談しよるごたるばってん、どがんかしたと？」

瘦身で人柄どおりの好々爺《こうこうや》然とした風貌の森は、金子の机のそばに来て、いつもの穏やかな口調で訊いた。

金子は、天草エアラインの窮状を救おうと、市から五千万円の金を出せないか、ここ二、三日、財務課の職員にかけ合っていた。

「ああ、森さん。……実は、天草エアラインが、金《かね》の五千万円足らんで、キャッシュが回らんけん、どがんかしてくれって泣きついて来らすとですもん」

金子は椅子から立ち上がり、尾形からもらった資金繰り表を見せ、状況を説明した。

「ふーん、それでどがんしゅうと思っとっと？　金出すちゅうても、予算もとうの昔に締め切っとるけんな」

「はい。ばってん、どがんかせんば倒産してしまいますけん。もうこれは最悪の行政テクニックば使うしかなかかなって思うとです」

「最悪の行政テクニック？　そら何ね？」

森はぎょっとした顔で訊いた。

「役所は三月三十一日に支出すれば、出納閉鎖期間が五月末まであっじゃなかですか」

出納閉鎖期間とは、三月末で終わる前年度分の未収・未払いを処理するため、現金等の受け入れ・支払いを行うことが認められている一種の猶予期間のことだ。

「だけん、三月三十一日に、天エアに五千万円貸し付けて、調定かけて、天エアからとります（返済させます）よって起案だけしといて、出納期間内に返済させれば、出しポン、入れポンで、プラスマイナス・ゼロんなりますけん、これで予算ば組めんかと思いまして」

調定は、歳入を徴収するにあたり、自治体の長が地方自治法第二百三十一条の規定にもとづいて、歳入の内容を調査し、金額を決定する行為である。

「出しポン、入れポンて……。そりゃ、危なかじゃなかか」

「はあ、確かに危なかと思うとですばってん、もうこれしか手がなかと思いまして」

「金子君、そがん危なかことせんでよかけん」

森は諭《さと》すようにいった。「俺も、財務部長として、そげんこつはできんとたい」

「そがんですか？　二ヶ月あれば、天エアのほうも、何とか金ば集められるっていうとですばってん」

「今、総額で二億五千万円の融資枠ば財政課から議会のほうに説明するところだけん、それで貸せばよか」

「しかし……議会のほうは、通るとですか？」

「これはもう一か八かで出すしかなかよ。ばってん、議会もエアラインは必要って思っとらすばい。それに貸し付けはするばってん、毎年返済してもらう仕組みにするけん」

「そがんですか。……分かりました」

同じ頃——

天草エアライン社長の尾形禎康は、天草信用金庫の本店を訪れていた。

本渡の中心部から国道324号を少し南に下った場所に建つ、六階建てのどっしりとしたビルで、建物の前には、刀を差した二人の武士と、袈裟を着て杖をついた僧の銅像が立っている。二人の武士は、島原・天草の乱のあと、徳川幕府の天領となった天草の初代代官に任ぜられた鈴木重成と、息子で二代目代官になった重辰《しげとき》、僧は重成の兄で禅僧の正三《しょうさん》である。

三河国《みかわのくに》鈴木家の流れを汲む幕臣、鈴木重成は、唐津藩主、寺沢広高と堅高《かたたか》が二代にわたって過酷な年貢の取り立てを行なったために疲弊していた天草の再建に尽力し、寺沢氏が算出した石高四万二千石の再検証や幕府への年貢米の減免を建議したりした人物だ。兄の正三は、重成に協力して住民の仏教への改宗を進め、息子の重辰は、父がなし得なかった天草の石高を半分の二万一千石に減免させることに成功した。彼らは天草復興に尽力した人々として追慕されており、市内には三人を祀《まつ》った鈴木神社もある。

「……尾形さん、先般ご依頼のあった、五千万円の融資ですが、基本的に、やらせて頂こうと思います」

天草信用金庫本店の応接室で、天草エアラインを担当している部長がいった。

「本当ですか⁉　有難うございます！　これで年度末を乗り切れます！」

尾形は、深々と頭を下げた。

「ただし、一つ条件があります」

「あっ、はい。どのような条件でしょうか？」

「保証人を付けて頂きたいんです」

「保証人ですか……。分かりました。わたしでよろしければ」

この五千万円については、今後二ヶ月くらいの売り上げの中から返済できる見通しなので、保証人になれといわれれば、なるしかないと思った。

「申し訳ないんですが、尾形さんでは駄目なんです」

「え？　わたしじゃ駄目なんですか？」

「こう申し上げては失礼かもしれませんが、尾形さんはいわば雇われ社長ですから」

部長はいいづらそうにいった。

「まあ、そういわれれば、そうですが……。では、誰の保証であればよろしいのでしょうか？」

（専務の神宮も雇われだしなあ……。まさか県の保証とかか？）

「安田市長の個人保証を付けて頂きたいんです」

相手がずばりといった。

「えっ、安田市長の⁉」

想像もしていなかった依頼である。

「はい。安田さんは、貴社の副社長でもありますから」

安田公寛天草市長は、天草エアラインの代表取締役副社長を兼務している。

「天草市じゃなくて、安田市長個人の保証ということですか？」

「はい。市の保証であればもちろんいいんですが、これは予算措置や総務大臣の指定を受けなくてはなりませんから、手続き的にも時間的にも現実的ではありません」

「うーむ、そうですか……うーむ。……分かりました。お願いしてみます」


尾形は直ちに安田市長とアポイントメントを取り、市役所二階の奥にある市長室で会った。

「……えっ、わたしの個人保証が必要なんですか⁉」

広い市長室の中央にある縦長の大きな応接セットのソファーで、五十九歳の市長は驚いた顔になった。平成十二年三月十二日に旧本渡市長に初当選し、現在三期目である（平成十八年からは天草市長）。スリムな体形で見栄えがよく、女性有権者を含め、幅広い支持を集めている。

「そうなんです。わたしは雇われ社長なので、わたしの保証では駄目なんだそうです」

「そうなんですか……うーん」

突然の話に、安田は考え込んだ。

「天信《あましん》さんは、どういう意図なんでしょうねえ？」

第三セクターとはいえ、一企業の借入れに天草市長の個人保証を付けるというのは、前代未聞である。

「わたしの個人資産なんて、たかがしれてますし、市長を辞めたときは一応退職金はもらえますけれど、五千万円になんて、到底及びもつかない金額ですし……」

「はあ……。ただ先方は、安田市長の保証をと、はっきりいってきましたから、内部でしっかり固めた話だと思います」

「うーん、なるほど……」

安田は当初の驚きから立ち直り、しっかり考える顔つきになった。

「尾形さん、お金は返せますよね？」

「はい。四月と五月の売上や補助金収入で返せると思います。ご迷惑はおかけしません」

「分かりました。……今、天草市が総額で二億五千万円の融資枠を天草エアラインに対して設定するところですから、個人保証は、きっとそういうことをきちんとやって、市として間違いなく会社の面倒を見なさいということなのでしょう」

安田の言葉に尾形はうなずく。

「天草エアラインは天草の宝ですから、つぶすわけにはいきません」

天草エアラインの就航十一日前に市長に初当選した安田は、ある意味で同社とともに歩んできた。

「尾形さん、個人保証の件は了解しました。問題ありませんから、借入れの手続きを進めて下さい」


三月十六日——

「天草エアラインのあり方検討会」がＡ４判で十七ページの報告書を公表し、今後の支援方式を明確に打ち出した。

報告書は、天草エアラインによる経済的波及効果、同社を取り巻く経営環境、路線の是非などについて分析した上で、今後五年間の安定的運航を確保するため、部品購入費を含む整備費用を行政が補助するとした。金額は、毎年二億二千万円から二億七千万円で、これにより平成二十三年度以降は、毎年五千万円から七千万円程度の税引き前利益を確保できる見込みであると試算していた。なお負担割合は、県（出資比率約五三・三パーセント）が三分の二、地元自治体（二市一町、出資比率約二六・九パーセント）が三分の一である。

これに加え天草市が、運転資金枠として一億五千万円、突発的機材不具合対応資金として一億円という、二つの無利子の融資枠を設けるとした。前者は、天草エアラインの収入から返済し、後者は、県と出資自治体の補助金で返済する。

また今後の課題として、二、三年以内を目処として、機材更新の検討が必要であると指摘し、ダッシュ8はすでに製造が停止されているため、別の中古のダッシュ8か、あるいはフランス製のATR42－600を購入ないしはリースするという選択肢を挙げた。

さらに、向こう五年間は、天草エアラインが単独で運航するが、将来的には、九州に本拠地を置くコミューター航空会社など、他社との共同運航や機材の共通運用といった提携も模索する必要があるという、長期的展望からの考えも盛り込まれていた。

支援策の実行は各議会の承認が前提となるが、「あり方検討会」が支援方式を明確に打ち出したことで、少なくとも今後五年間、天草エアラインは日々の金策に追われる状況から脱し、本腰を入れて経営改善に取り組めるようになった。

それから間もなく——

八年前に、日本航空整備企画室の部長として、羽田空港で政府専用機の整備の責任者を務めていた奥島透の自宅に、会社の先輩から電話がかかってきた。

「よう、奥島、元気？　今は、何やってんの？」

電話をかけてきたのは、九州のある空港ビルの役員をやっている日本航空のＯＢだった。

「今ですか？　まあ、新しい航空会社の設立を手伝ったりですね」

奥島は、整備本部副本部長や成田工場長（正式名称はＪＡＬ航空機成田社長）などを経て、一年半ほど前に五十九歳で日本航空を退職し、千葉県内の自宅に住んでいた。

「ところで天草エアラインて、知ってるかい？」

「知ってるもなにも、縁浅からぬものがありますよ」

「へえ、どうして？」

「あの会社が設立された頃、（日本航空の）熊本支店長をやってましたからね」

当時、奥島は、県庁の担当者に日本航空系の日本トランスオーシャン航空（本社・沖縄県那覇市）の幹部を紹介したり、本渡の天草国際ホテル（現・アレグリアガーデンズ天草）で開かれた会社設立パーティーや就航記念式に来賓として招かれたりした。

「なるほど、なら話は早いな。……実は、あの会社が社長を探してるんだ。お前、やってみる気ないか？」

「えっ⁉」

奥島は驚いた。「そもそもどうして先輩がそんな話をご存知なんですか？」

「あそこに神宮っていう、ＪＡＬから出向して専務をやってる男がいるんだ。そいつが、誰かいませんかって訊いてきたんだよ」

「ああ、なるほど。……しかし、あの会社、まだあったんですか⁉」

奥島は軽い驚きにとらわれた。航空会社というものは、二十機程度の飛行機を保有してはじめて成り立つもので、一機だけでやろうというのは無謀な試みとしか思えなかった。そもそも住民の足である地方の航空会社は採算を取るのが難しく、複数の飛行機を保有している北海道エアシステムやオリエンタルエアブリッジでも、政府や地元の補助金なしでは経営が成り立たない。

「確かに毎年赤字なんだけれど、今度、整備費の補助金を出す仕組みを作ったそうなんだ」

「ほう、そうなんですか」

「だから経営は補助金で成り立つから、飛行機が落ちないように安全運航に努めてればいいんじゃないの」

「うーん、なるほどねえ……」

奥島は興味を引かれた。まだ六十歳をすぎたばかりで、隠居するにはエネルギーがあり余っていた。また、熊本支店長時代何度も天草を訪れ、風光明媚《めいび》な自然、美味しい食べ物、温かい人情などに触れ、一度は住んでみたいと思っていた。

しかし、他人の言葉を鵜呑みにするほど初心《うぶ》でもない。航空便覧など各種データで、会社の状況を一度確認してみようと思った。

第十二章　経営改革

1

（平成二十一年）六月二十六日――

開業十年目に入った天草エアラインは株主総会と取締役会を開き、平成二十年度の決算を承認し、社長の交代を正式決定した。

平成二十年度の決算は、売上げが七億三千九百四十九万円、税引き前損益が九千五百十六万円の赤字で、累積損失は四億八千二百九十八万円に達し、純資産はほぼゼロになった。

搭乗率のほうは、神戸線の開設で五〇・三パーセントとなり、若干持ち直した（前年は四八・六パーセント）。しかし、重整備や梅雨期の悪天候による運休が多かったため、就航率は九四・九パーセント、旅客数も七万千二百九十六人で、両方とも史上最悪だった。

二年間社長を務めた尾形禎康は退任し、奥島透が新社長に選任された。

奥島は日本航空の先輩に声をかけられたあと、一晩かけて天草エアラインの経営状態を調べ、チャレンジすることを決断した。

すでに上下分離による支援方式は各議会の同意が得られ、天草市は総額二億五千万円の融資枠を設定していた。

二日後（六月二十八日）――

新社長になった奥島透は、始業開始一時間半前の午前七時に出社した。

一般の社員たちはまだ来ていなかったが、駐機場では、背中にＡＭＸという紺色の大きな文字が入ったグレーの作業服姿の整備士たちが出発前の機体の整備点検を行なっていた。

午前八時半から、奥島は社員たちの前で着任の挨拶をした。

「皆さん、お早うございます。このたび社長を務めさせて頂くことになりました奥島透です」

頭髪はやや薄く、眼鏡をかけ、恰幅のよい奥島は、商家の主《あるじ》のような柔らかな微笑を浮かべ、関西訛りで話し始めた。

日本航空で千七百人の職員を束ねる役員一歩手前の成田工場長を務め、航空業界の保守本流を歩んで来たので、洗練された貫禄も備えていた。

「……天草は、美しい海、新鮮な魚介類、キリシタン文化、温泉など、また来たいと思わせる魅力に溢れています。天草エアラインも、お客様にまた乗ってみたいと思われるエアラインにしたいと思っています」

社員たちは、淡々とした表情で話を聞く。

全日空出身の尾形前社長時代に、コストカットや資金繰りで苦しんだので、今度の社長はどういうことをやるのだろうかと警戒していた。

前任の尾形以上に大手航空会社的な経営をするのではないかと心配し、「青組（ＡＮＡ系）の次は赤組（ＪＡＬ系）か」と陰でいう者もいた。

「……小さな会社では、横のつながりを大事にしないといけないと思っています。ですから最初に、社長室の壁を取り外して頂きたいと思います」

その言葉に、社員たちは不思議そうな顔をした。歴代の社長でこんなことをいった者はいなかった。

しかしそれは、現場主義にもとづく改革の第一歩だった。奥島は、日本航空の成田工場長時代、オフィスの隅にあった工場長の席を、総務部門の一番前の席に移動し、やって来る社員たちが真っ先に工場長に会うようにした経験がある。それによって工場の社員の半分くらいは名前を憶え、現場の実情を細かく把握した上で、日々起こる無数の問題に現実的かつ効果的に対処した。

数日後——

朝、出勤して来た社員たちは、出発ゲート手前の保安検査場で、ワイシャツ姿の恰幅のよい年輩の男が、午前八時発福岡行き始発便の乗客の手荷物を受け取って検査機にかけたり、検査済みの手荷物を返したりしているのに気づいた。

「ん？　あれ社長じゃないか⁉」

「へー、社長が保安検査をやってる」

慣れない手つきで保安検査をやっていたのは、新社長の奥島だった。

天草エアラインでは、従来から部長や役員クラスも保安検査や荷物運びを手伝うのが慣《なら》わしである。しかし、そのことを知らない着任間もない奥島が、自ら進んで保安検査を始めたのは、社員たちにとって意外だった。

「やる気のあるところを見せようっていうのかねえ？　いつまで続くかなあ」

驚きと好奇の視線を浴びながら、奥島は笑顔で乗客に応対し、作業を続けた。

奥島には、組織のトップは率先垂範でなくてはならないという信念があった。それは日本航空の成田整備工場設備グループに所属していた三十代前半の頃、航空機の整備作業に使うアルミ製の作業台を発注するため、滋賀県の中小企業を訪れたときの体験にもとづいている。

駅からタクシーでその会社に着くと、六十歳くらいの作業服姿の男性が玄関の掃き掃除をしていた。てっきり下働きの社員だと思ってかたわらを通りすぎ、案内された応接室で待っていると、やって来た社長は掃き掃除をしていた男性だった。奥島は驚くとともに感銘を受け、組織のトップはこうあるべきだと強く思った。日本航空でもそれを心がけたが、組織や権限が細分化された大きな会社ではなかなか思うとおりにできなかった。しかし、天草エアラインはそれが現実にできる小さな会社である。奥島は信念にもとづいて動き始めた。

すでに社長と専務の個室の壁は取り払われ、奥島のデスクは、オフィスの窓寄りにある客室部などの社員たちの島にくっ付けられ、通路を挟んだ隣に専務の神宮の机が並べられた。二人の部屋があった場所は応接用のスペースになり、オフィス全体がすっきりと広くなった。

それから間もなく——

駐機場に面した天草エアラインのディスパッチ・ルーム（運航管理室）で、出発前のブリーフィングが行われていた。

「……飛行機の状態はノーマル。天気のほうは低気圧で、南東寄りの若干湿った空気が流れています。午後はぱらつく程度の雨があるかもしれません」

机代りのスチール・キャビネットの向こうに立った運航管理者《ディスパッチャー》の尾方智洋がいつもの生

真面目そうな表情でいった。

尾方はかつて九州産交に所属し、熊本空港で日本エアシステムの運航管理をやっていたが、日本エアシステムが日本航空と経営統合したのを機に、天草エアラインに移籍した。

「上空の風は西風で四〇ノット（秒速約二〇メートル）です」

「結構吹いてますね」

腕に四本の金色の線が入った濃紺の制服に身を固めた機長の小松久夫がいった。

隣で、童顔で小柄な副操縦士、谷本真一が、キャビネットの上に置かれた気象図に視線を落としてうなずく。コンビニや塾講師のアルバイトで苦労を重ねた末に天草エアラインに採用されてから五年近くがたち、副操縦士としてはベテランで、機長昇格訓練を受ける日も遠くない。

「福岡（空港）は、南寄りの風が入っていまして……」

話しながら尾方は、ふと視界の右手に大きな人影があるのに気づいた。

（えっ、奥島社長……!?）

人影は、ディスパッチ・ルームの入り口のところに立って、じっとブリーフィングを聞いている奥島だった。

（なんで社長がこんなところに？）

過去に社長がブリーフィングを聞くなどということは一度もなかった。

「え、ええと……福岡（空港）は終日ワン・シックスで……」

尾方は、いったい何事かと思いながら、ブリーフィングを続ける。

福岡空港にある一本の滑走路は、南東方向に向かって着陸する場合が滑走路番号16番（ワン・シックス）、逆向きが同34番（スリー・フォー）である。この日は風が南寄りなので、風に向かって16番の滑走路に着陸する。

「101（便）は（乗客数が）二十一名、帰り（102便）は三十一名ですので、帰りは（燃料を）三八〇〇（ポンド、約二二〇九リットル）積もうかと思います。タクシー（地上走行）二〇〇（ポンド）ということで」

尾方と二人のパイロットの話し合いが一通り終わると、機長の小松が「COMPANY CLEARANCE」という表題のあるA4判で一枚の飛行計画書にサインした。便名、飛行区間、高度、気温、上空の風向き、代替空港、燃料などについて記載した書類で、計画を立てた尾形のサインがあらかじめしてある。

ブリーフィングが終わると、奥島は何事もなかったかのように、自分の席に引き上げて行った。

これ以降も奥島はしょっちゅうブリーフィングに顔を出すようになった。それは現場の実情を可能な限り把握しようという考えにもとづいていた。機長と運航管理者の権限である飛行計画に口出しすることはなかったが、時に関西弁で冗談をいったり、整備の観点から助言をしたりした。

それから間もなく――

機長の小松久夫はダッシュ8の周りを歩き、出発前の目視点検を行なっていた。

機は先ほど天草空港に戻り、間もなく次の乗客を乗せるところだった。

滑走路の向こうには、雲仙岳が夏らしい大きな青い姿を見せ、その左手遠くに長崎の島原半島の山影、右手に、天草四郎ら一揆軍の指導者たちが集まり、作戦を練り、武器を作った「談合島」（正式名称は湯島）の緑の島影が見える。

頭上の空には純白の綿雲が浮かんでいた。

機体の周囲には、今しがた点検作業を終えた整備士たちがおり、彼らを見守るように奥島が立っていた。元々整備畑が長い奥島は、整備の様子も積極的に見て、状況の把握に努めていた。

一方、奥島が日本航空で主に整備畑を歩み、成田工場長まで務めたことは社内でまだ十分知られておらず、整備士たちの中には、素人の社長がなぜ我々プロの仕事を監視するんだと不快に思っている者もいた。

「……この左のタイヤ、ずいぶん擦り減ってるじゃない。取り替えたほうがいいんじゃないの?」

奥島が車輪のタイヤの溝を見て、整備士たちに声をかけた。

(え、タイヤを取り替える?)

ちょうど左翼の下を歩いていた小松は驚いた。

整備作業に口を出した社長は初めてだった。

「いや、これはマニュアルどおりにやっていますから。まだ取り替える必要はありません」

整備士の一人、橋本義昭がむっとした表情でいった。大阪のセスナ機事業(宣伝、写真撮影、乗員訓練等)の会社から開業時に移籍してきたベテランで、年齢は四十歳手前。難関である国家資格を取得し、長年、タイトなスケジュールの中でダッシュ8を飛ばしてきたプライドを持っていた。

「確かに、メーカーのマニュアルではそうなってるかもしれないけれどさ、タイヤが擦り減ってるとお客さんが不安に思ったりするから、早め早めに取り替えるべきなんじゃないの?」

奥島は、相手の剣幕に気おされながらも反論した。

日本航空では、この程度擦り減っていれば、マニュアルで定められた期限前でも交換していた。

「大手さんではどうか知りませんが、我々は着陸回数のデータなんかを見ながら、ちゃんとタイヤの交換時期を管理しています。それにお客さんから苦情が出るようなこともありませんから」

橋本が譲らないので、奥島は引き下がるしかなかった。

あとでよく考えてみると、国際線を飛ばしている日本航空の場合、一度飛び立つと三日間くらい帰ってこないが、天草エアラインの場合、日に何度も天草に帰ってくるので、必要があればいつでもタイヤを交換することができる。したがって、マニュアルどおりの運用で問題がないことに気づいた。また今年度から整備費が補助されるようになったとはいえ、長年資金繰りに苦しんできた天草エアラインでは、使える部品はなるべく長く、大切に使うのが習慣だった。

2

七月下旬——

〽ハ、ヨイサー　ヨイサー
サァーッサ、ヨイヨーイ

ハイィーヤァーエー　ハイィヤー

福岡からの最終便が到着してしばらくたった午後八時、乗客が引き揚げた天草空港のロビーに賑やかにかき鳴らされる三味線《しゃみせん》の音とともにハイヤ節を歌う女性の声が流れていた。

〽　ハイヤーでぇー　今朝ぁ出したー船はぁエー
　どこぉのー　港ぁとーに　サーマ　入れぇたぁやぁらー……

CDプレーヤーから流れる歌に、ハ、サッサ、ヨイヨーイとリズムよく合いの手が入る。ハイヤ節は天草下島南部の港町、牛深に江戸時代から伝わる船乗りの酒宴の歌である。踊りとともに歌われ、沖縄の歌に似た南国特有の嵐のような賑やかさを持っている。

「……はい、ここで二回艪《ろ》を漕いで、それで手拍子を、パパン、パンと三回です」

ポロシャツ姿の地元出身の女性社員が踊りの手本を見せる。

「次は、ヨイサーヨイサーで、両手を一度顔のちょっと上に持ってきて、左手を左に、次に右手を右に差し出します」

教師役の女性がバレエダンサーのように身体を少し斜めに傾けて手本を示し、ワイシャツ姿の男性社員、作業服姿の整備士、ブラウス姿の女性社員たちがそれに倣《なら》う。

八月一日から四日間の日程で開幕する「天草ほんどハイヤ祭り」の練習だった。

昭和四十一年に天草五橋の開通を記念して始まった祭りで、今年で四十四回目になる。最終日前夜の午後七時半から、天草市役所、天草地域医療センター、NPO日本デンマーク体操協会、牛深櫻楽会、地元の中学・高校など、三十三のグループが参加し、市役所前から天草信用金庫前までの約九〇〇メートルの国道をハイヤ節に合わせて踊りながら練り歩くメーンイベント「天草ハイヤ道中総踊り」が行われる。天草エアラインも開業以来毎年参加し、社長以下、社員や家族たちが浴衣や法被姿で踊りながら練り歩く。

「……ん、こうかな?」

ワイシャツの首からIDカードをぶら下げた奥島が、見よう見真似で手足を動かす。

「奥島さん、ちょっと違います。こう両手を上の方で合わせて、斜め左で二回開いて、斜め右で二回開いて……」

そばにいた男性社員がスムーズな動きで振付けを教え、大きな身体の奥島が「こんな感じかな?」と首を傾《かし》げながら練習する。

「しかし、柴木さんは相変わらず上手いなあ!」

男性社員が前の方で踊っている柴木栄子を見ていった。すらりとした長身で、リズムよく、ごく自然に踊っていた。

「やっぱり子どもの頃から踊ってる人は違いますね」

五和町出身の柴木は、元々県の空港管理事務所が開設されるとき臨時職員として働き、その後、開業間もない天草エアラインに採用され、以来ずっと総務部で働いている。

「はい、それじゃあ、最初からもう一回やってみましょう」

先生役の女性社員が手を叩いて合図し、ロビーの椅子の上に置いたＣＤプレーヤーの再生ボタンを押す。

再び賑やかなハイヤ節が始まり、社員たちは熱心に踊りの練習を続けた。


それから間もなく――

朝、自宅にいた整備部の稲澤大輔の携帯電話に奥島から電話がかかってきた。

稲澤の住まいは、かつてボンバルディア社のエンジニア、アンドリュー・アーヴィンが住んでいたログハウス風の家の近くで、茂木根海水浴場を見下ろすマンションである。

（なんでこんな朝っぱらに社長が電話を……⁉）

怪訝に思いながら稲澤は着信ボタンを押した。

この日は八時半の出勤予定で、朝食を終え、一歳と二歳の子どもを保育園に送る準備をしていた。

「……おい、稲澤、オートパイロットのアクチュエーター、どこにあるんや？」

受話口から奥島の威勢のいい声が流れて来た。

アクチュエーター（actuator）は自動操縦装置《オートパイロット》の指示を電気油圧式の弁などにより翼のフラップなどに伝達する部品だ。

「えっ、アクチュエーターですか⁉　そ、それは部品庫の中ですけど……」

稲澤は、いきなりの質問に面食らった。

「だから今、部品庫の中におるんや」

「えっ、部品庫の中に⁉」

（どうして社長がそんなところに入ってるんだ……？）

部品庫は、空港ビル脇の小さな建物で、ビニール袋に入った無数の部品が種類別に棚に収められている。また、化学品類の保冷庫、各種検査機器、バッテリー、部品に関する管理台帳や注文文書のファイル、机、パソコンなどもある。常に空調が働き、部品を傷めないように、温度や湿度が一定に保たれている。

「ええと、アクチュエーターはですね……確か、ナンバー4の棚の真ん中の並びの上から二段目あたりにあるはずです」

ハンドルで動かすスチール製の収納棚は全部で十ほどある。

「ああ、そうか。分かった」

「ところで、なんで社長が部品庫の中におられるんですか？」

「うん？　いや、ちょっと不具合があったんで、部品取りに来たんや」

「あ、ああ、そうでしたか」

しかし、部品庫の中で社長が部品を捜しているなどというのは、前代未聞である。

（まったく、せっかちなんだから……）

苦笑しながら稲澤は通話を終えた。


この頃になると、社員たちは奥島のやり方や性格がだいぶ分かってきた。

奥島はせっかちで、やるべきことは迅速に行動に移すのを好んだ。

また会社の隅々にまで注意を払って状況把握に努めており、オフィス内で社員が言葉を交わしていると、たちまち聞きつけて、「何やねん、それは？」といいながら近寄って来た。

ミスは見逃すとあとで倍になって返ってくるから、どんな些細《ささい》なことも隠さず、自分に報告しろというのが口癖だった。社員たちはこんな小さなことまで社長に報告していいのかと戸惑いながら、少しずつそのやり方に馴染《なじ》んでいった。

手荷物の保安検査も相変わらず続けていた。自分が休みの日でも、予定がなければ出社し、荷物を検査機にかけ、プラスチックのトレーをせっせと片付けた。一度帰宅したあと夜会社にやって来て、残業をしている社員や整備士たちにポケットマネーで弁当を差し入れたり、朝六時からモップで機体を洗ったりもした。

奥島が本気で経営に取り組む姿勢は社内外でじわじわと認知されていった。

3

十月初旬――

太平洋のマーシャル諸島で発生した台風十八号が近づき、天草空港に雨まじりの風が吹き付けていた。天草エアラインの社員たちは灰色の空を見上げ、「今日は最終便まで着陸できるかなあ」と心配していた。

社長の奥島透は、自分の席で電話をしていた。

「……そうですねえ、できたら十日以上短くしたいんですよ。四十日も運休したら、定期公共交通機関として、信頼を失ってしまいますから」

電話の相手は、株式会社ジャムコの仙台工場の幹部である。同社は伊藤忠商事と全日空が主要株主で、旅客機の化粧室・厨房設備製造の世界的大手で、中小型機の整備も手がけている。

天草エアラインのダッシュ8は、着陸四万回ごとの定期点検整備（Dチェック）が来年来るため、ジャムコに作業を委託する予定である。

Dチェックは、最も重い整備で、機体を数週間ドックに入れ、機体構造の内部検査、防錆措置、システムの諸系統の点検、機能試験、再塗装、改修などを行う。

「……たとえばですね、二十四時間体制で整備して頂いて、期間を短縮してもらうと非常に有難いんですがねえ。十日短縮して頂けるだけで、二千万円から二千五百万円売上げが違ってきますから」

奥島は、運休期間を少しでも短くしようと、整備に関する豊富な知識を生かし、先方にかけ合っていた。

「……え、二十四時間体制は労働組合との関係で難しそう？　……しかし、たとえばシフトを組むとかして、一日の作業時間をなるべく長くなるようにできませんか？　……ええ、夜勤を長くするとかして」

眼鏡をかけた目に、普段ユーモアを交えて社員と接するときとは違う鋭い光が宿っていた。

「それからですね、交換が必要になりそうな部品をあらかじめ洗い出しておいてもらえますか。……というのは、うちはDチェックは初めてなんで、どんな不具合があって、どんな部品を交換しなくてはならなくなるかっていう予想がなかなか立てられないんですよ」

Dチェック作業中に部品を発注しても、届くのに時間がかかると、作業期間が延びてしまう。

「あと、Cチェック、塗装、改修作業なんかは、六、七月の梅雨《つゆ》どきに分散して持って来たいんですけど、できますよね、これは？」

Cチェックは、飛行時間五千時間ごとに運航を五～十日間休止して行われる点検・整備作業で、A・Bチェックの対象である動翼類、エンジン、着陸装置などに加え、配管、配線、機体構造、装備品なども入念に点検・修理や交換が行われる。

天草エアラインでは従来から、梅雨や閑散期で就航率や搭乗率が下がる六、七月に、分散できる一部の作業を持ってきていた。

「……それじゃあ、そういうことで。一つよろしくお願いします」

奥島が受話器を置いたとき、専務の神宮、整備、乗員（パイロット）、整備などの各部の部長、運航管理者の尾方智洋らがやって来た。

「社長、ちょっとよろしいですか？　明日の運航の件で」

神宮の言葉に、奥島がうなずいた。

一同は、オフィス内に二つある会議室の一つに入る。

「雨脚が強まってるなあ。明日は飛べそうか？」

会議用のテーブルの中央の席にすわった奥島が訊いた。

「はい、明日は午前中に県内全域が風速一五メートルの強風圏に入る見込みですので、飛べてもおそらく２０１便までだと思います」

気象情報に詳しい尾方がいった。

２０１便は天草から熊本までの便で、熊本空港到着は午前十時十五分である。

「そうすると、飛行機は熊本に置いとくんやな？」

ダッシュ８は普段は野ざらしだが、台風のときは熊本空港の防災ヘリの格納庫に入れる。

「はい。クルーも熊本ステイにして、あさっての朝の状況を見て決めたいと思います」

運航部門担当の神宮がいった。

天候が回復していれば、朝、熊本から天草まで飛んで帰って来て、始発の福岡行きから運航を開始する。そうでなければ熊本発の便あたりから運航を開始するなど、臨機応変に決めていく。飛ばして金にするか、リスクがありすぎるからキャンセルするか、ぎりぎりの決断をしなくてはならない。

「あさってはどんな感じなんや？」

「今のところ、台風は早朝に愛知県の知多半島に上陸しそうですので、九州は大丈夫でも、神戸便が影響を受ける可能性があります」

「分かった。そっちも臨機応変やな」

九州はよく台風の通り道になるので、天草エアラインは毎年台風と戦ってきた。天草空港で夜明かしするダッシュ８の機首を風上に向けたり、熊本空港の格納庫に避難させたり、寄港地にステイするパイロットやＣＡたちはときにバスで福岡や熊本に向かい、欠航やダイバートした場合は、乗客への連絡、お詫び、払い戻し、代替輸送の手配などに追われる。

二ヶ月後（十二月）――

新設された営業部の部長になった川﨑茂雄に代わって運送サービス課長になった濱田雅臣は、同僚の野村という男性社員とともに、インドのバンガロールに本社を置くＩＴ企業、ＩＢＳ社の二人の女性ＳＥ（システムエンジニア）とミーティングをしていた。

現在、電話、代理店、チケット・カウンターでのみ受け付けている航空券の予約をコンピューター化するための話し合いだった。

「……so, the template of our reservation system is like this.（……当社の予約システムの基本的な画面はこんな感じになっています）」

リニ・チャッコという名のＩＢＳ社のインド人女性ＳＥが、ノートパソコンのスクリーンを濱田と野村に示す。

画面には、出発地、目的地、片道か往復かの選択、往路出発日、復路出発日、座席クラス、航空券の種別、大人・子ども別の購入希望席数などが表示され、日付のところをクリックすると英語版のカレンダーがポップアップで出てくる。

「I think basically this is fine for us, too.（基本的に当社にとってもこんな感じでいいと思います。）そうだよね濱田君？」

野村が流暢《りゅうちょう》な英語で答え、濱田に同意を求める。

野村は、産業再生機構によるスカイネットアジア航空の再建に携わり、前社長の尾形の引きで入社した。年齢は四十歳くらいである。

「あっ、……は、はい！　いいと思います」

野村ほどには英語が得意でない濱田は、緊張しながら答える。

二人のインド人女性のかたわらにはＩＢＳ社日本法人の日本人女性が控え、必要に応じて通訳をしていた。

「Obviously you need to show this in Japanese. Do you need English as well?（貴社の場合は表示は日本語でないといけませんよね？　英語は必要ですか？）」

マンジュというファーストネームのインド人女性ＳＥが訊いた。年齢は三十代前半で、肌が浅黒く、すらりとした体形である。

「I think just Japanese is enough.（日本語だけでいいと思います）」

野村がいい、濱田がうなずく。

「Okay. We need your input for applicable Japanese words.（分かりました。日本語の表示については、貴社に教えて頂かなくてはなりません）」

「Don't you have a kind of list for the Japanese words?（表示用の日本語のリストのようなものはお持ちじゃないんですか？）」

「Unfortunately not.（残念ながら）」

　マンジュは首を振る。

「Okay we will prepare it.（分かりました。リストを用意します）」

「Please. The list should contain words for calenders and other pop-ups, too.（カレンダーやその他のポップアップ用の日本語も含めてお願いします）」

　濱田と野村はうなずく。

「Now I'd like to know your fare system......（次に、貴社の料金体系を伺いたいのですが……）」

　二十代後半で、ふくよかな風貌のリニが訊いた。

「Do you have different classes for your seats? I mean, like business class, economy class etc.（貴社の航空券にはビジネスクラスとかエコノミークラスのようなクラス分けはありますか？）」

「No, we have only one class.（クラスは一つしかありません）」

　野村が答えた。

「Okay, but you have discounts for children, don't you?（でも子どもの割引料金はありますよね？）」

「Yes, we do. We also offer other kind of discounts from time to time.（あります。そのほかに

も時によって色々な割引があります）」

「What discounts are they?（どんな割引ですか？）」

「I think he knows better than me.（彼のほうがよく知っていると思います）」

　野村は、創業時から運送一筋で業務に詳しい濱田に視線をやる。

　しかし濱田は会話についていけていなかった。

「濱田君、今、濱田君に訊かれてるよ」

　きょとんとしている濱田に、野村が小声でいった。

「えっ、そうなんですか⁉　……I'm sorry. Please repeat the question once again.（すいません、質問をもう一度お願いします）」

「あのう、今の質問はですね……」

　ＩＢＳ社日本法人の日本人女性が日本語で質問内容を説明した。

　これに対して、濱田がキャンペーンなどで実施する割引料金について説明すると、彼女がそれを英語で二人のインド人女性に伝えた。

　その後、現在のシステムでなされている予約を新システムに移す方法や、鈴与グループの鈴与シンワート株式会社が東京に持っているデータセンターと天草および就航地の空港を結ぶ専用回線の構築方法、今後の作業スケジュール等についての話し合いがされ、ミーティングが終わったのは深夜だった。

「Let us drop you at your hotel.（ホテルまでお送りします）」
人気《ひとけ》のなくなったオフィスで濱田がいうと、書類やパソコンを入れたデイパックを背負ったＩＢＳ社の三人は嬉しそうに微笑《ほほえ》んだ。

この年、リーマン・ショック後の景気低迷や四月から世界的に発生した新型インフルエンザ（豚由来のＨ１Ｎ１型）の流行によって航空会社はどこも旅客数低迷に苦しんでいた。

そうした中、国土交通省が離島・コミューター路線の維持・活性化に向けた実証実験（利用拡大のための試み）のための補助金を出すことになり、天草エアラインが応募したところ、一億円の補助が下りることになった。

そのうち七千万円を従来から懸案だった予約システムのコンピューター化に、三千万円を営業強化に使うことになり、予約システムのほうは、ブリティッシュ・エアウェイズ、カタール航空、南アフリカ航空など多数の航空会社のシステムを手がけ、コストも安いＩＢＳ社を起用した。

ただし、国の補助であるため、年度内に使わなくてはならず、スケジュールはタイトで、濱田と野村はインド人女性ＳＥたちと連日夜遅くまで話し合いや作業をしていた。新システムの稼働開始は、来年三月が目標である。

同月——

奥島は、天草市のある和食店で、地元有力者の夕食会に出席した。

「……社員たちも精いっぱい頑張ってますから、是非天草エアラインを利用して下さい。エアラインの存続には、地元の応援が欠かせません。なにとぞ宜しくお願いします」

奥島は、隣にすわった地元商工会の幹部のグラスに焼酎を注ぐ。

社長就任以来、地元の経済団体、ロータリークラブ、異業種交流会など、ありとあらゆる集まりに顔を出し、利用を売り込んでいた。

しかし地元には、県が作った航空会社だから、県が何とかしてくれるだろうというのんびりした雰囲気や、天草エアラインは故障が多くてあてにならないという誤解もあった。

「奥島さん、あんた、えらい頑張っとらっですなあ。歴代の社長でうちに怒鳴り込んで来らしたとはあんたが初めてって、こないだ観光協会の事務局長がいっとりましたよ」

焼酎で顔を赤らめた商工会の幹部の男性が笑った。

奥島は、天草宝島観光協会の事務局に足を運び、「どうしてこのパンフレットに天草エアラインが入っていないんですか」と苦情をいったり、パンフレットの記述をもっと明確にするよう要望したりした。

「ばってん、天草エアラインは欠航が多かけん、大事な用事に使えんですよ。去年も乗ろうとしたら、急にキャンセルになったし」

そばにすわっていた会社経営者の男性がいった。

「それはご迷惑をおかけして申し訳ありません」

奥島は頭を下げる。

「ただ、うちの就航率はほかの航空会社に比べても実は遜色はないんですよ」

「えっ、そうなの?」

「はい。県の包括外部監査の報告書にも、運航機材が一機しかないにも関わらず、ほぼ全国平均並みの就航率を維持しているって書かれていますから」

「ふーん、監査報告書にねえ……」

相手は半信半疑の表情。

「お客さんによってはですね、たまたま豪雨とかバードストライクで欠航した便に当たって、天草エアラインはあてにならないっていう印象を持ってしまう方がいるんですけれど、我々の実績は悪くないんです」

奥島は力をこめる。

「それにわたしが来てから不具合は早め早めに修理するようにしましたから、欠航率はかなり下がってきています」

前年度(平成二十年度)、史上最低の九四・九パーセントだった就航率は、開業当初の三年間に匹敵する九七パーセント台まで回復しつつあった。

「ところで神戸線は続くっとですか? 今度、ライバル会社が参入するごたるばってん」

焼酎をすすりながら、商工会幹部の男性が訊いた。

先日、スカイマークが来年十月に熊本－神戸線を開設し、一日三往復の運航を行うと発表した。

同社は平成八年に旅行会社ＨＩＳ社長の澤田秀雄らが出資して作った新興航空会社で、羽田－福岡線を皮切りに、伊丹、新千歳、鹿児島、神戸、那覇、旭川などへ路線を拡大し、東証マザーズに上場している。

「スカイマークの話は、頭が痛いですねえ……」

奥島は顔をしかめた。

「あちらはジェット機で、うちより速いですし、値段もうちより下げてくるでしょうしねえ」

神戸線は搭乗率が四六パーセント程度まで落ちてはいたが、関西在住の天草出身者から根強い需要がある。

「あんたが昔おらした会社もなんじゃろ大変のごたるし、色々あるねえ」

会社経営者の男性の言葉に、奥島は渋い表情でうなずく。

去る九月に民主党政権が成立し、前政権からの懸案事項である日本航空の経営再建に着手した。前原誠司国土交通大臣のもとに「ＪＡＬ再生タスクフォース」が作られ、資産査定を行なった結果、八千六百七十六億円の債務超過であることが判明した。支援をめぐって企業再生支援機構と政府、銀行など関係者間の攻防が激しさを増し、法的整理適用が視野に入って来ていた。（企業再生支援機構は、二年前に解散した産業再生機構と同じ機能を持つ官民ファンドで、この年十月に設立された。）

4

翌年（平成二十二年）一月十九日――

日本航空が東京地裁に会社更生法の適用を申請した。負債総額は二兆三千二百二十一億円で、リーマン・ブラザーズ日本法人、協栄生命、千代田生命に次ぐ戦後四番目の大型倒産となった。

同社の株式は一〇〇パーセント減資されて紙くずとなり、金融機関からの融資、社債、デリバティブ、年金の積み立て不足など、約七千三百億円の債権がカットされる。

今後は、企業再生支援機構が三千億円を出資して経営権を握り、京セラ名誉会長、稲盛和夫が二月一日付で会長に就任し、再建の陣頭指揮を執《と》る。

日本航空はすでに来《きた》る五月末に神戸空港から撤退することを表明しているため、天草エアラインは地上業務の委託先を新たに探さなくてはならなくなった。

春――

構成作家で脚本家の小山薫堂《くんどう》は、故郷の天草市を訪れ、安田公寛市長らと夕食をともにした。

小山の実家は本渡にあり、母親は「ゆり美容室」を経営している。寛永十六年（一六三七年）に、島原・天草一揆で、キリシタン軍と唐津藩の死闘が繰り広げられた祇園橋（国指定文化財）の近くの店である。

小山自身は、市立本渡中学校、熊本マリスト学園高校を経て、日大芸術学部放送学科に進み、大学在学中から放送作家として活動を始めた。

「……小山さん、実は折り入って、一つお願いがありまして」

向かいの席にすわった安田が、箸を置いて改まった口調でいった。

「は、何でしょうか？」

四十五歳の小山も食事の手を止《と》め、安田を見る。

「天草エアラインの非常勤取締役になって頂けないでしょうか？」

「天草エアラインの非常勤取締役に……？」

「はい。天草エアラインは、去年、整備費を地元が負担するという仕組みを作って、我々がしっかりサポートする体制にしました」

小山はうなずく。

「社長も、ＪＡＬ出身の奥島さんという方に来て頂いて、彼がものすごく頑張ってくれて、経営を立て直しているところです」

「そのようですね」

「そこに小山さんの文化人としての感性で、地元や航空会社出身者とはまた違った切り口で、意見ですとか、アドバイスですとか、そういったものを頂ければ有難いなと思ってるんですが」

小山は、『カノッサの屈辱』や『料理の鉄人』といった人気番組の企画・構成を手がけ、脚本を書いた映画『おくりびと』では、昨年、米アカデミー賞外国語映画賞を受賞した。最近は熊本県のマスコットキャラクター「くまモン」もプロデュースし、県を代表する文化人の一人である。

「いかがでしょう？　非常勤取締役になって、我々に力を貸して頂けないでしょうか？」

安田は真摯《しんし》なまなざしで小山を見る。

「分かりました。喜んでお引き受けします。地元のお役に立てるのであれば、わたしも本望ですから」

小山はにっこりしていった。

「そうですか！　それは有難い！　是非、宜しくお願いします」

安田は深々と頭を下げる。

「ただ、あのう……ちょっと申し上げづらいんですが……」

安田が一転して悩ましげにいった。

「非常勤取締役の報酬は、ゼロなんですが……よろしいですか？」

「えっ？」

「天草エアラインの非常勤役員は、全員無報酬でして……」

二人の取締役副社長である安田自身と小宮義之熊本県地域振興部長のほか、川端祐樹上天草市長、吹田清介苓北町副町長ら七人の取締役や、監査役の松原正樹天草信用金庫理事長は無報酬で務めている。

「ははっ、そうですか。まあ、よろしいですよ。皆さんと同じように、無報酬でやらせて頂きます」

アイデアを出して報酬をもらうのが小山の本業だが、天草エアラインには金もないだろうし、自分のふる里のことでもあると思い、了承した。下手に中途半端な金額をもらうより、無報酬のほうがすっきりするとも思った。

「有難うございます！　これで百人力です！」

安田は満面の笑顔でいった。

三月一日——

天草エアラインがインドのIT企業、IBS社に委託して作らせた予約システムが稼働を開始し、オンラインでの即時予約とデータ管理の自動化が始まった。

六月二十三日──

天草エアラインは株主総会と取締役会を開き、小山薫堂を非常勤取締役に選任した。また専務の神宮忠紹が退任し、代わって日本航空の整備本部でメンテナンスコントロール部長などを務めた五十六歳の寺西俊介が専務に就任した。

併せて奥島社長の一期目である平成二十一年度の決算も承認された。

利用者数七万二千四百六十四人（前年比一・六パーセント増）、搭乗率五三・八パーセント（同三・五パーセント増）、就航率九七・四パーセント（同二・五パーセント増）で、いずれも前年度を上回った。

これは整備や悪天候による運休・欠航が百九十六便で、前年度の六百十九便から大きく減少したことが寄与した。また尾形前社長時代に、バレルあたり百三十ドル前後まで暴騰した航空機燃料のケロシン（灯油）の価格が、リーマン・ショック後の世界的景気後退で八十ドル程度まで落ちたため、燃料費負担も減った。

その結果、整備費を含めた経常赤字は八千五十三万円まで縮小した（前年比二億四千七百二十九万円の改善）。これに整備費の補助金二億二千四百万円を加え、職員の退職金を差し引いた当期損益は一億四千二百六十四万円の黒字となった。黒字計上は七年ぶりのことだった。

ただし今期は機体の重整備（C、Dチェック）による長期の運休が予定されており、天候や故障の頻度も前期並みに止《とど》まるという保証もないので、引き続き楽観視できない状況である。

これと前後して、奥島と交通対策総室との間で、神戸線に代わる新路線開設についての議論が何度も行われた。十月から新興航空会社のスカイマークが熊本－神戸間にジェット機（ボーイング737－800型機）を一日三往復就航させ、料金も天草エアラインより三割安く設定するからだ。

奥島は、先方の西久保愼一社長にコードシェア（共同運航）ができないか打診したが、西久保からスカイマークの予約システムを入れることを求められ、それには多額の費用がかかるため、神戸線からの撤退を決断せざるを得なかった。

「……奥島さん、いくらJALが一便減らすからって、大阪線に参入するのは無理があるんじゃないですか？」

ある日、県庁での話し合いで、財務省から出向して来ている企画振興部長（地域振興部長から名称変更）がいった。ふっくらした顔立ちをした四十代前半の男性である。

奥島は神戸線に代え、大阪線（伊丹空港）に就航することを提案していた。

大阪－熊本線は、現在、日本航空と全日空がそれぞれ一日四往復しているが、会社更生手続き中の日本航空は十月末から一日三往復に減便する。

「奥島さん、わたしも大阪線参入はちょっと無茶だという気がするんですけど」

国土交通省からの出向者である三十代後半の交通対策総室長がいった。

「だって九州新幹線が開通しますからねえ。飛行機の利用客が全体として大きく減るようなときに、わざわざそこに飛ばすっていうのは、あり得ないんじゃないでしょうか」

来年三月、すでに熊本県新八代駅－鹿児島中央駅間で運行されている九州新幹線の博多駅－新八代駅間が開通し、博多－鹿児島ルートが全面開通する。交通対策総室では、これにより、熊本から関西方面への航空機の利用客が三、四割減少する可能性があると見ていた。

「だいたい神戸と大阪はすぐそばで、同じようなもんじゃないですか。神戸が駄目だから大阪に行くっていう発想が、今一つぴんと来ないんですよね」

企画振興部長は、論外だという言葉が喉元まで来ていた。

「お言葉ですが、神戸と大阪では利用客数が違います。大きな人の流れのあるところには、天草エアラインを支えるくらいのニーズは必ずあるはずです」

奥島は反論した。

神戸空港の年間利用客数は二百三十万人ほどだが、伊丹空港の利用客数は千五百万人近い。

「東海道新幹線が開通しても、東京－大阪間を飛行機で飛ぶ人もたくさんいます。ましてや天草には鉄道はありません。天草から大阪周辺に出かける、あるいは大阪周辺から天草に来るという人の一定割合は、必ず飛行機で移動するはずです」

奥島は、できることなら日本航空や全日空が独占している収益性の高い福岡－宮崎、福岡－松山などの路線に進出したかった。しかし、天草エアラインの過半数の株式を握る熊本県は、熊本空港を中心とする路線を運航すべしという方針だった。また行政から支援を受けている第三セクターの航空会社が利益を求めて民間航空会社と競合することは経済行為として許されない。

その方針にもとづき、奥島は、出雲や四国も検討したが、需要としては大阪が圧倒的だった。

「そうですかねえ……。申し訳ないですが、わたしには無謀な自殺行為としか思えないんですけどねえ」

天草エアラインの副社長も兼務している企画振興部長は悩ましげにいった。

「部長、行政の立場として、まずリスク回避を考えるというのは分かります」

奥島は二十歳近く年下の相手に対し、丁重にいった。

「しかし、安全策を考えてばかりいては、会社は発展しません。関西圏には天草の出身者がたくさんいます。新幹線が開通しても、天草エアラインを使いたいという需要は必ずあるはずです」

八月六日——

天草地方は快晴で、気温は午前中の早い時刻に三十度を超える真夏日だった。学校や職場の一部が夏休み時期のため、天草エアラインの乗客は多く、社員たちは朝から忙しく働いていた。

午前九時半頃、社長の奥島に県の空港管理事務所の所長から電話が入った。

「……えっ、自衛隊のヘリが緊急着陸⁉」

受話器を耳に、奥島は驚いた。

「ええ、そうなんですよ。春日基地（福岡県春日市にある航空自衛隊春日基地）の輸送ヘリが、鹿児島に向かっている途中、補助エンジンから出火して煙が出たんだそうです」

空港ビル二階にある空港管理事務所の所長がいった。

「そうなんですか？」

奥島は呻《うめ》くように問い返す。

「火はもう自然鎮火したらしいんで、爆発の可能性はまずないと思いますが……」

「どれくらいの大きさのヘリなんですか？」

「ＣＨ47Ｊで、荷物を積んでて、重量は三〇トンほどあるそうです」

ＣＨ47Ｊは戦車も運べる大型ヘリコプターだ。

「三〇トン⁉　そりゃもう滑走路への着陸は無理ですね」

天草空港の滑走路は一五トン程度までの重量にしか耐えられない。

「どうしますか？」

「ほかに行くところがなけりゃ、ここに降りてもらうしかないですけど……」

「うーん、となると、もう緑地帯ぐらいしかないですかねえ」

幅三〇メートル、長さ一〇〇〇メートルの滑走路をぐるりと取り囲んで、芝生が植えられている帯状の一帯だ。飛行機が滑走路を逸《そ》れた場合に、安全を確保するために設けられている。

午前十時すぎ――

バラバラバラバラ……。

大きな爆音とともに、晴れ上がった上空に、迷彩色のＣＨ47Ｊヘリコプターが姿を現した。

晴れ渡った空が、一瞬戦場の雰囲気を帯びる。

全長約一五・九メートル、全高約五・七メートルで、機体の前部と後部に二つの回転翼を持つ巨大な怪鳥である。

「すげえー！」

「でっけえー！」

地上で見ていた天草エアラインの社員たちは圧倒された。

米国のボーイング・バートル社（現・ボーイングＩＤＳ社ヘリコプター部門）が一九六〇年代から製造を始めたＣＨ47シリーズは、ベトナム戦争、フォークランド紛争、湾岸戦争などでも活躍した機種だ。この翌年に起きた福島第一原発事故では、容量七・五トンのバケツを吊り上げて、水素爆発を起こした三号機に放水した。

バラバラバラバラ……。

大型ヘリコプターは、ゆっくり高度を落とし、滑走路の北西側の緑地帯に着陸した。

「あっ、傾いた！」

社員たちが叫んだ。

ダッシュ８のほぼ二倍の三〇トンの重量で、車輪が緑地帯にめり込み、ぐらりと機体が傾いた。

（こりゃあ、厄介なことになったぞ……）

着陸を見守っていた奥島の顔に緊張感が走る。

ヒュンヒュンヒュンヒュン……。

二つの回転翼は徐々に速度を落とし、やがて停止した。

ＣＨ47Ｊは、修理をしなければ再び飛べないため、重そうな羽を垂らしたまま、緑地帯から動けなくなった。

他の飛行機が飛来すると衝突する可能性があるため、県の空港管理事務所は空港を閉鎖し、熊本空港にいる天草エアラインのダッシュ8も帰って来られなくなった。

「ヘリを何とか動かさないと……。トーイングトラクターで引っ張れるか、やってみよう」

奥島は社員たちに命じた。

トーイングトラクターは、地上に停まっている飛行機や荷物用のコンテナ車などを押したり、引っ張ったりする車で、馬力がある。

ジープとトラクターの中間のような形で運転席に屋根がないトーイングトラクターがただちに出動し、ヘリコプターにワイヤーをかけて引っ張り始めた。

ウィイーン、ウィイーン……。

緑地帯にのめり込んだ大型ヘリコプターはびくともせず、トーイングトラクターの車輪が芝生や土を撥《は》ね飛ばして空回りするだけだった。

「奥島さん、ちょっと無理ですね」

運転席の若い男性社員が顔をしかめ、そばで見守っていた奥島にいった。

「うーん、こりゃ動かんなあ……」

この日は、夏の繁忙期に合わせ、天草‐福岡間の臨時便を一往復増やした初日で、欠航が出るたびに入るはずの売上げが消えていく。

奥島は急いで空港ビルに戻り、二階にある管理事務所に向かった。

「あっ、奥島さん、ご苦労様です」

事務所の職員が奥島を見て頭を下げた。

奥島はまっすぐ、左手奥のデスクにすわっている空港事務所長のところに行った。

「所長、今、トーイングトラクターでヘリを動かそうとしてるんですが、ちょっと難しい感じです。そちらのほうで何とかできませんか？」

奥島は、デスクにすわっていた空港管理事務所長にいった。

「いやあ、こんな事態は初めてで、我々としても、ちょっとどうしたものか……」

事務所長は奥島を見上げ、今一つ緊張感のない口調でいった。

「一応、自衛隊の修理班が来るそうなので、彼らに修理してもらって、また飛んで行ってもらうしかないいんじゃないですかねえ」

「しかし、それだと一日とか二日とかかかりますよね？」

内心の苛立ちをこらえて奥島はいった。

このかき入れ時に、一日とか二日とか運休させられては、たまったものではない。

「まあ、ですから、その間は、空港を閉鎖しておくしかないでしょうねえ」

空港管理事務所長は、相変わらず他人事《ひとごと》のような口調でいった。

この間にも時間は刻々とすぎ、欠航しなくてはならない便数が増えていく。

「所長、それじゃあ、わたしのほうで建設会社に声をかけて、ブルドーザーか何かを持って来てもらうようにしますが、よろしいですね？」

奥島は着任以来、積極的に地元の集まりに顔を出し、人脈を作っていたので、地元の建設会社の社長は何人も知っている。

「あ、ああ、そうですか。もちろんこちらはかまわないですよ。……ただ、どうなったかだけは教えて下さいね」

「もちろんです。状況については逐次ご報告します」

奥島は自分の席に戻ると、ロータリー・クラブなどで顔見知りになった建設会社の社長たちに電話をかけ始めた。

「ああ、どうも。天草エアラインの奥島です。……実は、空港に自衛隊の三〇トンのヘリが不時着しましてねえ。……ええ。それでおたくのブルドーザーでヘリを引っ張ってもらえないかと思いまして」

奥島は、ブルドーザーならキャタピラーががっちり地面をとらえ、重いヘリコプターでも引っ張れるのではないかと直感していた。

「いえいえ、明日とかじゃなく、すぐに何とかしたいんです、一刻も早く……。えっ、今日は全部出払ってて無理？」

建設会社のブルドーザーは現場で作業をしているものが多く、すぐには色よい返事が返ってこなかった。

当たりがあったのは、数人目だった。

「奥島さん、そりゃあ大変ですなあ。分かりました。ちょうど一台、使ってないのがあるから、今すぐ持って行きましょう」

相手は、天草市志柿町《しかきまち》（上島の下島寄り）の海岸沿いにある有限会社渡辺産業の渡辺捷司《しょうじ》社長だった。

ダンプ、ユニック、ブルドーザー、トレーラー等を所有し、建設関係の仕事のほか、貨物輸送業、砂利販売なども行なっている。

「本当ですか⁉　それは有難いです！　宜しくお願いします！」

奥島は受話器を握り締め、頭を下げた。

すでに二便の欠航が決まり、運送部門の社員たちは代替輸送手段の確保や乗客対応に追われていた。臨時便初日で、予約客も多かったので、社員たちは落胆を隠せない。

約三十分後——

奥島は空港ビル正面玄関前で、今か今かとブルドーザーの到着を待っていた。

目の前には本渡市街方面に通じるS字形の下り坂が延び、カーブがきついので見通せるのは二〇〇メートルほどである。その先は緑豊かな丘がいくつも連なっている。

(まだかなあ……)

流れ落ちる汗をハンカチで拭い、腕時計に視線を落とし、じりじりしながら待っていた。

(一分でも早く着いてもらわないと……)

欠航が増えれば増えるほど、売上げが減る。

頭上から真夏の太陽が容赦なく照り付け、付近の林では蟬が鳴いていた。

気温は三十四度台まで上昇した。

気持ちを落ち着けようと、深呼吸したとき、坂道の下から一台の自動車が上がって来るのが見えた。

(来たか……⁉)

期待で胸が膨らむ。

S字カーブを曲がって姿を現した瑠璃《るり》色の自動車は、白い文字で社名が入った渡辺産業の大型トレーラーだった。

(おお、来た、来た!)

トレーラーの荷台には、黄色いブルドーザーが積まれている。

運転席を見ると、渡辺社長自らハンドルを握っていた。小柄でずんぐりした体形で、奥島の釣り仲間でもある。

「いよう、奥島さん。来たよ。どっから入ればいい？」

空港ビルの前まで来ると、運転席の窓から顔を出した六十代後半の渡辺社長が、いつもの笑顔で訊いた。

「有難うございます！　あちらのゲートからお願いします」

奥島は、空港正面左手にあるゲートへと案内した。

トレーラーはヘリコプターのそばまで来ると、黄色のブルドーザーを降ろした。

CH47Jヘリコプターとブルドーザーをワイヤーで繋ぐ作業が始まる。

大勢の社員やヘリから降りた作業服姿の自衛隊員たちが、その様子を見守る。

非番だった機長の小松久夫も、古巣の航空自衛隊のことなので、何か役に立てるかも知れないと思い、駆け付けていた。

「それじゃあ、いきますよー」

準備が整うと、ヘルメットに作業服姿の渡辺産業の五十代の専務がブルドーザーのエンジンを始動させた。

奥島たちが固唾を呑む。

ガガガガッ、ガガガガッ……。

鋼鉄のキャタピラーが重機特有の重い回転音を響かせ、芝生の地面をがっちりとらえた。

巨大なヘリコプターに繋がれた鋼鉄のワイヤーがぴんと張りつめる。

次の瞬間、胴体に日の丸を付けた大型ヘリコプターが少し動いた。

「おおっ、動いた！」

まるで小山か巨大な山車《だし》が動き始めたようだった。

「動くよ、動くよ！」

「よし、やった！」

見ていた社員たちから歓声が上がった。

ＣＨ47Ｊヘリコプターはブルドーザーに引っ張られ、のめり込んだ車輪を芝生の上に現わし、少しずつ移動を始めた。

ヘリコプター前部の操縦室には二人のパイロットがすわり、必要に応じて車輪などを操作する。

間もなく、ヘリコプターは駐機場まで移動された。

「よーし、これで飛行機が熊本から戻って来られるぞ」

社員たちは嬉々としてオフィスに引き揚げ、再び業務に取りかかった。

空港閉鎖は間もなく解除され、天草エアラインの欠航は二便だけで済み、売上げ減は最小限に止《とど》まった。

自衛隊のヘリコプターの故障原因は、機体後部にあるオイル空冷用のファンが故障したことだった。エンジンがかからなくなったため、別の輸送ヘリがやって来て、整備員を降ろし、輸送物資を積み替え、目的地である鹿児島県の東シナ海沖の下甑島《しもこしきじま》分屯基地に運んで行った。

二日後、部品交換などの修理が終わり、午後二時半、CH47Jヘリコプターは、福岡県の春日基地に向かって飛び立って行った。

この頃になると、奥島が整備に関して豊富な経験と知識を持っていることが知られ、整備士たちも頼りにするようになった。

彼らにとって有難かったのは、部品購入の稟議書《りんぎしょ》を上げると、奥島は即座に重要性を理解し、どんなに高価な部品でも、安全性や定時運航に関わるものについては、「ああ、これは必要やな」とポンと判子をついてくれることだった。以前であれば、たとえばプロペラ・コントロール・ユニットの部品購入の稟議書を上げると、そもそもプロペラ・コントロール・ユニットとはなんぞや、というところから説明しなくてはならず、急ぎの稟議書でも上で止まってしまった。しかし、奥島の場合、「ああPCUやな」と一言いって、すぐに諾否を判断した。

たまに奥島が「こういう不具合には、メーカー・サポート（無償の修理・部品交換・技術提供等）があるんじゃないの？」といい、整備士が「ボンバルディアは小さな会社で、ボーイングみたいなきちんとしたメーカー・サポートはないんですよ」と説明すると、奥島が「ああそうなのか」と納得することもあった。

日々の整備に関しては、不具合の芽は早め早めに摘むというのが奥島の考え方だった。整備部管理課長になっていた江口英孝は、朝のブリーフィングでコクピットのエンジン関係の計器の針が少し振れているというパイロットの話を聞いた奥島から、すぐに修理するよういわれた。これに対して江口は「そんな兆候が出た段階で乗員さんのいうとおりに修理していたら、うちみたいな会社はいくらお金があっても足りませんよ。しばらくモニター（経過観察）して、本当にこの部品が悪いと特定してからでないと、二百万円もする部品をすぐ換えるのは、もったいないですよ」と意見を述べた。しかしよく考えてみると、神戸のような遠い空港で出発時にその計器が故障すると、二百万円どころでは済まないことに気が付いた。

奥島は叱るときは厳しく叱った。時には整備士たちが「天草エアラインは、大きなＪＡＬみたいなやり方はできません」と反発し、奥島が、「そういうことは会社の大小とは関係がない」と反論することもあった。そんな時は、あとで考えると、奥島が正しいことが多かった。

5

十二月十五日——

天草エアラインは、十月に撤退した神戸線に代え、熊本‐大阪線に就航した。就航の是非をめぐって、取締役会で滅多にない激しい議論が交わされたが、最後は奥島が、「想定した一便あたりの収入単価をクリアできなければ撤退します」と約束して押し切った。

伊丹空港は混雑空港に指定されていたため、路線開設申請に対して国土交通省の運輸審議会がどのような判断をするかは予想がつかなかった。しかし、申請から約二ヶ月後に、「天草エアラインの就航は、便数増加と競争促進をもたらし、利用者の利便に資するものである」という前向きの答申が出された。

ダイヤ設定にあたっては、天草‐熊本間の便との乗り継ぎが待ち時間なしでできるよう、熊本から伊丹行き（８０１便）は午後一時発、伊丹から熊本行き（８０２便）は午後二時五十分発にした。フライト時間は、風の影響で８０１便が一時間二十五分、８０２便が一時間四十五分である。

運賃は片道一万九千円としたが、搭乗七日前までに買うと半額以下の八千円になる割引運賃も設けた。これは日本航空と全日空の最安料金一万千五百円に対抗するためだった。

この翌年三月に、九州新幹線が全線開通したが、新大阪‐熊本間の片道「e早特」料金（三日前までに購入）は一万四千四百円で、やはり天草エアラインのほうが安かった。

第十三章　買収提案

1

平成二十三年——

一年あまり前に天草エアラインの非常勤取締役に就任した小山薫堂は、ある日、社長の奥島透から電話を受けた。

「……小山さん、こないだお話しした機体の塗り替えの件なんですけど、どなたかいいデザイナーをご紹介頂けないですかねえ」

携帯電話の受話口から、歯切れのいい関西訛りの声が流れてきた。

小山は、非常勤取締役になった直後に、奥島や県の担当者らに会ってブレーンストーミングをし、その後も、業績向上のための方策について話し合ってきた。

「いいデザイナーですか……」

小山は携帯電話を耳にあて、考えを巡らせる。

つい先日、奥島に会ったとき、ダッシュ8の機体の塗り替えを予定しているといわれたので、それは一つのチャンスだから、何か企画したらいいのではないかと意見を述べた。

「できたら有名なデザイナーさんがいいと思うんですが」

塗り替えるなら、今と同じではなく、デザインを変えるのが一つの手だといったのは小山だ。

「奥島さん、でも有名なデザイナーって、高いですよ。ましてや東京にいる一流の人は」

「そうでしょうねえ」

「御社にそんなお金ないんじゃないんですか？　大丈夫ですか？」

天草エアラインは相変わらず苦しい経営が続いている。

奥島が社長になって二年目の昨年度（平成二十二年度）は、C、Dチェックなど重整備のための運休を当初予定の四十日から三十一日に抑えたものの、梅雨時《つゆどき》や冬の天候不良に機体の故障も重なり、就航率は開業以来最低の九四・六パーセントに止《とど》まった。補助金で最終損益は黒字になったが、経常赤字は三億三千八十九万円と前期の四倍強に膨らんだ。

一方、不退転の決意で開設した大阪線の搭乗率は六〇・九パーセントで、予想を上回った。

社内のムードも奥島の現場主義経営で明るくなり、忘年会などの行事にはほぼ全員が顔を出すようになった。

「お金のほうは、一応、デザイン用に、ちょっとは用意してあります」

奥島がいった。

「失礼ですが、おいくらぐらいご用意されてるんですか？」

きっと少ない額なんだろうなあと思いながら、小山は訊いた。

「一千万円です」

「ほう、一千万円ですか。そのうちデザイナーさんのギャラは、いくら払う予定なんです？」

一千万円は、塗り替えのペンキ代などを含めた額だと思って訊いた。

「いえ、一千万円がデザイナーさんのギャラです」

「えっ、一千万円全部がギャラ⁉」

「はい。塗装には六千五百万円くらいかかるんで、これは別途予算を立てています」

「奥島さん、だったら話は別ですよ」

小山は多少興奮していった。

「デザイン料なんて、基準があってないようなもんですから。デザイナーに一千万円といわれれば一千万円だし、三十万円といわれれば三十万円って世界ですよ」

「なるほど、そういうもんですか」

「ですから、一千万円の予算があるからって、それを全部デザイナーに払うのはもったいないですよ」

「じゃあ、どうしたらいいと思われます？」

「そのお金、僕に預けてくれませんか。悪いようにはしませんから」

悪いようにはしないというのが、小山の殺し文句だ。


小山は天草エアラインを一つのブランドとして売り出そうと考えた。小山の信条は、ブランド作りとは感情移入であるというものだ。すなわちブランドは、色々な人に共感を抱いてもらって、自分事《ごと》にしてもらわないと成功しない。

小山はBSフジで、『東京会議』という番組をやっていた。毎週土曜日の真夜中から放送される三十分番組で、小山がゲストとともに行う会議の様子をそのまま放送するという、制作側の自由度の高い番組である。その中で、天草エアラインの機体塗り替えをプロジェクトとして取り上げ、デザインを公募し、採用作品決定から新塗装による初フライトまでの過程を十回くらいに分けて放送し、天草エアラインを全国的に認知させ、視聴者に感情移入をしてもらおうと考えた。

デザイン公募の優勝賞金は百万円とした。残りは視聴者に天草という土地や天草エアラインを知ってもらうためのロケ、キャスティング、プロモーション・ビデオの製作、新デザインによる記念フライトの費用などに充てることにした。

多少不安だったのが、公募して、どれくらいの水準のデザインが集まるかという点だった。一方で、プロのデザイナーでもなかなか手がけることができない飛行機の塗装デザインなので、興味を持つ人は多いだろうとも考えた。

翌年（平成二十四年）三月三十一日——

天草エアラインの機体塗り替えプロジェクトを議題にした『東京会議』の一回目（通算五十五回目）が放送された。

収録場所は都心にある小山のオフィスである。都会的なすっきりとした内装で、青みがかったガラスの壁の向こうに、車や道行く人々の姿が見える。

この日の会議は、小山と友人の音楽家、小宮山雄飛《ゆうひ》のかけ合いで始まった。

「……（番組に依頼をしてきた航空会社は）ＡＮＡじゃない、ＪＡＬでもない、ＡＭＸ《エーエムエックス》」

ピンクのシャツに紺のジャケットを着た小山がいった。

「何ですか、ＡＭＸって？」

茶色いサングラスをかけ、紺のスタジアムジャンパー姿の小宮山が不思議そうに訊く。

「天草エアライン」

「天草エアライン？　どこを飛んでるんですか？」

二人は会話をしながら、天草エアラインや機体塗り替え計画について紹介する。

背広姿の奥島透社長と熊本県企画振興部の三牧芳浩がスタジオに入って来た。

二人は、イルカと波の塗装がしてあるダッシュ8の模型を手にしていた。

「へえー、これが、空飛ぶイルカ」

小宮山が興味深げに模型を眺める。

「このデザインは、十二年前に飛び始めたときに、地元の小学生がデザインしたやつなんですね」

奥島が関西訛りでいった。

「これ、やっぱり塗り替える理由は、何か法律で決まってるんですか？　何年間飛んだら塗り替えるとか」

小山が訊いた。

「法律ではなくて、大手の航空会社であれば、だいたい六、七年に一回、胴体部分に錆とかできて、金属が疲労してくるもんですから、その検査のために剝《は》がすんですね」

奥島が丁寧に説明する。

「当社の場合、なかなか時間的余裕もなくて、十二年間、通常じゃ考えられないくらい、塗り替えてないんですけども」

奥島がためらいがちにいうと、小山と小宮山が笑い、奥島と三牧も苦笑する。

「ただですね、整備士が、いわゆる愛機感覚でですね、毎日、雑巾で拭くんですよ」

「へーえ！　……雑巾ていうか、タオルですよね？」

「いや、ほんとの雑巾です」

奥島が、関西訛りでにべもなく答えると、一同が爆笑した。

小山と小宮山が質問をしながら、奥島の経歴、天草エアラインの設立経緯や運航の様子、CAが「おはようございます」と挨拶すると乗客たちも「おはようございます」と返事をするアットホームな雰囲気、機内で配られたぽんかんの皮が剝かれると、客室内に匂いが立ち込める様子などを紹介していく。

「（天草エアラインは）日本一親しみやすい、（通常の）航空会社では考えられないサービスを提供してると思いますね」

奥島がいった。

「日本一愛される飛行機会社にする」

小山の言葉に一同がうなずく。

「今んところ、いかんせん、認知度が低いもんですから、今回、このイルカと違うデザインで、単なる移動の手段ではなく、観光の目的になるようなものを、なんか打ち出せないかと」

「うーん、これに乗ってみたいと思わせるような？」

小山の言葉に奥島がうなずく。

　続いて、機体デザインの例として、スターフライヤーの黒い飛行機、シロクマを描いた北海道のＡＩＲＤＯ《エアドゥ》、全日空のパンダの塗装、カラフルな鳥を描いたタイのノック航空、アラスカ航空の鮭の塗装、サウスウェスト航空の水族館とのコラボによるシャチの塗装などが紹介され、四人が口々に感想を述べる。

「あと、飛んでいるのを天草の人が見て、乗らないけれども、ちょっと幸せな気分になったりとか、そういうのがいいですよね」

　常に優しさがあるのが小山の発想の特徴だ。

　これは四歳離れたダウン症の弟、将堂の存在と無関係ではないといわれる。「小さい頃から弱い人の気持ちになるという環境の中で育ってきた」と小山自身も語っている。

「まず、我々がやるべきことは、（このプロジェクトの）スタッフをどうするか」

　小山がいった。

　会議メンバーとデザイナーの選任のことだ。

「まずね、デザイン知識がちょっとある人。あと飛行機が好きな人。誰かそういう人いないですかね？」

「飛行機好きな人？」

　小宮山が考える。「まああの、有名なのは、パラダイス山元さんとか」

「ああ！　いいじゃないすか、パラダイスさん」

パラダイス山元はマンボ・ミュージシャンで、国際サンタクロース協会公認サンタクロースで、航空機ファンでもある。

「しかもパラダイスさんは、元富士重工のデザイナーですよ」

「えっ、そうなんですか⁉」

「ええと、レガシィ・ワゴンとかは、パラダイスさん（のデザインです）」

小山がその場で、博多で手羽先を食べていたパラダイス山元に電話をかけ、機体塗り替えプロジェクトへの参加を依頼し、快諾を得た。


三週間後の四月二十一日の二回目の放送は、小山がパラダイス山元を招いて会議をした。二人がデザインの公募方法について話し合い、①プロのデザイナーやデザイナーを目指す学生によるコンペにする、②デザイン案には、乗らないで見るだけの人も楽しめる仕掛けなどを入れる、③プレゼンテーションの方法は自由、④公募のためのＶＴＲを作る、と決められた。

六月二日と十六日の放送分では、小山と山元が、山元が経営する会員制餃子店「蔓餃《まんぎょ》苑《えん》」で音楽家の松任谷正隆と写真家のハービー・山口を、天草産の食材で作った七種類の餃子でもてなし、プロジェクトへの協力を依頼した。

六月十六日からはデザインの公募も始まった。

同じ頃——

三年前に交通対策総室の審議員として、松見辰彦や古森誠也らとともに、天草エアラインの「上下分離方式」実現のために働いた中川誠は、思案に暮れていた。

（どうしたものかなあ……）

五十三歳になった中川は、天草エアラインに関する資料を見つめながら考えていた。

オフィス内では、県内の公共交通を担当する二十数人の職員が働いている。

九州新幹線が全線開通したのを機に、従来の交通対策総室は交通政策課に名前が変わり、中川が課長になった。プロパーの県庁職員が交通分野のトップに就くのは二十年ぶりのことだった。

（機材の更新もあるし、今度も簡単じゃないぞ……）

三年前から実施された上下分離方式は、五年間の暫定的なものだ。すでに松見は知事公室長に、古森は宇城地域振興局長として転出し、平成二十六年度以降どうするかは、中川の双肩にかかっている。

このままずるずると赤字補てんを続けていくのかという批判は、議会、県庁内、メディアで根強い。

しかも、ダッシュ8はそろそろ更新の時期で、修理費もかさんできている。仮に路線を継続するとしても、新しい機材（飛行機）でやるのか、別のダッシュ8をリースするのか、あるいは他の航空会社に任せるのかという問題に決着をつけなくてはならない。

もし新しい機材を買うとなると、二十億円程度が必要になる。しかし、もはや財政課に頼めるような状況ではなく、別のところから財源を探してこなくなくてはならない。

（存続させるために、議会や庁内をどう説得したらいいのか……？）

中川は、天草エアラインを存続させるための理由を求めて資料のページを繰り、データに目を通し、自問自答を続けていた。

天草エアラインの問題は、県民の税金をどう使うかの問題であり、存続の是非は客観的に判断しなくてはならない。しかし、中川はこの四年間、天草エアラインを何度も訪問し、社員たちが「明日、晴れてくれますように」と祈るような表情で空を見上げたり、「欠航になったので、お金が入ってきません」としょげたり、一喜一憂しながら懸命に仕事をしているのを見てきた。できることなら彼らが胸を張って仕事を続けて行けるよう、関係者を説得できる強力な材料を見つけたかった。

2

八月十八日——

この日放送された『東京会議』で、天草エアラインの機体デザイン公募の第一次選考会が行われた。

選考委員は、小山薫堂、パラダイス山元、くまモンをデザインしたクリエイティブディレクター、水野学の三人である。

応募総数は二百六十九作品。地下鉄六本木駅に近い「東京ミッドタウン」の明るく清潔な会議室のテーブルの上に、模型、ポスター、パネル、プレゼン冊子など、自由な形式で応募された全作品が並べられ、最初に、三人がいいと思った作品にポストイットを貼って十七点を選んだ。

その後、それらについて三人で「イルカはやっぱり外したくないね」、「飛行機みたいに筒状の物は、単色で塗ると大きさが分からなくなるんですよ」、「この塗装をやったら、世界の航空機マニアが写真を撮りに来るだろうなあ」などと話をしながら作品を絞り込み、最終選考に残す七点を選んだ。


同じ頃——

熊本県庁の企画振興部長室の会議用テーブルで、同部の部長、交通政策課長の中川誠、中川の部下の航空振興班の班長らが話し合いをしていた。

「……なるほど、シミュレーションの結果は、どのケースも大差ないということですか……」

銀縁眼鏡の企画振興部長が、資料に目を通しながらいった。

最近財務省から出向してきたキャリア官僚で、年齢は四十代前半。英国のＬＳＥ（London School of Economics and Political Science）への留学や在スペイン日本大使館での勤務経験があり、手堅い仕事ぶりの人物である。

「はい。資料にありますとおり、新機材を購入するケース、中古のダッシュ８をリースして使うケース、天草エアラインを廃業ないしは売却して、他のエアラインに路線を任せるケースなどに分けて試算してみました」

少林寺拳法で鍛えた引き締まった身体の中川が答えた。

「その結果、いずれのケースもコストはだいたい似たり寄ったりということです」

天草エアラインの今後のあり方を考えるにあたって、路線維持のための選択肢とコストを一度きちんと比較してみようということで、交通政策課でいくつかのケースを想定し、シミュレーションを行なった。

「ただコストは同じですが、天草空港で使えるタイプのダッシュ８は生産が中止されていますから、いつまで部品が手に入るか分からないという問題があります。それから他のエアラインに任せる場合は、搭乗率補償をどうするかとか、色々な交渉事が毎年発生する不安定性があります」

天草空港で使えるダッシュ8のQ100は七年前に、ダッシュ8のQ200は三年前に製造が中止され、今は、七十〜七十八人乗りという大型のQ400のみが製造されている。

「ということは、やっぱり新しい機材を買って、天草エアラインが運航するというのが、一番確実というわけですね？」

部長の言葉に中川らがうなずく。

滑走路が一〇〇〇メートルの天草空港で使えて、かつ四十人程度以上が乗れる飛行機はフランス製のATR42−600しかなく、買うとしたらこれだ。四十八人乗りで、値段は二十億円くらいする。

「それから天草エアラインの存続理由ですが、最大のポイントは、地域医療への貢献だと思います」

中川がいった。

資料やデータを追い、自問自答を続けた末にたどり着いた説得材料がこれだった。

島外から天草の病院に通《かよ》って来ている医師は四十名を超え、この多くが福岡から天草エアラインを利用している。

「もし天草エアラインがなかったら、これだけの医師を確保するのは難しいと思います」

長崎県などでも同様だが、僻地や離島では、二千万円以上の年棒を払っても医師のなり手がなかなかいない。ましてや四十人という大量の数を確保するのは不可能に近い。

「医師以外の医療関係者も天草エアラインを使っているほか、血液の輸送なども行なっていますから、地域の医療体制を支える重要な交通機関だといえます」

そのほか、天草エアラインが観光客を呼び込む上でも欠くべからざる存在であることや、県内において約二十三億円の経済波及効果をもたらしていることが資料の中で列挙されていた。

「分かりました。確かに医療は、大きな説得材料になるでしょうね」

部長がいった。

「あとはATRを買う財源をどうするかという問題と、今後、どういうふうに黒字転換の絵を描くかですね。このへんがしっかりしていないと、議会は通らないでしょう」

九月八日――

『東京会議』は、機体塗り替えデザインの最終審査を迎えた。

この日の放送では、最終選考に残った七人のうち四人がプレゼンテーションを行う。

東京ミッドタウンの会議室に白いスクリーンと演壇が設けられ、その前のテーブルに審査委員たちがすわった。小山薫堂、パラダイス山元、水野学、奥島透の四人である。

「社長、今回、天草を出るにあたって、社内とか、天草の市民から、何か声をかけられました？」

青い半袖シャツにジーンズというカジュアルな服装の小山が、奥島に訊いた。

「あのう、一番心に響いたのはですね、一週間ほど前に小学生の方がカウンターに来られまして、『イルカを塗り替えないでくれ』と」

奥島の言葉に、一同が大笑いする。

「よし、止《や》めよう。終了！」

山元がふざけて審査の資料をくしゃくしゃと丸め、立ち上がった。

最初のプレゼンターは、大阪でデザイン会社を経営する四十八歳の男性だった。

イルカをイメージした紫暗色《しあんしょく》と白のツートンカラーの洗練されたデザインで、CGで作ったプロモーション・ビデオやペーパークラフトも持参していた。

約三分間のプレゼンのあと、山元が紫暗色を機体に使う意味について質問し、小山が「完成度、滅茶苦茶高いですね」と感心した。

二人目は、東京とロンドンで活動する三人の若いデザイナー集団。

天草産の陶石をモチーフにした白い機体に、天草四郎の襞襟《ひだえり》をデザイン化した模様を入れるというアイデアだった。

三人目は、ファッション・デザインも手がける福岡の四十歳の男性デザイナー。

「マリン・ルック」というコンセプトで、白い機体に海をイメージした青く細い横縞を入れるというアイデアである。ＣＡなどの制服にも使えるデザインだとアピールした。

「どうでしょう、社長？」

小山が奥島に訊いた。

「わが社のＣＡは、結構、年齢幅が広いので」

奥島が苦笑いしながらいうと、一同が爆笑した。

四人目は、川崎市の二十九歳のアート・ディレクターの男性。

ボンバルディアをもじった「ボバちゃん」という愛称を機体に付け、一つのキャラクターにするというアイデアだった。モスグリーンのペンキで機体を一頭のイルカに塗装するという。

「これが採用されたら、世界でこの色の飛行機は、この一機だけですよ」

ふくよかな顔のパラダイス山元が興味深げにいった。


残り三人のプレゼンテーションと結果発表の模様は、九月二十九日の回に放送された。

プレゼンターの五人目は、千葉県の五十歳のクリエイティブ・ディレクターの男性。空飛ぶ小魚というコンセプトで、機体をグリーンとブルーの鱗《うろこ》模様で塗装するという提案だった。

六人目は、神奈川県でデザイン会社を経営している五十二歳の男性。ロン毛で口髭と顎髭を生やし、年齢のわりにはくたびれた感じだが、人は好さそうである。

「ちょっとわたし、歯が少なくってぇ、滑舌《かつぜつ》がよくないんで、聞き取りづらいところがあるかもしれないんですけども」

冒頭の言葉に、審査員たちが大笑いした。

「歯はどうされたんですか？」

小山が訊いた。

「いやぁ、歳でしょうねぇ」

再び審査員たちが大笑いする。

提案したデザインは、十二年にわたって親しまれてきたイルカのモチーフを尊重し、遠くからでも一度見たら印象に残るよう、機体を青いイルカに塗装し、左右のエンジンにも子イルカを描くという、分かりやすく、かつ親しみやすいものだった。

水野が「ものすごくユーザー視点で、フレンドリーで、感心しました」といい、小山らもうなずいた。

最後の七人目は、栃木県の作新学院高校美術デザイン科二年生の女子生徒で、母親と担任に付き添われて登場した。

デザインは、鯉のぼり、金魚、蹴鞠をモチーフにし、朱色を基調にした賑《にぎ》やかな錦のような絵柄である。

「……鯉が滝を登るように地域や会社が発展できるようにという願いを込めて、こうなりました。朱色は空で一番映える色で、魔除けの効果もあるので、飛行機に乗った人が安全に楽しめるようにと思い、こうなりました」

黒縁眼鏡で制服姿の女子生徒が、ややたどたどしく二分間弱のプレゼンを終えると、審査員たちが拍手をした。

彼女のデザインを推した山元が質問をした。

「一つ聞きたいのは、天草エアラインであることのコンセプトだったり、天草のことを何か考えてデザインしてたかどうかってことなんですが。……あんまりなかったら、ないってはっきりいって頂いてもいいんですけど」

女子生徒はすぐには答えられない。

「応援しますとですね、鞠《まり》は、天草でも結構昔からあるもんなんですよね。それから、地域や会社がさらに発展するというのは、ずばり当たってます」

奥島が助け舟を出した。

「当たってますっていうか、当てたいんですよね？」

小山がまぜっ返し、奥島が「当てたいんです！」と叫ぶと、一同が笑った。

その後、最終の審議を経て、結果発表に移った。

プレゼンをした七人が、横一列に並んで立った。

「えー、皆さん、今日は、お疲れさまでした」

小山が七人に話しかけ、七人も「お疲れさまでした」と答える。

「では、これから発表させて頂きますけれども……よくこういうのはですね、コンペに負けたらその会社が嫌いになるというようなことがありますけれども、万が一、負けたとしても、天草エアラインに乗りに来てほしいと思います」

小山が感情豊かに話し、七人がうなずく。

「というわけで、発表させて頂きたいと思います」

ジーンズのポケットからメモを取り出す。

「えー、天草エアライン、デザインコンペティション、優勝者は……」

テレビの画面に、七人のデザインが次々と映し出される。

「六番の、横田青史《せいし》さんです」

「おおーっ！」

参加者たちから感嘆の声と拍手が湧いた。

優勝したのは、「わたし、歯が少なくってぇ」とプレゼンをした神奈川県の五十二歳の男性だった。

機体に青いイルカ、左右のエンジンにそれぞれ子イルカを描くというアイデアだ。

奥島から花束が贈呈され、審査員たちが横田のデザインを押した理由について一言ずつ述べた。

奥島は「エンジンの内側に絵があるので、乗ってるお客さんが楽しめる」、山元は「機体の細部までこだわり抜いたカラーリング」、水野は「子どものイルカを連れて飛ぶというアイデアがこの機体ならではで、可愛らしい」、小山は「親イルカと子イルカが、やすらぎのある優しいデザイン」と話した。

そのほか、作新学院の女生徒に「奥島社長賞」が、それ以外の三人に、小山、山元、水野の各個人賞が贈られた。

3

十一月——

県の交通政策課長の中川誠は、天草エアラインを訪れ、会議室で社長の奥島透と話した。

「……とにかく、ちょっとやそっとのことで議会やメディアは納得してくれませんから、天草エアラインを県と地元でしっかり支える体制を作りましょうということで、安田市長にはお話ししています」

中川がいい、湯呑みの茶を一口すする。

中川は天草市役所を何度も訪れ、平成二十六年度以降、天草エアラインをどうするか、安田市長や担当者と話し合いを重ねていた。

それ以外にも、県・天草市・天草エアラインの三者協議、県・天草市・上天草市・苓北町・天草エアラインの五者協議も繰り返し行なっていた。

「安田市長の反応はどうです?」

奥島が訊いた。

「市長は前向きです。できることは何でもやるとおっしゃってくれています」

「そうですか」

「ただ今回は、大きなお金が必要になる話ですから、いくら市長が前向きでも、一筋縄ではいきません」

ATR42－600は二十億円くらいする上に、重量がダッシュ8の一四・九トンに対し、一八・六トンあるので、天草空港の滑走路の補強工事も行わなくてはならない。アスファルト舗装をさらに五センチメートル厚くする工事で、費用は約四億円かかる。

「ATRは、地元で買うんですね?」

「まだはっきりとお願いはしてはいませんが」

中川が答える。「でも合併特例債が使えるというのは、安田市長も当然頭にあります」

合併特例債は、「平成の大合併」を推進するために国が考え出した特典で、発行額の七割を国が返済する（具体的には償還額の七割に相当する地方交付税が交付される）という発行体にきわめて有利な地方債だ。自治体は、合併十五年以内であれば発行でき、平成十六年に発足した上天草市、同十八年に発足した天草市とともに発行が可能だ。

「我々としては年明けくらいに安田市長に腹を括《くく》ってもらって、利用促進策を含め、新たな枠組みを作った上で、他の出資自治体（上天草市と苓北町）や地元議会、県議会を一年くらいかけて説得したいと思っています」

「なかなか大変な作業ですね」

奥島が感心した表情でいった。

「今後十年、十五年のことですから」

前回の上下分離方式は五年間の暫定的なものだったが、今取り組んでいるのはより長期の支援体制をどうするかだ。

「分かりました。エアラインとしては、従来どおり会社としてやれることはやるということですので」

ATR42を導入するということになれば、天草エアラインのほうでも購入契約、パイロットやCAの訓練、整備士の訓練、国土交通省への各種申請、社内規定やマニュアルの整備、ダッシュ8の売却など、様々な作業をしなくてはならない。

翌年（平成二十五年）一月初旬――

中川誠は、交通政策課で天草エアラインを担当している三十代の主任主事とともに天草市役所を訪れ、安田公寛市長と面会した。

「……安田市長、こちらが県からの提案書です」

広い市長室の中央に置かれた長いソファーにすわった中川が書類を差し出した。

提案書は、①天草エアラインの機材更新（ATR42－600購入）の費用は、地元自治体で捻出する、②天草エアラインの整備補助費の分担は、従来の県二対地元一から、県一対地元一に変更する、③地元で天草エアライン利用促進のための具体策を打ち出す、といった内容だった。

その一方で、ATR42の購入のための滑走路の補強などは県の負担で行うとしていた。地元が本気で天草エアラインを支援するなら県も支えるが、そうでなければ路線廃止もやむを得ないというのが県の基本姿勢である。

「なるほど……」

安田が、一つ一つの項目を確かめるように、提案書の記述を追う。表情に驚きはなく、内容を冷静に吟味している様子が窺えた。

中川と主任主事は、じっと安田の言葉を待つ。

費用負担をどうするかは、中川らが最も苦心した点だった。地元にとって厳しい提案だが、中川らが何とか天草エアラインを存続させたいと思っていることは、これまでの話し合いから、安田にも伝わっていると信じていた。

「これが、提案の根拠ですね?」

安田が提案書に添付されているいくつかの資料を示していった。

「そうです」

中川がうなずく。

資料の一つは、毎年の空港維持・管理費、ATR42購入のための空港整備費(主に滑走路の補強費)、ATR42購入費、毎年の機体整備費の今後十五年分の試算表だった。

県と地元自治体の各負担額は、県が七十三億円(空港維持・管理費三十九億円、空港整備費十五億円、整備費補助十九億円)であるのに対し、地元二市一町は二十六億円(航空機購入費二十一億円のうち合併特例債で受けられる地方交付税措置十四億円を除いた部分七億円、整備費補助十九億円)と試算されていた。県と地元の負担割合はおおよそ三対一で、これは安田にとって、他の出資自治体や議会を説得する材料になるはずだった。

その日、中川と主任主事はいったん県庁に戻り、数日後にあらためて安田を訪問した。

二人が、県の基本姿勢、提案の根拠、他の第三セクターの鉄道の例などについて説明し、安田は提案内容を了承した。安田自身、これ以上、県に頼ることはできないだろうなと考えていた。

今後、安田は、中川らとともに、天草エアライン利用促進のための具体策策定や、「天草エアラインのあり方検討会」を通じた他の首長や市議会の説得などの重責を担う。しかしその表情は、新機材に新たな夢を託した明るいものだった。

二月十二日――

天草エアラインのダッシュ8は、旧塗装でのラストフライトを終え、天草空港でパラダイス山元や社員らに見送られて、沖縄へと旅立って行った。日本トランスオーシャン航空の工場で、十一日間をかけて新しいデザインへの塗装替えをするためだった。

二月二十四日――

熊本空港の上空は青く澄み渡り、気温は十度前後だった。

「あっ、来た来た！」

「おおーっ、青い！」

熊本市街の方角の空を指さし、詰めかけた人々が風の中で歓声を上げた。

小山薫堂、パラダイス山元、デザイナーの横田青史夫妻、『東京会議』の撮影クルー、この日の「プレミアムフライト」を二万五千円で予約した乗客二十人、カメラを構えた多数の報道陣などだった。

空よりも青いイルカの塗装の機体が、ビーコンライト（衝突防止灯）を白く輝かせながら、シャアーッというジェット機のような音に包まれ、滑走路へ向かってゆっくりと高度を下げて来ていた。

人々の間から拍手が湧く。

「うわぁー、ぴかぴかじゃないすか！」

「ちゃんとイルカの親子ですねえ」

真新しい塗装のダッシュ8が目の前で着陸すると、小山や山元が目を輝かせ、デザイナーの横田は感激の面持ち。

ダッシュ8は、塗装を一新し、まるで新品のような青い機体に変わっていた。

「なんかスウェーデンの飛行機みたいだなあ！」

航空機ファンのパラダイス山元が感嘆した。

この日までに機体の愛称も公募され、天草弁で「可愛い」を意味する「みぞか号」という名前が付けられた。

『東京会議』では、一月から二月にかけ、小山、山元、松任谷正隆、ハービー・山口らが天草に足を運んだ。小山と松任谷の写真対決の場所として、イルカウォッチング、﨑津集落、天草コレジヨ館などを訪れて番組の中で取り上げ、「たなか畜産」（焼肉）、「いかり」（持ち帰り寿司）、「丸建水産」（海鮮料理）などの店も紹介した。

間もなく、「みぞか号」への乗客たちの搭乗が始まった。

「いらっしゃいませ」

「こんにちはー」

ＣＡ二期生の太田昌美と熊本市出身で入社三年目の坂本春花が笑顔で一行を迎えた。

午後一時半、「みぞか号」は、シャァーッというプロペラ音を立て、プレミアムフライトに向けて、青空へと飛び立った。

機内では松任谷が作曲した天草エアラインのテーマ曲「ザ・ドルフィンズ・イン・ザ・サン」が流された。女性たちがラララ……とボーカリーズで歌う、明るく楽しげな曲だ。

その後、天草市の「奴寿司」の二段重ねの寿司折り、同じく天草市の「維新之蔵」のチーズケーキ、苓北町の「山下果樹園」のオレンジジュースが機内食として出され、ハービー・山口が撮影した写真の絵葉書が配られた。

「みぞか号」は鹿児島と天草の上空を遊覧飛行し、約一時間後、プレミアムフライトを終えて熊本空港に戻った。


この年、天草エアラインは『東京会議』による知名度向上や地元の利用促進策の追い風を受け、搭乗者数が六万六千七百九人で、東日本大震災前の平成二十二年度を約七パーセント上回った。搭乗率も五一・九パーセントで、平成二十二年度（五二・一パーセント）とほぼ同水準まで回復した。就航率も九六・四パーセントと順調で、経常赤字は二億四千四百五十五万円、当期純利益は四千六百七十九万円だった。

数ヶ月後——

天草市長の安田公寛は、ある航空会社のアドバイザーを務めているというコンサルタント会社の男から電話を受けた。

「……わたしどもは、九州を中心に運航する地域航空会社を開業する準備をしていることろでして」

「九州中心の地域航空会社を?」

安田にとって初めて聞く話である。

「はい。来年春くらいの開業を目処にしています。……その中で、天草エアラインをネットワークの軸にできればと考えています」

「天草エアラインを、ネットワークの軸に?」

青天の霹靂《へきれき》である。

「つきましては、一度市長にお目にかかって、わたしどもの考えというか、ご提案をさせて頂けないかと思っております」

「いや……それは、もちろん、会う分にはかまいませんけれど」

天草エアラインに関しては、県庁の中川誠交通政策課長などとも相談しながら、利用促進策や議会などの説得策を練っているところだったが、一筋縄ではいかず、苦労も多い。コンサルタント会社の男の話は、海のものとも山のものともつかなかったが、話くらいは聞いてもいいと思った。

数日後——

天草市役所に四人の男たちが訪ねて来た。

電話をかけてきたコンサルタント会社の男と、開業準備中の株式会社リンク（本社・福岡市）という航空会社の社長、専務、役員だった。

「……わたしどもは福岡と北九州の二つの空港を拠点に、主要都市と地方都市を結ぶ『リージョナルLCC（格安地域航空会社）』として、三〇〇から五〇〇キロメートル圏をメインターゲットにやっていきたいと思っています」

市長室のソファーで、ダークスーツ姿の六十すぎの社長がいった。三井物産に二十八年の勤務経験があるそうで、愛想はよい。

福岡－宮崎、福岡－松山、北九州－松山の三路線で営業を開始し、順次路線を拡大し、西日本の地域LCCを目指すという。

「既存のLCCとは一線を画して、シートピッチ（座席間隔）にゆとりを持たせたり、飲み物や機内サービスを無償提供したりして、価格以上の満足度で需要を拡大したいと思っています」

「そうですか……。資金や人員の確保は、どうなんですか？　来年春の開業が目標ということですが」

長めの頭髪で、長身にダークスーツを着た安田が訊いた。

「当社には主要株主が五人おりまして、わたし個人、トラック輸送の会社、航空機装備品販売会社などが資金を出しています。そのほかベンチャーキャピタルに社債を引き受けてもらって、必要額の調達の目処はほぼ立っています。従業員は、今は七十人ほどですが、開業時には百二十人体制にする予定で、リクルートの最中です」

すでに電源車、トーイングカー、整備消耗品、制服なども調達し、パイロットの訓練も開始したという。

「飛行機は、どうされるんですか？」

「ＡＴＲ72－６００を三機リースする契約が済んでいて、十一月に機体を受領します」

天草エアラインが次の機材として考えているＡＴＲ42－６００より一回り大きいプロペラ機で、座席数は約七十である。

「プロペラ機は輸送力は小さいですが、コストをかけずに多頻度で運航することができますから、地方路線に向いています」

「なるほど……。それで先般のお話ですと、天草エアラインを一つの軸にしたいと考えておられるということですが、具体的にはどういうことなんでしょうか？」

「はい。天草エアラインさんは、この地域で重要な役割を担っておられますから、是非ともわたしどものネットワークに参加して頂けないかと思いまして」

「参加？　それは提携とか、そういったことですか？」

「率直に申し上げますと、天草エアラインをわたしどもに売って頂きたいんです」

「売る⁉　……うーん、そういうことですか」

平成二十六年度以降のあり方としては、売却して他社に路線を任せるというのも、確かに一つの選択肢として挙げられていた。

「わたしどもに任せて頂ければ、たとえば天草から福岡までの片道運賃を今の一万二千八百円の半分くらいにできますから、市民の方々にもメリットがあると思います」

安田は、ずいぶん調子のいい話だな、本当にそんなことができるのかな、と思う。

「わたしどもはスターフライヤーさんとも業務提携していますので、コードシェア（共同運航）や両社の乗り継ぎをスムーズにして集客するとか、業務の一部を委託して効率化するとか、ＬＣＣの様々なノウハウを活用できるという強みがあります」

スターフライヤーの現社長は、三井物産でリンクの社長の一年先輩だったという。

「熊本への路線も当然残すんですよね？」

安田が訊いた。

「いや、熊本線は……あそこは、ちょっと採算が……」

「えっ？　でもネットワークを作るのなら、熊本は外せないんじゃないんですか？」

「うーん、そうですねえ……ちょっとそれは考えさせて頂けますか」

リンクの社長は、話題を避けるようにいった。

「天草エアラインを軸にしたい」というのは、関心を引くための単なる売り込み文句だったようだ。

「それとももし天草エアラインを御社に売らせて頂く場合、県のほうはどうされるか分かりませんが、天草市の持ち株は残させて頂けますか？」

必要な路線を維持するには、一定の株を引き続き保有することが重要だと安田は考えていた。

「いや、それはちょっと……」

相手は再びいい淀む。「やはりＬＣＣの経営というものは、第三セクターでは成り立たないというのがわたしどもの考えなんです。純粋な民間企業じゃないと、難しいと思うんです」

「うーん……しかし、路線の維持はどうなるんです？　株主じゃなくなると、意見もいえないし、議決権も行使できないですよね？」

「ですからそれは、地元のご意見として、わたしどもも、最大限尊重させて頂くということで」

リンクの社長はにこやかだったが、安田は納得がいかない。

その後、リンクの四人は、国内線就航後は国際線に進出するとか、将来は上場する予定なので社員のモチベーションも上がるとか、県や天草市の負担も少なくなるといった話をした。

しかし安田は、相手の言葉の端々から、事業免許と飛行機とスタッフを手っ取り早く手に入れたいという狙いが透けて見えるような気がした。

「ところで、県のほうとは話しておられるんですか？」

安田が訊いた。

「はい。先般、交通政策課の方々にお会いして、わたしどものアイデアを伝えて、正式な協議を開始するための基本合意を結びたいということでお願いしました」

コンサルタント会社の男がいった。

リンク社は安田に会うに先立ち、県庁にコンタクトし、「天草エアラインの運営にご苦労されているようなので、一つ提案させて頂きたい」と申し入れた。

県庁側も、平成二十六年度以降の具体的支援策の策定や、庁内・議会・メディアなどの説得に苦労していたので、面談に応じた。

県庁内の半分物置のような部屋で、リンクの社長らに応対したのは、交通政策課長の中川誠、部下の航空振興班の班長、同班員の三人だった。

リンク側は、天草エアラインは債務超過寸前で、補助金がなければ毎年赤字なので、企業価値はマイナスになるとした上で、天草エアラインを価格ゼロで買収したいというニュアンスを伝えてきた。

それから間もなく――

中川誠は天草市役所を訪れ、市長室で安田公寛市長に会った。

「……安田市長、あのリンクという会社は、アウトですばい」

市長室のソファーで中川が渋い表情でいった。

「中川さんもそう思いますか？」

安田が訊いた。

「はい。路線維持の担保がされてないと思います」

「そうですよね。その点はわたしも一番心配してるんです」

「しかもあの会社は、色々なところから資金を集めているじゃないですか。純粋にリターン狙いの株主も多いでしょうから、彼らの圧力で、不採算路線をどんどん切り捨てていく可能性があると思います」

「いや、まったく同感です」

「そもそも必要な資金は、ほぼ集まってるといってますが、それすら本当かどうか分かりませんからねえ」

中川の言葉に安田がうなずく。

「あの人たちは、天草のことは考えていませんよね」

安田がいった。

「考えていないと思います。一度売ってしまったら終わりです。コントロールが利きませんｎ」

「ところで、県庁のほかの方々の反応はどうなんですか？」

安田が訊いた。

「いや、もう……」

中川が悩ましげな顔になる。

「『こんなに上手い話は未来永劫あり得ない。だからこの際、是非天草エアラインを売るべきだ』っていう意見が多くて、慎重派のわたしは孤立しています」

「うーん、そうですか……。相変わらず風当たりが強いですねえ」

中川との話し合いを踏まえ、安田はリンク社に対し、「路線維持のために、今後も我々にどんな苦労があるか分かりませんが、市民のために、天草エアラインをお売りするつもりはございません」と回答した。

県庁のほうも、リンク社のことや彼らの考えを判断するには情報不足であるとして、正式協議開始は見送った。相手には、「新会社が軌道に乗ったら、将来の提携も検討しましょう」と伝え、将来の話し合いの余地は残した。

九月七日――

まだ日中の最高気温が二十八度ある天草空港に到着した「みぞか号」の乗降口から、赤と白の衣装に身を包み、白い髭を生やした外国人のサンタクロースたちが次々と姿を現した。総勢二十六人で、全員が一二〇キログラム以上の体重があるため、旅行鞄は他社便とトラックで運ばれた。

サンタクロースたちは、スウェーデン、デンマーク、米国など、各人の国の旗を振って、空港二階の送迎デッキに鈴なりの人々の歓呼に応えた。

空港周辺には、地元の人々千人ほどが集まり、時ならぬ大混雑を呈していた。

「ホッホー」

「メリー・セプテンバー」

サンタクロースたちは、出迎えの人々と握手をしたり、一緒に記念撮影をしたりする。

人ごみの中で、イベントの仕掛人であるパラダイス山元が、赤と白のサンタクロース姿でにこにこしていた。

　山元は、日本でただ一人のグリーンランド国際サンタクロース協会（本部・デンマーク）が公認したサンタクロースだ。小山薫堂に誘われて天草を訪れた際、天草には約四百五十年前に西洋文化が到来し、困難な時代にあっても「霜月祭《しもつきまつり》」（クリスマス）を欠かさず祝い続けてきたことを知った。

　かねてからサンタクロース会議を日本で開催しようと、候補地を探していた山元は、「天草こそ家族の絆を確かめ合う、本来のクリスマスを考えるにふさわしい土地だ」と考え、小山と一緒に企画を練って、半年以上の準備期間をかけ、「第一回世界サンタクロース会議in天草」開催にこぎ付けた。

　サンタクロースたちが到着した初日は、空港で歓迎イベントが行われた。

　二日目は、市内の花の名所である「西の久保公園」で、サンタクロースたちが樅の木を植樹し、「禁教の時代にもクリスマスを祝い続けた」「子どもたちの笑顔が素晴らしい」として、全会一致で天草をサンタクロースが来るアジア初の聖地に決めた。また十一月にスウェーデンで開かれる「第十回サンタウィンターゲーム世界大会」の日本代表選手選考会も行われた。これには全国から男女三十四人が参加し、サンタクロース姿で、煙突登り、プレゼント袋の遠投、「赤鼻のトナカイ」の歌唱力、公認サンタたちの質問に答える自己PR力などを競った。

三日目は、サンタクロースたちが「長崎の教会群とキリスト教関連遺産」の一つとして世界遺産登録を目指す﨑津集落を訪問し、その後、六十八人の生徒が学ぶ県立特別支援学校「天草支援学校」を訪れ、「赤鼻のトナカイ」や地元の歌を披露したり、手品を見せたり、キーホルダーやお菓子などのプレゼントをしたりして、小学部から高等部までの子どもたちと交流した。

「世界サンタクロース会議in天草」は、翌年、翌々年と三年連続で開催され、第一回目に行われた行事のほか、本渡の商店街「銀天街」でのパレード、西の久保公園での綱引き、大蛇と美女お万の伝説がある市内の「お万ヶ池公園」での交流やマルシェ（地元の物産の青空販売）なども行われた。大手広告代理店の試算では、三年間の広告宣伝効果は十五億円以上になった。

十二月九日——

天草エアラインの買収を打診してきた株式会社リンクが、事業計画を断念し、従業員を全員解雇した。来年三月の就航までに約二十三億円の金が必要だったが、資本金と社債発行分を合わせても九億六千万円しか調達できなかったのが原因だった。窮余の策として、他の航空会社や旅行会社に出資を仰ぎ、最後は身売りまで試みたが実現しなかった。解雇された約百人の従業員の中には、天草エアラインの整備部や運航部などから移籍して行った四人も含まれていた。

十二月十七日、同社は、福岡地裁に自己破産を申請し、二十六日に破産手続き開始の決定を受けた。同社がリースで借りることになっていたＡＴＲ72型機のうち二機は、ＡＴＲ社でいったん保管された後、スカンジナビア航空がリースすることになった。

解雇された四人の元天草エアラインの社員たちは、その後、新興のＬＣＣ（格安航空会社）などで職を得た。

第十四章　新機材

1

年明け（平成二十六年一月）――

県庁の交通政策課長の中川誠が、天草市長安田公寛のもとを訪れ、話し合いをした。

「……これらを引き続きしっかりやって頂ければ、知事や県議会を説得する大きな力になると思います。是非宜しくお願い致します」

市長室の長いソファーにすわった中川が手にしたA４判のメモに視線を落としていった。

「もちろんです。天草エアライン存続のために、これからもしっかりやっていくつもりです」

同じメモを手にして、向かいにすわった安田が決意を込める。

メモは、これまでの話し合いにもとづいて中川らがまとめたもので、天草エアラインの利用促進のために天草市がすでに設置した組織や、今後継続的に行なってゆく施策が列挙されていた。

1．組織体制の強化

①天草市が交通政策専門部署を設置（平成二十五年四月、地域振興部地域政策課交通政策係を新設し、係員二人を配置した）

②天草市が庁内に横断的なプロジェクトチームを新設（平成二十五年五月、天草エアラインの課題等を整理し、利用を促進するための組織で、地域振興、観光振興、産業政策、健康福祉政策などの部署で構成）

③天草空港利用促進協議会に新たな部会を設置（平成二十五年五月、利用促進策を協議し、総会や幹事会に提案を行う部会で、地元の民間団体を中心に構成）

2．利用促進のための取組み

①天草空港利用促進協議会によるＰＲ事業、需要開拓事業の展開（年間乗客七千人を目標として、地元観光協会と連携し、旅行会社への営業活動などを行う等）

②天草市単独の利用者獲得事業の展開（年間乗客八千四百二十人を目標として、通算百万人搭乗記念キャンペーンなどを実施）

3．「世界サンタクロース会議in天草」の継続的開催

「あとは新機材購入費の分担を各議会に納得してもらうのが一つのヤマですね」

中川がいった。

現在の為替レートで二十一億円程度と見積もられるATR42－600の購入費負担について、上天草市と苓北町はまだ納得しておらず、話し合いが続いていた。

おひざもとの天草市議会でも、どうして県は金を出さないのかという声が根強い。中川と奥島が、天草市の市議会議員たちと二時間以上にわたる話し合いの場を持った際に、議員たちから、「欠航が多い」、「空港が牛深から遠いので使いづらい」、「元々県が面倒を見るはずだった」といった意見が出されたため、中川が「皆さんが利用しない、必要性を感じない、支えないというのなら、わたしは県庁内でも県議会に対しても、天草エアラインの存続案を説明することができません」ときっぱりいう一幕もあった。

「新機材の購入費を地元が負担する件に関しては、選挙が終わるまでは、なかなか進まないかもしれませんねえ」

安田が悩ましげにいった。

三月に天草市の市長と市議（定数二十六）の選挙が予定されており、市長選には三選を目指す安田と、元天草市議の中村五木が立候補を予定している。

「上天草市も苓北町も、次の天草市長が決まるまで、話は棚上げっていう感じなんですよ」

「困りましたねえ」

「まあ、最終的にはまとまるとは思いますけどね。飛行機の必要性は、みんな感じていますから」

安田の言葉に中川はうなずく。

「ところでATRの購入交渉のほうは、エアラインのほうで進めてもらってるんですよね？」

「はい。今、奥島社長が中心になって、交渉中です」

「そうですか」

「整備部のほうでも、仕様の選定とか受け入れの準備を進めていますから、手続きは順調にいってると思います」


同じ頃――

冬時間で、日本とは時差が九時間あるロンドンは、一日の仕事が始まる時刻だった。

金融街シティは、地下鉄BANK駅とそのそばにあるバンク・オブ・イングランド（英中央銀行）を中心に広がる一平方マイルの地区で、歴史的建造物と近代的な高層ビルが混在している。バンカー、弁護士、会計士、彼らを支えるスタッフが通りを闊歩する英国経済の心臓部だ。

大手邦銀の営業部長、岩本圭司《けいし》は、シティの一角にあるガラスを多用したオフィスビルの三階にある自分のデスクの電話で、東京の審査部と話をしていた。

「……ノルディック・エイビエーションは、業績も悪くないですし、本件は航空機も担保に付きますから、前向きに検討しようかなと思ってます」

慶応大学時代、合気道で鍛えた岩本は、贅肉が少なく、銀縁眼鏡をかけた顔に鍛え抜かれたバンカーらしい芯の強さを漂わせている。

「……そうですね、三、四日、じっくり検討して、あらためてご相談させて頂きます」

目の前に開かれた冊子は、デンマークの大手航空機リース会社、ノルディック・エイビエーション・キャピタル（Nordic Aviation Capital、本社・ビルン）向けシンジケートローン（国際協調融資）のインフォメーション・メモランダムで、主幹事銀行から送られて来たものだった。

「……ではそういうことで、宜しくお願いします」

オフィスには英国人や日本人の社員たちが出勤して来ているところだった。席にすわってパソコンを見ながら、クロワッサンにコーヒーの朝食をとり始める者もいる。岩本が率いる部署は、航空機と船舶のファイナンスが専門で、一部のメンバーはパリやシンガポールに駐在している。

（機材は、ＡＴＲが多いんだなあ……）

審査部との打ち合わせを終えた岩本は、インフォメーション・メモランダムのページを繰って、記述内容を確認する。

ノルディック・エイビエーションの保有機の半分弱がATR42と72で、そのほかダッシュ8、エンブラエル（ブラジルの航空機メーカー）のジェット機もそれぞれ数十機保有している。同社から飛行機を借りているのは、欧州・中東を中心に、五十近い国の航空会社だ。参加招聘《しょうへい》を受けた国際協調融資では、これらの航空機が担保になる。

机上の電話が鳴った。

「どうもご無沙汰、池田です」

電話をかけてきた相手は、熊本県議の池田和貴だった。

「おお、久しぶり！　元気？」

岩本は返事をしながら、仕事でロンドンにでも来るのかな、それとも同窓会のことかなと思う。

岩本の実家は五和町で食料・雑貨店を営んでおり、池田とは天草高校の同級生だ。

「うん、おかげさまで。ちょっと教えてほしんだけど、ノルディック・エイビエーションって知ってる？」

「えっ⁉　知ってるも何も、今、ノルディック・エイビエーション向けファイナンスの件で、東京の審査部と話してたところだよ」

「ええっ、本当に⁉」

池田が驚いた。

「池田とノルディック・エイビエーションがどういう関係があるわけ？」

岩本が訊いた。

「天草エアラインが今度ＡＴＲ42の６００っていう機種を一機、ノルディック・エイビエーションから買うんだよ」

「ああ、そうなの！　でもどうしてＡＴＲから直接じゃなくて、ノルディック・エイビエーションから買うわけ？」

「ノルディック・エイビエーションがＡＴＲ機の大ユーザーで、向こう四年間分のＡＴＲの生産ラインを契約で押さえてるらしんだ」

ＡＴＲ社からは買えないので、天草エアライン社長の奥島透が、ノルディック・エイビエーションで日本向けの営業を担当しているシンガポール駐在の英国人にコンタクトしたところ、一機なら売ってもよいという回答があり、ダッシュ８の下取りも含めて交渉をしているところだ。

「ノルディック・エイビエーションって、どんな会社？」

池田が訊いた。

「リース用の航空機を三百機以上持ってて、プロペラ機のリースでは世界最大手の一つだよ」

「そうか。じゃあ、間違いないね」

「たぶん信用格付けだとトリプルBクラスってところだけど、悪くないと思うよ」

「ATRって飛行機はいいと思う？」

「ATRはヨーロッパでもすごくポピュラーで、たくさん使われてるよ。メーカーがエアバスの系列だからね」

製造に関する品質管理は一流で、金融機関にとっても担保価値は十分ある。

「ところでファイナンスはどうするの？」

岩本が訊いた。

「天草市、上天草市、苓北町の二市一町の予算で買う予定なんだ」

「えっ、そんな大きな額の予算って付くの？」

「合併特例債を使うんだ」

「ああ、なるほど」

「でも六、七億円は真水《まみず》（地元の負担）だから、県議会や地元の議会でも議論は結構出ると思う」

池田は、根回しに動く中で、ATRの性能やノルディック・エイビエーションについて訊かれることもあるため、バンカーの岩本に意見を求めたのだった。

「まあ、天草市長の安田さんがしっかり後押ししてくれてるから、大丈夫だとは思うけど」

「そうか。何かあったらいつでも相談してよ」

しばらく天草の話などをして、岩本は受話器を置いた。

（あれっ、為替の予約はしてるのかなあ……？）

ふと為替のことが脳裏をよぎった。

外国為替相場は上がることもあり、下がることもあるので、先の見通しによっては為替予約をしないという選択肢もある。しかし、結構な額なので気になった。


三月十六日――

任期満了にともなう天草市長選挙が告示され、一週間の選挙戦の幕が開いた。

立候補の届け出をしたのは、現職の安田公寛と元市議の中村五木の二人である。

現職の安田は、かつて日本青年会議所の副会頭を務め、日本新党などから国会議員選挙に立候補したこともあり、本渡地区で高い支持を集めている。

一方、安田と同い年（六十四歳）の中村は、熊本県球磨郡五木村の出身で、牛深高校を卒業後、旧牛深市役所に入所し、旧牛深市議を五期、天草市議を二期務めた。天草市議会では、最大派閥の「天政会」を率いる市議会きっての論客だ。

選挙は、見た目もスマートな安田と、草の根的な匂いを持つ中村という、対照的な二人の一騎討ちとなった。

中村は、市町村合併から八年が経過し、本渡に比べて牛深などの周辺部が地盤沈下したとして、「恵まれた地域と恵まれない地域の差を埋めるのが政治の役割」と訴え、天草市に統合される前に存在した複数の旧町の元町長の支援を取り付けた。また安田が進めていた新市庁舎建設計画を見直して二十億円の歳出削減をすることや、市役所支所へ予算や権限を移譲することを政策に掲げた。

これに対して安田は、中学三年までの医療費無料化をはじめとする子育て支援、地元企業のための産業支援センター設置などを主要政策にし、同級生などによる後援会組織の後押しを受けた。

三月二十三日に投開票される選挙は、直前まで現職の安田が有利と見られた。

三月二十四日――

朝、天草エアラインの社員たちが、不安そうな面持ちで話し合っていた。

「安田市長、落選したなあ……」

「うん、八百七十票差だってね」

前日に投開票が行われた天草市長選は、もつれにもつれ、当選者が決まったのは、夜中の一時すぎだった。新人の中村五木が二万八千八百二十八票を獲得し、八百七十票の僅差で現職の安田公寛を下した。

「うちの会社に何か影響あるかなあ？」

「いやあ、どうなんだろう……？」

天草エアラインは選挙の争点にはなっていなかったが、中村は、市議時代に安田執行部に対して注文をつけることが多かった。たとえば前年三月の市議会で、天草エアラインの利用促進のために、市が運賃助成金を出す議案が上程された際には、「天草エアラインに、まあ結局は、貸付金も含めれば、三億五千万円ぐらい一時的に出すんですね。これ大変。（中略）現状では（天草エアラインは）絶対必要なものであるということは、島民の方々も思ってらっしゃるだろうと思ってるんですが。ただですね、こういう団体割引で三千万円（の助成金）を、乗る客が少ない時期に集中しておやりになるっちゅうことはいいんですが、じゃあ島民が、天草エアラインにどういう想いがあるかっちゅうことなんです。もう一回ですね、やっぱり元に戻って、天草空港への想いを市民の方々にまず理解して頂くと。あてにならない空港って、みんなおっしゃってるわけですよ」と前置きし、空港の必要性をもっと市民に訴え、助成金だけでなく、島民が自然に天草エアラインを使うような仕組みを作らなくてはならないと主張した。

「まあ、中村さんも大きな視点を持ってる人らしいし、天草エアラインが必要だっていう認識では安田さんと同じだから、大丈夫だとは思うんだけど……」
天草エアラインのオフィスで言葉を交わしていた社員がいった。
「でも安田前市長の政策を、そのまますんなり継承するかなあ？」
「うーん、それは何とも……」

五月七日――

日本エアコミューター（ＪＡＣ、本社・鹿児島県霧島市）取締役（整備部門管掌）の日吉和彦と経営企画部長の乗峯《のりみね》孝志が天草エアラインを訪れ、社長の奥島らとミーティングを持った。

同社は、九機のサーブ３４０Ｂ（三十六席）と八機のダッシュ８‐Ｑ４００（七十四席）を保有しているが、サーブが機齢二十年に達するため、来年以降順次退役させ、ダッシュ８で運航している福岡‐松山線、福岡‐奄美大島線、鹿児島‐奄美大島線などは同じ日本航空グループのジェイエア（本社・大阪府池田市）に移管する予定である。その上でフリート（保有機材）を一種類の新機材九機程度に統一することを検討している。その最有力候補が、天草エアラインと同じＡＴＲ42‐６００である。

「……天草エアラインさんがＡＴＲを導入するために、やるべきことを項目別に一覧表にしてみました。乗員、整備、客室、グラハン（グランドハンドリング＝空港の地上業務）、新機材と退役機材の検査・整備、CAB（航空局）への事業計画変更申請等々、大まかな項目だけでも五十くらいあります」

企画部門の幹部らしく理知的ですっきりした顔立ちの乗峯が、持参したプレゼンテーションの該当ページを示した。

四十四歳の乗峯は、入社後運航管理の仕事を五年ほどやり、天草エアライン立ち上げの頃は、同社の運航管理者に採用された日本エアコミューターOBの相談によく乗っていた。

「うーん、やっぱりやることは多いですねえ」

白髪まじりの頭髪で、小柄な齋木育夫が一覧表を見ていった。

六十一歳の齋木は、日本航空で、ボーイング767、747−400、MD−11（マクドネル・ダグラス社製大型旅客機）などの調達に携わり、米国カリフォルニア州ロングビーチのマクドネル・ダグラス社に駐在したこともある航空機調達の専門家だ。ATR導入のために奥島に引っ張られ、前年度から専務を務めている。

運航部長の永田浩士、総務部長の柴木栄子、整備部副部長の江口英孝らも、作業の多さを再認識した表情である。

「それで我々として、どういう分野で御社のお手伝いができるかということを考えてみまして、まとめたのがこちらです」

乗峯がてきぱきと話し、十ページほどのプレゼンテーションの該当ページを開く。

そこには、乗員の訓練・共有化、CAの訓練、新旧機材の検査・整備、契約締結支援、予備機や予備部品の共有、社内規定やマニュアルの整備など、様々な項目が列挙されていた。

永田や柴木らは、日本エアコミューターからこのような総合的な協力の申し出があることを予期していなかったので、やや戸惑ったような表情である。

しかし、社長の奥島は落ち着いて話を聞いていた。

日本航空は、稲盛和夫前会長の強力なリーダーシップで二年前に再上場を果たし、今は、国土交通省から地域航空会社を支援するよう要請され、それが新たな事業になり得ると考えていた。同社の子会社、日本エアコミューター（平成十四年に日本エアシステムと統合した日本航空が六割出資）も、九州・沖縄地域の航空会社に対する支援に積極的になったので、奥島は同社にATR導入のための協力を打診したのだった。

「御社では、ATRを導入するにあたって、乗員の訓練のために一定期間運休もやむなしとお考えだと聞いていますが、二社が協力すれば、運休を回避できる可能性もあると思います」

耳が大きく小太りで、精力的な風貌の日吉がいい、永田らはうなずいたり、考え込んだりする。

地域のライフラインである航空会社としては、運休はできることなら回避したい。

「ＡＴＲのデリバリー（受領）が一年後くらいで、そこから半年くらいで運航開始ということであれば、これらの項目を至急検討して、答えを出して、取り組んでいかなきゃならないと思います」

両者は二時間ほど話し合った。

「それで、今後、どうしましょうか？」

日吉が訊いた。「一ヶ月に一回くらいのペースでミーティングしますか？」

「それじゃ遅いやろ」

奥島がいった。「二週間ごとにやろう」

中村五木新天草市長は、当選後、ただちに天草エアラインの新機材購入計画に取り組んだ。

中村自身は天草エアラインの必要性を感じており、新機材を導入しなければ、来年、大規模整備の時期が来て、約六億四千万円という巨額の費用が発生する可能性があることも知らされていた。

一方、上天草市、苓北町とも、地元だけで全額を負担することには納得しておらず、天草市議会でも県の一部負担を求める声が相変わらず強かった。

五月十九日、中村市長は記者会見で、ＡＴＲ42－600を購入し、再来年（平成二十八年）一月を目処に運航を開始すると発表した。購入費用は約二十一億円で、発注に必要な前払い金など二億六千万円を盛り込んだ補正予算案を六月の定例市議会に提案するとした。あわせて「二市一町だけでの購入は負担が大きく、県にも応分の負担ができないか要望していきたい」と述べた。

その二日後、蒲島郁夫知事が定例記者会見で、「機材更新は地元、県は空港整備を分担するということで話を進めてきた」と述べ、県が機材購入費の一部を負担する考えはないことを強調した。また空港維持費なども含めた今後十五年間の路線維持のための費用負担は県が三で地元が一であるという試算も示し、理解を求めた。

その直後に、財務省から出向して来ている県の企画振興部長らが天草エアラインの株主である二市一町を訪問し、空港整備などに関する県の負担方針を説明した。

六月二日――

天草市議会の定例会が開かれ、中村五木市長が答弁席に立った。

「……最後に、天草エアラインの航空機更新について、ご報告を致します」

白髪まじりの頭髪を七・三に分け、縁なし眼鏡をかけた中村は、市長らしい貫禄が備わっていた。

前年度の市の決算概況、五月に鹿児島県鹿屋《かのや》市で開かれた第百十四回九州市長会総会について報告したあと、天草エアラインの件に移った。

「去る五月十九日、現在の航空機、カナダ製ダッシュ８に代わり、座席数が九席多い四十八人乗りのフランス製プロペラ機ＡＴＲ42－６００を約二十一億円で購入する旨、発表致しました」

背後の壁には、大きな日の丸と天草市章が掲げられている。市章は、緑、青、水色の三色で、天草の「ア」の字と、島と波をデザイン化したものだ。

「また五月二十六日には、新たな航空機の購入について、地元二市一町において全額負担する旨、協議が整いましたので、発表したところでございます」

蒲島知事の発言や企画振興部長の説明を受け、地元は県に一部負担を求めることは困難だと判断し、話し合いの結果、二市一町で全額負担するという決断をした。

「したがいまして、本市では新たな航空機の購入に係る天草エアラインの補助金を本議会に提案しているところでございます」

中村の眼光は鋭く、前任の安田のソフトなイメージとは対照的である。

「なお熊本県には、今後必要となる空港の維持および整備に関する予算措置を講じて頂くことになります」

濃いピンク色のカーペットが敷き詰められた議場では、劇場型に配置された二十六の席で、去る三月の選挙で改選された議員たちが中村の言葉に耳を傾けていた。

「どうぞ議員の皆様並びに市民の皆さんのご理解とご協力を賜りますよう、宜しくお願い申し上げ、以上で諸般の報告を終わります。有難うございました」

六月下旬――

天草エアライン社長の奥島透は、ノルディック・エイビエーション・キャピタルで日本向けの営業を担当している英国人を天草エアラインのオフィスで迎えた。

「Hi, Mr. Okushima, how have you been?（奥島さん、お元気でしたか？）」

モデルのようにハンサムなデービッドという名の英国人の男が会議室で奥島と握手をした。年齢は三十代半ばで、シンガポールに駐在しており、夫人はオーストラリア国籍の日本人女性である。

「Fine! Our preparation for ATR42 is progressing well.（おかげさまで。ＡＴＲ42の受け入れ準備は順調に進んでるよ）」

奥島が答えた。

ＡＴＲ42－６００は、来年八月に天草エアラインに引き渡される予定で、その前後からパイロットや整備士の訓練が始まる。

奥島は、パイロットが減っても運航を続けられるよう、日本エアコミューターにパイロットや整備士の派遣を要請していた。

「That's good!（それは結構ですね）」

少し雑談をしてから、二人は本題の契約交渉に入った。

「ええと、クレジットメモについては、先般、メールで提案したとおりでいいですね？」

デービッドが、付箋を何枚も付けた分厚いA4判サイズの契約書の草案《ドラフト》のページを繰って、クイーンズ・イングリッシュで訊いた。

クレジットメモというのは、航空機メーカーが提供する金券のようなもので、飛行機の買い手が、部品の購入や航空機メーカーによって行われるパイロットや整備士の訓練費用に充てることができる。いわば一種の値引きだ。

「クレジットメモに関しては、こないだのあなたの提案どおりで結構です」

奥島は英語で答える。

若い頃、インドネシアのガルーダ航空に対する技術支援でジャカルタに駐在していたことがあり、英語での交渉も問題なくこなすことができる。

「それから、ダッシュ8の下取り価格ですが……」

デービッドが契約書の草案の別のページを開いて話し始める。

ノルディック・エイビエーションは、ダッシュ8も数十機保有しており、顧客のニーズに応じてリースしたり、販売したり、下取りしたりしている。

二人は、契約書調印に向け、残っている争点に関する話し合いを続けた。交渉は電話やメールでも行なってきたので、お互いに着地点はだいたい見えていた。

残っていた争点にほぼ決着がつき、奥島が、これで来月、調印できるなあ、とほっとしたとき、デービッドがいった。

「Mr. Okushima, I've got a matter to tell you.（奥島さん、一点申し上げないといけないことがあるんですが……）」

多少あらたまった口調だったので、奥島は、あれ、何だろうと思う。

「I hate to say this, but……（大変申し上げづらいことなんですが……）機体の価格をright price（正しい価格）に修正しなくてはならなくなりました」

「ええ？」

奥島は、英国人特有の回りくどいいい方に、これはまずい話だなと直感した。

「正しい価格というのは？」

「アニュアル・エスカレーション（毎年の単価アップ）を反映した価格です」

デービッドは、観念した犯罪者が自白するような顔つきでいった。

航空機の価格は、インフレ率などを考慮して、毎年少しずつ高くなる。

「アニュアル・エスカレーション？」

「そうです。ご提案させて頂いた価格は、去年交渉を開始したときの価格で、現在の価格ではないんです」

「何だって⁉　……それで結局、どれくらいになるわけですか？」

奥島の顔にありありと不信感が浮かんでいた。

「はい、価格としては……」

デービッドが口にした修正後の価格を聞いて、奥島は口をあんぐり開けそうになった。

「デービッド、冗談だよね？」

「いえ、残念ながら」

「しかし、今さらそんなことをいわれても、どうしようもないよ」

「申し訳ないんですが、我々としてもアニュアル・エスカレーションを反映した価格じゃないと、お売りできません」

デービッドは半ば開き直って、必死に押し返してきた。

「デービッド、価格に関しては、今の価格でずっと話を進めてきたじゃない。なぜ今頃になって、そんなアニュアル・エスカレーションの話が出てくるわけ？」

奥島の表情が険しくなっていた。

「それは oversight（見落とし）がありまして」

まずいことが起きたとき、誰がやったかの主語を省いていう、英国人特有のいい方である。

「デービッド、申し訳ないんだけれど、これは払えない」

奥島はきっぱりといった。

「以前も説明したとおり、航空機は天草エアラインの金で買うんじゃなくて、天草市など地元の自治体が金を出して買うものだから」

「それは存じています」

「価格については、もうずいぶん前にあなたと合意して、僕は各自治体の首長に報告して、各自治体はその価格にもとづいて手続きを進めてるんだよ」

「……」

「天草市も上天草市も苓北町もすでに予算案が議会に提出されて、各首長が議会で説明したんだ。今さら間違ってましたなんて、僕はとてもいえないし、市長さんや町長さんたちも、とても議会にいえないと思うよ」

「そこを何とかなりませんか？　単価アップの分は天草エアラインが出すとか？」

「それは無理だよ！　うちにはそんな金はない。何百万円の話ならまだしも」

単価アップ分は、何百万円どころではない金額だった。

「いやしかし、うちもそれじゃ売れないんですよ。何とかやりようがありませんか？」

デービッドは必死で粘る構えである。

同じ頃――

県議会の建設常任委員会で、天草空港の滑走路補強工事のための四億円の補正予算案が第一号議案として審議されていた。

「……この機材が変わるごとに（滑走路の）舗装をいちいち変えよっても、どうにもならんとわたしは思うんですが、これ四億かけてやって、どのくらいの航空機に耐えられるようなものになるんですか？」

自民党の四十六歳の若手で、親が天草出身の大西一史《かずふみ》県議が訊いた。

「それとこの滑走路の厚さとか強度というものに関しては、たぶん基準があると思うんですが、何の基準なのかというのを教えて頂きたい」

これに対し、委員たちと向き合った平山高志港湾課長が着席のまま答弁する。

「（滑走路の）設計においては、（機体の）重量のほか、離着陸時に車輪から滑走路にかかる加重が問題になります。加重をもとに、国で定めました設計マニュアルがございまして、それにもとづいて現在の舗装厚六二センチを五センチ増やして、六七センチに致します」

浅黒い顔に眼鏡をかけた五十代半ばの平山は手元の資料を見ながら答弁する。

「（他の機種に関しては）天草空港は防災拠点としての位置づけがございますが、今回想定します加重八五・四キロニュートンであれば、自衛隊のチヌーク、大型ヘリコプターは利用は可能でございます」

しかし、港湾課としては、それ以外の機種への対応については把握していないと述べた。

それに対し、大西議員が、機材がＡＴＲ42からまた代わったとき、舗装厚をどうするかとか、費用がどうなるかといったことを含め、もう少し緻密に考えて取り組んでほしいと要望した。

「この、何で今、補正（予算）で出すんですかね？　この（工事の）スケジュールを見ていると、来年度の当初予算案で出せるんじゃないんですか？」

森浩二県議が、おっとりした口調で訊いた。

玉名市選出の自民党議員で、現在三期目。年齢は六十一歳である。

「今回、使用機材については、天草市のほうで五月二十六日に、機材更新の表明がなされたところでございます」

土木の専門家らしく、がっちりした身体つきの平山港湾課長が答えた。

「港湾課としましては、この表明を受けての対応ということでございます」

舗装強化の実質的な工事期間は、十一月から来年三月までだが、構造等に関する国との事前協議や工事後の検査、気象条件等も考慮し、補正予算として上程したと説明した。

「この工事は、どういうふうにやっとですか？　夜間ですか？」

オールバックに銀縁眼鏡の森が、ひょうひょうとした口調で訊く。

「今回の工事につきましては、天草エアラインを運航しながらの施工が必要かと思っているところでございます」

平山がいった。「基本的には、運航終了後の夜間工事を予定致しております。一〇〇〇メーターの工事でございますので、一日で施工できる区間を区切って、繰り返し作業で対応したいと思っております」

他の委員たちからは、天草空港を天草エアライン以外にももっと活用してほしいといった要望などが出された。しかし、ATR42－600を購入し、そのために県が滑走路の補強をするというのは既定路線と受け取られており、反対意見は出なかった。

「では、ほかに質疑ありませんか？　……なければ、これで質疑を終了致します」

審議開始から一時間半あまりが経過したところで、委員席の中央にすわった東充美《ひがしあつみ》委員長（菊池郡選挙区）がいった。

「ただ今から、本委員会に付託されました議案第一号および第十六号から第二十一号までについて、一括して採決したいと思いますが、ご異議ありませんか？」

議案第一号は天草空港の滑走路補強工事、第十六号から二十一号は、道路の管理瑕疵《かし》に関する知事の専決処分の件（天草空港とは無関係）。

「異議なし」

委員たちから声が上がった。

「ご異議なしと認め、一括して採決致します。議案第一号ほか六件について、原案のとおり可決または承認することに、ご異議ありませんか？」

「異議なし！」

同じ頃——

アニュアル・エスカレーション（毎年の単価アップ）に関する奥島とデービッドの話し合いは、延々二時間に及んでいた。

「……デービッド、これはそもそもそちらのミスでしょう？　ならばそちらで負担するのが、当然じゃない」

奥島は厳しい口調で話し合いを続けていたが、さすがに少し疲れてきて、全身がじっとりと汗ばんでいた。

「確かにこちらのミスですが、ミスを理由に、価格を値引きすることはできません」

デービッドも必死になって反論を続けていた。

「何度もいったけど、議会にももう予算が提出されているし、うちにもそんな額の金を払う余裕はないんだよ」

「それは理解しています。ただ我々も今の価格ではお売りできないんです」

（参ったなあ……）

奥島は懸命に反論するデービッドを見ながら考えた。

（これはやっぱり上司にもいえないのかなあ……？）

以前の交渉では、デービッドは奥島の要望を比較的よく受け入れてくれた。

しかし、この件に関しては、どうしても譲れないのか、いつにない粘り方だ。

(就航スケジュールを考えると、来月には契約書に調印しなけりゃいけないし……)

交渉を決裂させれば滅茶苦茶な事態になり、県や地元にも迷惑をかける。一方、ノルディック・エイビエーションは、交渉が決裂しても、別の航空会社にリースすればよいので、ダメージは小さい。

奥島は少し考えて、腹を括《くく》った。

「デービッド、一つ提案がある」

デービッドが視線を上げ、奥島を見た。

「事態打開のために協力させて頂こうと思うけれど、筋からいって、うちが全額負担することはできない」

奥島が厳しい口調で前置きした。

「五十、五十ならうちも負担する」

意を決していうと、デービッドが目を瞠《みは》った。

「ただしうちには金がない」

奥島が付け加えた。

「ではどうやって?」

「その分、クレジットメモを減額してもらってかまわない」

これまでの交渉で、奥島はかなりの額のクレジットメモを獲得していた。値上げ分を差し引いても、パイロットや整備士の訓練費用などは十分カバーできると踏んだ。

「なるほど……！」

デービッドの顔に救われたような気配が浮かんだ。

「ちょっと上司と相談させて下さい」

携帯電話を手に立ち上がり、隣の会議室に移って、デンマーク本社の上司と話し始めた。


六月二十七日――

天草エアラインは株主総会と取締役会を開き、新社長に日本航空出身の吉村孝司を選んだ。鹿児島県いちき串木野市出身の五十九歳で、日本航空では営業畑を歩み、鹿児島支店長やジャルツアーズの常務を務めた。

副社長には、中村五木天草市長と、天草エアラインが開業した頃に五和町に出向して総務課長を務めていた坂本浩県交通政策・情報局長が新たに選ばれた。坂本は県庁の企業立地課主幹時代、西武のゴルフ場用地の後始末を担当し、タイの王族関係者で故春日一幸民社党委員長の元秘書を名乗る男や、「漢方薬草園にしたらいい」という孔子の百代目の末裔だという人物といった有象無象《うぞうむぞう》に翻弄《ほんろう》され、故福島譲二知事に「きみたち、もう騙されないでね」といわれたことがある。

　五年間にわたって社長を務めた奥島透は、非常勤の相談役に退いた。

　同日発表された前年度の業績は、天候に恵まれ、機体の故障も少なかったことから、九八・〇パーセントという史上最高の就航率を達成した。『東京会議』による知名度アップ、「世界サンタクロース会議in天草」、天草市の補助で福岡便に片道一万円で抽選搭乗できる「ご搭乗百万人感謝セール」などが寄与し、搭乗者数は七万六千三百八十七人と前年比一四・五パーセントの大幅増となった。搭乗率も五八・七パーセントで、前年比六・八パーセント増加した。経常赤字は二億九千六百五十二万円、純利益は千二百八十八万円だった。

　七月二十二日――
　天草エアラインは、ノルディック・エイビエーション・キャピタルとの間で、同社からATR42－600を千八百七十五万ドルで購入する基本合意書（letter of intent）に調印した。奥島とデービッドが激しく交渉した毎年の単価アップ分は、奥島が提案したとおり、両社で折半し、天草エアラインはクレジットメモの減額分で負担することになった。

2

十月――

天草エアラインのオフィスで専務の齋木育夫が、パソコンのキーボードを叩いていた。
〈……as we previously requested, we would like the cost of FSR to be borne by ATR.（先般お願いしたとおり、ＦＳＲ〈フィールド・サービス・レプレゼンタティブ〉の派遣は有償でなく、無償にして頂きたい）〉

齋木の席は、社長の吉村の左隣の島にあり、目の前には、営業部長の川崎茂雄や運送部門の社員らが席を並べている。

〈We would also like to have credit memo for the repair of faults identified during the inspection before the delivery. I believe this is a common practice in the industry.（それから機体受領検査で見つかった不具合の修理費用をカバーするクレジットメモを頂きたいと思います。これは業界の慣行だと思いますので）〉

去る七月に調印されたのは購入に関する基本合意書で、来年のデリバリー（飛行機の引渡し）に向け、さらに詰めなくてはならない点がある。これらには、製造地のトゥールーズ（仏）から日本まで飛行機を持って来るフェリーフライト（回送）の費用、航空保険料、当初購入する予備用部品の買戻し条項、天草空港着陸用の特別装備、装備品の型式証明の確認など、数多くの項目が含まれ、齋木はそれらの決着に向け、連日電話やEメールでATR、ノルディック・エイビエーションの二社と交渉を続けていた。

「さて、次は通関の件か……」

齋木は、ATRの担当者にEメールを送信すると、手元のメモを見て、机上の電話の受話器を取り上げた。

「ああ、どうも。天草エアラインの齋木です。こないだちょっと相談させてもらった通関のことなんだけど……」

相手は、別の地域航空会社で働いている知人である。ATR42の引き渡しを受ける際に通関手続きをしなくてはならないので、その段取りについて時々相談をしていた。

「熊本空港の税関の所長に電話で訊いたら、熊本でもどこでも、日本の税関なら通関手続きはできるそうなんだよ。うん……」

最初に問い合わせた東京の通関業者からは、熊本空港は大型機の通関をやったことが一度もないから、鹿児島空港でやってくれといわれた。しかし、納得がいかなかったので、知り合いに熊本県を管轄する長崎税関の熊本空港出張所長を紹介してもらって、電話で問い合わせた。

「ただ、慣れていない業者だとなかなか上手くいかないらしいんで、どうしようかなと思ってるんだけど……。ああ、なるほどね」

知人は、東京で業者を頼むと四十万円くらいかかるが、いくつか見積もりをとって、相手の対応で良し悪しを判断して、かつ手続きの一部を自分でやれば安くできるはずだといった。

「それと、通関しない物の処理はどうしたらいいのかな？　おたくではどうしてるの？」

欧州からのフェリーフライトの際、かなりの時間、海上を飛ぶ。そのため、遠い場所から洋上管制を受けるための無線機などを積むが、それらは日本では通関しない。万一の遭難に備えて浮袋やゴムボートなども積むが、それらも天草エアラインが購入するものではないので、通関しない。

「……ああ、なるほど、台湾あたりでね。分かった」

知人は、台湾はゴミの処理費用も日本より安いので、熊本到着前の最後の寄港地にして、そこで食べ物のパッケージなどのゴミも含め、全部積み降ろしたらいいという。

「ええと、次は……」

通関についての話を終えると、受話器を置き、机上に積み上げたファイルの一つに手を伸ばす。

ＡＴＲ42－600のギャランティ・レポートだった。

ギャランティ・レポートは飛行機の性能保証で、ＡＴＲ社が発行し、天草エアラインが確認のサインをする。

齋木はレポートを開き、記載された各種性能のデータを一つ一つ確かめていく。

（ん、これは……？）

視線が訝《いぶか》しげに揺れた。

着陸の際の制動距離（着陸してから機が停止するまでの距離）に関するデータのページだった。

（これ、何かの間違いじゃないのか……？）

齋木は、表形式で書き込まれた細かいデータを凝視する。

制動距離は、滑走路のすべり具合（晴天で乾いた状態と雨天・氷結時の違い等）、機体重量、気温、大気圧、風速と風向き、進入高度・角度・速度などによって変わるので、航空機メーカーが実機によるテストや計算によってケースごとに細かいデータを算出し、ユーザー（航空会社）に提供する。

（こっ、これは、大変なことに……！）

齋木は慌てて受話器を取り上げ、フランスのATR社の電話番号を押した。

それから間もなく――

日本エアコミューターの経営企画部長乗峯孝志は、同社の会議室で、カナダのボンバルディア社のセールスマンと話し合っていた。

約四百五十人の従業員を擁する同社の本社は、鹿児島空港に隣接する白い三階建てのビルで、サーブ３４０Ｂのフライトシミュレーターを備えた訓練用の建物や大きな整備工場が敷地内にある。

北東の方角には、四年前に噴火し、今も活動を続けている霧島山の新燃岳《しんもえだけ》（標高一四二一メートル）が青い姿を見せ、南の方角には大きくて力強い桜島が見える。

「……Mr. Norimine, if JAC orders 5 aircraft or more, we can develop and produce a special version of Q400 with 50 seats.（乗峯さん、もし御社が五機以上発注してくれるのなら、我々はＱ４００の特製バージョンで座席数五十の飛行機を開発して製造することができます）」

会議室のテーブルにすわった金髪のカナダ人のセールスマンがいった。

日本エアコミューターは、現在使っているダッシュ８‐Ｑ４００とサーブ３４０Ｂに代わる機材を新たに購入する計画を進めている。路線の特性や運航効率などからいって、座席数五十程度のターボプロップ機にする予定で、後継機種の候補は、ＡＴＲ42‐６００とダッシュ８だ。しかし、後者のＱ４００は、座席が七十と多いのがネックである。

「いや、しかし……注文してくれるなら開発するなんて、鶏と卵みたいな話をされても……」

乗峯は英語でいって、困った顔になる。

「ミスター乗峯、心配しないで下さい。五十席バージョンを開発するのは、そんなに難しいことではありません。注文して頂いたら、短期間で作って、デリバリーします」

カナダ人セールスマンは、何とか乗峯を説得しようとする。

短距離路線が多く、二〇二〇年の東京五輪を控えて訪日外国人の増加も予想される日本市場では、今後十年間で百機程度の小型プロペラ旅客機の需要が見込まれ、世界の二大メーカーであるATRとボンバルディアが熾烈な受注獲得競争を繰り広げていた。

「そういわれても、性能や安全性に関するCAB（国土交通省航空局）の認可も一から取らないといけないですからねえ……」

結局、その日の話し合いは、鶏と卵の議論で終わった。

（こりゃあ、やっぱりATRしかないなあ……）

乗峯は、ビル一階の出入り口まで相手を送り、経営企画部の自分のデスクに戻った。

机上には様々な書類が載っていた。経営企画部の仕事は、機材の計画・調達だけでなく、路線便数計画、ダイヤ、運賃、営業計画、燃料調達、補助金調整、税務、当局や地元との交渉など、多岐にわたっている。

手元の電話が鳴った。

「はい、経営企画部乗峯です」

「乗峯さん、天草エアラインの齋木です」

天草エアラインとは、去る五月以来、開催場所を交互に天草と鹿児島にして、二週間に一度、ＡＴＲ42導入に関する協力のための話し合いを続けていた。

「ちょっと大変な問題が出てきちゃって……」

齋木が悩ましげな声でいった。

「どうされたんですか？」

「ＡＴＲ42－６００は、一〇〇〇メートルの滑走路だと、距離が足りないみたいなんだよ」

「えっ、ええーっ!?　距離が足りない!?」

事実なら、天草空港でＡＴＲ機を使用することはできない。

「ど、どうして今頃、そんな根本的な話が出てくるんですか!?」

乗峯は愕然として訊いた。

「ギャランティ・レポートにサインしてくれっていわれて、性能データを細かく見てたら、分かったんだ。ほんと、えーっ!?って感じだよ」

「その、距離が足りないっていうのは、離陸も着陸もですか？」

「いや、離陸のほうはいいんだけど、着陸の必要滑走路長が一〇〇〇メートルを超えるんだ」

必要滑走路長は、飛行機の離発着に必要な滑走路の長さである。

日本の航空規則では、航空機は着陸するとき、機種にかかわらず滑走路の末端(threshold《スレッショールド》)を五〇フィート(約一五・二メートル)の高さで通過し、そこから三度の角度で降下して着陸しなくてはならない。スレッショールドから機が完全に停止するまでの水平距離が「着陸距離」で、その機種にとって必要最低限の着陸距離が「必要滑走路長」だ。

「しかし……ATR側は、一〇〇〇メートルで問題ないって説明してたんですよね?」

「連中、EASA(European Aviation Safety Agency =欧州航空安全機関)の基準でいってたんだ」

EASAは、民間航空機に関する安全規則の施行・モニタリング、外国事業者の認可などを行う、EUの専門機関(航空当局)だ。

「FAA(Federal Aviation Administration =米連邦航空局)基準だと駄目ってことですか?」

「そうなんだ。着陸滑走路長に関する日本の基準はFAAと同じだから、一〇〇〇メートルじゃ足りないんだ」

日本の航空規制はFAAの規定を踏襲しているものが多く、必要滑走路長に関しては、同じ航空機でもEASAの約一・一七倍の距離が必要であるとしている。

「しかし、今さらそんなことといわれても……！」

それから間もなく――

乗峯は、天草エアラインを訪れ、社長の吉村、専務の齋木とミーティングをした。

着陸時の必要滑走路長が一〇〇〇メートルでは足りないという重大事実が発覚して以来、吉村と齋木は、ATR社や前社長の奥島など関係各方面と話し合いながら解決手段を模索していた。

「……ATRは、スティープ・アプローチ以外、手がないっていうんですか？」

額が広く、細いフレームの眼鏡をかけたシャープな風貌の乗峯が訊いた。

スティープ・アプローチ（steep aproach）は、滑走路末端（スレッショールド）から三度ではなく、それ以上の急角度で降下し、より手前で接地することで、制動距離（および着陸必要滑走距長）を短くするやり方だ。海外では地形などの関係で認められており、たとえば市街地の端にあるロンドン・シティ空港は五・五度、フランス・アルプスに近いシャンベリ＝サボア・モン＝ブラン空港は四・四六度、周囲に山があるノルウェーのトロムソ空港は四度である。

「うん。スティープ・アプローチをやればいいじゃないかの一点張りなんだ」

齋木が悩ましげにいった。

「しかし、そんな簡単にできるもんじゃないですよね？」

スティープ・アプローチをやると、着陸は難しくなり、危険度も高い。

「そりゃあもう、日本初のケースだから、ＣＡＢ（航空局）を説得するだけでもものすごく大変だろうし、乗員の訓練も必要だし、パピなんかの設置場所も変えなきゃならないし……」

パピ（ＰＡＰＩ、precision approach path indicator ＝進入角指示灯）は、滑走路脇に設置されている四つのランプで、降下して来る機のパイロットから見て、左二つが白、右二つが赤に見えるときは正しく三度の角度で滑走路にアプローチしていることを示す。もし白が三つ以上に見えるときは、適正な進入降下コースより飛行機が高い位置にあることを示し、赤が三つ以上の場合は、その逆を示す。

「そもそもスティープ・アプローチって、空港周囲に物理的な障害があって急角度進入をしなけりゃならない場合に認められるもんですよね？」

「そうなんだよね。今回のようなケースは、承認のハードルはすごく高いと思う」

色の浅黒い吉村がいった。

「しかもスティープ・アプローチをしても、座席数を四十ぐらいにまで減らさないといけないんだ」

座席数を減らせば、機体が軽くなり、制動（ブレーキ）が利いて、短い距離で停止することができる。

「もしスティープ・アプローチをやらなければ、三十席ですか……」

乗峯が手元資料を見てつぶやく。本来四十八席のATR42が、ダッシュ8（三十九席）より少ない座席数になるというのは論外で、地元にも顔向けできない。

「とにかくこのままじゃどうしようもないですから、うち（JAC）のほうでも知恵を絞ってみます」


同じ頃――

天草市役所では、別の問題が起きていた。

「……こら、いったいどこまで円安になっちゃろかい？」

「うーん、こんままなら、下手すりゃ百三十円くらいまでいくかも」

「そっ、そらまずかっじゃかぁ!? 何とか元に戻らんかなあ……」

職員たちが悩ましげな面持ちで、ドル円の為替相場のことを話していた。

ATR42－600の価格はドル建てだが、天草市では為替予約はせず、飛行機引き渡しのときに円をドルに換え、支払いをする予定である。

市議会でATR42－600の購入の予算が承認された六月末時点で一ドル百一円三十六銭（仲値）だった為替レートは、八月下旬あたりから少しずつ円安に振れ始め、九月末で百九円四十五銭になった。その後、十月末に日銀が追加の金融緩和策（マネタリーベースの増加ペース拡大、長期国債・ETF・J－REITの保有の増加ペース拡大）を発表したため、あっという間に一ドル百十円を突破し、この時点で百十八円前後まで円安が進んだ。

「なんか下手すっと、俺たち、ギリシャみたいなことになっぞ」

五年前に起きた政権交代をきっかけに、財政赤字の虚偽申告が発覚し、国債が一挙に格下げされたギリシャは、債務返済ができなくなり、IMF（国際通貨基金）やEUから金融支援を受け、民間債務の大幅削減や緊縮財政の実施も行なった。しかし、自力で債務を返済できる目処は立っていない。

「天草市がギリシャ⁉　そりゃいくら何でも……！」

「それは冗談ばってん……またギリシャかどっかで経済危機が起きて、円が買われんかなあって、正直思ったりするよ」

「ドルが一円動くとざっくり二千万円、十円だと二億円違ってくるけんなあ」

「でっかか金額よなあ……」

それから間もなく――

乗峯は、日本エアコミューターの会議室で、天草エアラインの必要滑走路長の問題に関して、運航企画部運航技術基準グループ長の中川勝也とミーティングを持った。

「乗峯さん、資料見てみたんだけどさ、これ、スティープ・アプローチとかやらなくても、一〇〇〇メートルで着陸できるよ」

四十代後半という年齢のわりに白髪が多く、顔も身体も細い中川がいった。工業系の大学を卒業し、入社以来、電装（アビオニクス）や運航性能（パフォーマンス）などを専門に担当してきたデスクワークのエンジニアだ。

中川は乗峯に依頼され、ATR機とダッシュ8に関する資料、EASA（欧州航空安全機関）とFAA（米連邦航空局）の規則集、天草空港の設計に関する資料などを調べて、問題解決の可能性を探った。

「本当ですか⁉　どうやってやるんですか？」

乗峯の眼鏡の両目が期待で輝く。

「そもそも天草空港って、一〇〇〇メートルの短い滑走路だから、スレッショールド（滑走路末端）を五〇フィートの高さで通過して着陸するようにはなってないんだよ」

「えっ、そうなんですか？」

「うん。もっと低い高さでアプローチできるよう、パピ（進入角指示灯）が設置されてるんだ」

中川は、テーブルの上に天草空港の資料を開いて示す。

「FAAやCABの基準は、一二〇〇メートルより短い滑走路の場合は、スレッショールド進入時の高さは、五〇フィートじゃなくて、パイロット・アイ（地上からパイロットの目までの高さ）の二倍でいいってことになってるんだ」

中川は、ダッシュ8–Q100のパイロット・アイは一〇・五フィート（約三・二メートル）なので、天草空港では、その倍の二一フィートでスレッショールドに入っていると説明した。

「うーん、そうでしたか！」

ATR42–600のパイロット・アイは一二フィートなので、滑走路末端に二四フィートで進入すればよく、そこから三度の角度で降下すると、かなり手前で接地できる。

「しかし、天草エアラインの人たちは、どうしてこうなっていることに気づかなかったんですかね？」

「まあ、乗員さん（パイロット）なんかも、着陸はもっぱらパピを見て、スレッショールド上の高さはあんまり意識してないのかもね」

中川がいい、乗峯がうなずく。

「パイロット・アイの二倍でやってるのを一番知ってるのは、最初に運輸省に申請した人だろうね」

「なるほど。……とにかくこの着陸方法でCABに申請するよう、天草エアラインに伝えます」

「うん。もちろんパピは移動しなきゃならないし、ＣＡＢの認可を取るのに、メーカー（ＡＴＲ社）のデータは必要だね」

「分かりました。データは天草エアラインからＡＴＲに出してくれるように頼んでもらいます。……とにかく助かりました！　有難うございました！」


それから間もなく——

乗峯に天草エアライン専務の齋木から電話がかかってきた。

「……ＡＴＲがなかなかデータを出してくれないんだよ」

齋木がぼやいた。

「えっ、出してくれない⁉　そんな……！」

データがなければ、航空局に着陸方法を申請できない。

「もう何回も頼んでるんだけど、またテストとか計算したりするのが面倒臭いのか、相変わらずスティープ・アプローチでやればいいじゃないかっていうんだ」

「まだそんなこといってるんですか⁉」

乗峯は舌打ちしたい気分。

「要はもう飛行機を売る契約もしちゃったし、そもそもうちは直接の買い手じゃなくて、ノルディック・エイビエーションから買ってるし、今後、追加で買うこともないから、あんまりサポートしようって気が起きないみたいなんだ」

「はー、なるほどねえ……。欧米の会社って、そういうドライなところありますよね」

乗峯は思案する。

「分かりました。近々、ATRのセールスの人間がこっちに来るんで、うちのほうから頼んでみます」


それから間もなく――

ドミニク・デュマという名のATR社のフランス人が日本エアコミューターを訪れ、乗峯と打ち合わせをした。

「……ミスター乗峯、以上で宿題には一通りお答えしたと思いますが、いかがですか？」

一時間あまりの話し合いのあと、ドミニクがにっこりして訊いた。

ATR社の北アジア地区担当バイスプレジデント（課長級）で、鼻の下と頬に髭《ひげ》をたくわえ、トランプのクローバーのキングを思わせる風貌である。上海や日本に駐在経験があり、セールスマンらしくよく冗談をいって笑う。

交渉は大詰めで、価格、支払い方法、購入機数、引き渡し時期、クレジットノートや訓練などの付帯サービスのほか、機体の細かい仕様についてもやり取りが交わされ、室内のホワイトボードには、英語の説明や図がたくさん描かれていた。

「そうですね。だいたいこんな感じでいいと思います」

眼鏡にワイシャツの乗峯が手元の資料を見ながら英語でいった。

新たに購入する機体は、通路幅を広くとって機内サービスをしやすくするほか、白のLED照明で客室内を明るく快適にし、四十八席のシートは黒の革張りにする。荷物の収納スペースは広く、カーテンで周囲と仕切られた搬送用ストレッチャーのスペースも特注する。

「それで、いつ頃、正式決定できますか？」

ドミニクが黒々とした眉の下の両目に期待感をにじませ、強いフランス語訛りの英語で訊いた。

今回、日本エアコミューターが調達するのは八機か九機というまとまった数だ。これまで日本市場をダッシュ8に席巻され、ATR機をリースで導入する予定だったリンク社も倒産してしまったため、ドミニクはこの契約をなんとしてでもとりたいと必死だった。

「正式決定は、あとまあ二ヶ月くらいですかねえ」

乗峯は、交渉戦略上、まだATR42にするとは明言せず、ボンバルディアのダッシュ8やリージョナル・ジェット（地域航空用のジェット旅客機）も選択肢であるとしていた。

「ミスター乗峯、ATR42‐600は、貴社にとってベストの選択です」

がっちりした身体のドミニクが力を込めていった。

「近くのスーパーにフェラーリで買い物に行く必要はありません。屋久島は世界自然遺産ですし、今後、奄美大島などが登録されれば、貴社の路線は今以上に観光客が増えるはずです。ATR42－600は、最も楽しい旅と安い航空券を提供する力があります」

ATR42－600の巡航速度は時速五〇〇キロメートル台で、ダッシュ8－Q400の同六〇〇キロメートル台、リージョナル・ジェットであるエンブラエル（ブラジル）170やMRJ（三菱リージョナル・ジェット）の八〇〇キロメートル台に及ばない。一方で、燃費に優れ、低空を飛行するので乗客は景色を楽しむことができる。

「ドミニク、その点は我々もよく理解しています。ところで別件なんだけど……」

乗峯は話題を変えた。

「今、天草エアラインからおたくの技術陣にお願いしていることがあって、我々にもある程度関係してくるので、是非力添えをお願いしたいんだけど」

「えっ、それはどういうことですか？」

「必要滑走路長に関するデータの提供なんだけれどね……」

そういって乗峯は立ち上がり、ホワイトボードの前に立った。

「セールスのあなたには、馴染《なじ》みのない話かもしれないので、図で説明します」

そういって、黒のマジックペンで、滑走路と三度の角度のグライドパス（着陸進入径路）を描く。

「この下に引いた線が滑走路です。アスファルトがずっとあるところだよね」

図を示しながら説明を始める。

「で、この滑走路の末端のランウェイ・スレッショールドの五〇フィート上空から三度の角度で降りて行って、滑走路に着地すると。これは世界共通だよね」

ドミニクはうなずく。

「ところが五〇フィートの高さで進入すると、ＡＴＲ42はブレーキをかけても、性能上、一〇〇〇メートルの滑走路からはみ出してしまうんです」

「えっ、そうなの⁉　そんなはずは……」

「まあはみ出すというより、日本の規定だと、一〇〇〇メートルじゃ足りないってことです」

「うーん……」

「それで、この問題の解決方法として、パイロット・アイの二倍の高さでスレッショールドに入りたいと思ってるんです。これをＪＣＡＢ（日本の航空局）に認めてもらうには、この着陸方法を採用した場合の制動（ブレーキ）性能に関するメーカーのデータが必要で……」

それからしばらくして――

「乗峯さん、有難うございました！　ＡＴＲが必要滑走路長に関するデータを送ってきました！」

天草エアライン専務の齋木育夫から、嬉しそうな声で電話がかかってきた。

「おお、そうですか！　送ってきましたか！　それはよかった！」

乗峯の声にも喜びがにじむ。

乗峯がドミニクに頼んだあとも、ＡＴＲ側はすんなりとは応じず、「本当にダッシュ８が天草空港でそんな着陸の仕方をやっているというのなら、資料を見せてくれ」といってきたので、齋木と乗峯は、いくつも資料や図を提供しなくてはならなかった。

「ほんと助かりました。これでＣＡＢ（航空局）に申請できます」

天草エアラインの通常の窓口は大阪航空局だが、必要滑走路長に関しては東京の本省に認めてもらわなくてはならない。幸いなことに、かつて天草エアラインの運航開始前検査で、常務の高橋力と「小稲」で明け方近くまで話し合った大阪航空局の係長が、本省の航空事業安全推進室の課長補佐になっており、再び天草エアラインのために尽力してくれていた。

3

スペインと国境を接するフランスのオートガロンヌ県の県庁所在地、トゥールーズ（Toulouse）は、大西洋と地中海を結ぶ交通の要衝である。アウグストゥス帝政時代の一世紀末にできた旧市街は、石畳の道が多く、市街を貫流するガロンヌ川から採れる粘土を用いた赤レンガで家々が造られており、「バラ色の街」と呼ばれる。

郷土料理は、白いんげん、ソーセージ、鴨またはガチョウのコンフィなどを土鍋で煮込んだカスレ（cassoulet）である。スペイン内戦（一九三六〜一九三九年）を逃れて来たスペイン人たちが開いたスペイン料理店も多い。近郊にガロ・ローマ時代にまで歴史が遡るワインの名産地、カオールとガイヤック、中世まで遡るワイン生産地区フロントンがある。

この街が航空機産業の一大中心地になったのは、第一次大戦中の一九一七年に軍用機の製造工場が作られたことがきっかけだ。翌年には、航空会社アエロポスタルが設立され、『星の王子さま』を書いたサン＝テグジュペリもパイロットとして勤務した。一九四九年には、欧州最大の航空学校、国立民間航空学院が開校した。

一九七〇年には、欧州最大の航空機メーカー、エアバス・グループの本社が置かれた。市内中心部から西北西に五キロメートルほど離れたトゥールーズ・ブラニャック空港の周辺には、同社の本社、工場、研究所などが、一大コンプレックスを築いている。

天草エアラインが買うATR42－600を製造するATR社（エアバス・グループとイタリアのアレーニア・アエロナウティカ社の共同企業体）の訓練センターは、空港南東側のピエール・ナド通り一番地に建っている。組立工場、設計デザイン部門が隣接し、赤い崩し字のATRの看板が人目を引く。すぐそばにはトラム（路面電車）2号線のナド(Nadot)駅があり、黒とシルバーのモダンな電車が空港と市内を結んでいる。


翌年（平成二十七年）二月中旬――

ATRの訓練センターの一室で、フランス人の指導教官が、スクリーンに映し出されたプロペラ・エンジンと燃料タンクの図をレーザーポインターで示しながら英語で説明をしていた。

「……In the feeder compartment of each fuel tank, one electrical fuel pump and one jet pump is installed.（……各燃料タンクの燃料供給室には電気駆動の燃料ポンプとジェット式の燃料ポンプが取り付けられています）」

指導教官の前には、パソコンが備え付けられた机が並び、六人の日本人が真剣な面持ちで耳を傾けていた。

天草エアラインの整備士が一人と、日本エアコミューター（JAC）の五人の整備士だった。日本エアコミューターは、正式契約はまだだが、ＡＴＲ42－６００を八～九機導入する予定である。

「You can monitor the fuel consumption for each engine. There are fuel flow and fuel used indicators located in the center instrumental panel in the cockpit.（それぞれのエンジンの燃料消費量をモニターすることができます。操縦室の中央機器パネルに燃料の流れと消費量を示す計器があります）」

スクリーンに、白い数字と針の付いた黒い八角形の計器が示される。

六人の日本人は、スクリーンの図を見ながら、教官の話を聞く。

ＡＴＲの訓練センターでの訓練は二ヶ月半で、日本の国家資格である一等航空整備士（整備対象機種にＡＴＲ42を追加する限定変更）の資格を取得するためのものだ。訓練は座学のほか、実際の機体・機器やシミュレーターを使った実技が行われる。

その後、資格を取得したＪＡＣの整備士二人が教官となって、引き渡しを受けたＡＴＲ42を実際に整備しながら、熊本空港の格納庫で三ヶ月間、さらに天草エアラインの別の整備士たちのために、天草空港で三ヶ月間の訓練が行われる予定である。

ＡＴＲ42の内容を盛り込んで、整備規程や業務規程の改定、整備要目や許容基準の新規策定も行い、国土交通省航空局の承認を得なくてはならない。

「……では、今日の授業はこれまでとします。明日までに、テキストの第五章の二をよく読んでおいて下さい」

フランス人教官がいうと、六人の日本人たちの顔にほっとした雰囲気が浮かぶ。英語での授業は上手く聞き取れないこともあり、緊張を強いられる。

テキストブックやノートパソコンを脇に抱え、廊下に出ると、大きく穿たれた窓から南仏らしい明るい日差しが差し込んでいた。

隣の教室からも、授業を終えた人々が出て来るところだった。白や浅黒い肌で、カジュアルな服装の男女は、ATR機を導入予定のコロンビアの航空会社の整備士たちだった。

4

天草エアラインの業績は、前年に続いて堅調に推移した。

平成二十六年度は、乗客数七万七千五十六人（前年は七万六千三百八十七人）、搭乗率五八・四パーセント（同五八・七パーセント）、就航率九六・一パーセント（同九八・〇パーセント）だった。経常赤字は一億五千八百九十二万円（同二億九千六百五十二万円）、純利益は百二十一万円（同千二百八十八万円）だった。

四月からは全便で日本航空とのコードシェアが始まった。天草エアラインのダイヤが日本航空の時刻表に載り、座席の一部を日本航空が販売するため、販路が拡大した。

社員が一丸となって頑張っている地域航空会社としてメディアの注目度も高まり、フジテレビ『Mr.サンデー』、NHK『人生デザインU－29』、TBS『がっちりマンデー』、同『あさチャン』など数多くの番組で取り上げられた。

六月上旬には、大阪航空局がATR機の天草空港への着陸方式を承認し、関係者は胸を撫で下ろした。

一方、外国為替相場ではますます円安が進み、前年十二月上旬、ついに一ドル百二十円を突破した。年が明けてからも円が上昇する気配はなく、ATR42の購入代金支払いに暗雲を投げかけていた。ただ天草市の二十七年度の一般会計の当初予算は、歳入が五百二十八億円（うち市税七十二億円、地方交付税二百五十億円、国庫支出金五十七億円、県支出金三十六億円）あり、為替変動による支払増加分の吸収は可能な規模である。

八月十日すぎ――

フランスのトゥールーズでは、南仏らしく強い日差しがバラ色の街に降り注ぎ、青い水を湛《たた》えたガロンヌ川の土手では、人々が水着姿や上半身裸で日光浴を楽しみ、水上スキーをする人の姿もあった。

トゥールーズ・ブラニャック空港のそばにあるATR社の会議室で、天草エアライン専務の齋木育夫が、先方の担当者二人と話し合いをしていた。機体の引き渡しは二、三日後だが、交渉は土壇場までもつれ込んだ。

「……we would like to keep the certification issue of RNAV in the list of open items.（RNAV《アールナブ》の証明書の件は、未解決リストの中に入れてほしいんですが）」

銀縁眼鏡をかけた小柄な齋木がいった。

RNAV（regional navigation＝広域航法）は、VOR《ボル》／DME《デメ》（超短波誘導施設）のような地上の施設に頼らず、GPS（全地球測位システム）などを使い、自らの位置を把握して飛ぶ航法だ。しかし、ATR42に搭載するRNAVのシステムが、日本の基準に合致しているかどうかが明らかにされていないため、飛行機の受領はしても、未解決項目のリストに入れておくよう齋木は求めた。

「Mr. Saiki, that's a little bit difficult for us.（ミスター齋木、それはちょっと勘弁してほしいんですけどねえ）」

フランス人の担当者が顔をしかめた。

「でもこれは重要なポイントなので、このままでは機体を受領できないですよ」

「ミスター齋木、我々はあなたがたの要求を最大限受け入れてきたじゃないですか」

齋木はこれまでの交渉で、FSR（フィールド・サービス・レプレゼンタティブ）の無償派遣やクレジットメモの追加など、ATR社から様々な譲歩を引き出した。

「このRNAVの件を、正式な形で未解決リストの中に入れると、我々のミスということになってしまうので……」

別のフランス人が悩ましげにいった。

「しかし、このままじゃあ、日本のＣＡＢ（国土交通省航空局）に申請を出しても、リジェクト（却下）されてしまいますよ」

「じゃあ、うちのマネージャーが、未解決である旨のレターを出しますよ。それでどうですか？」

「マネージャーのレターですか……うーん、それならいいかなあ……？」

そばのトゥールーズ・ブラニャック空港のＡＴＲ社の格納庫では、整備部副部長の江口英孝、同課長の山本裕和、日本エアコミューターの萩原整備士の三人が、受領する機体の点検を行なっていた。二週間にわたる点検も、間もなく終わりである。

同じ頃――

フランスより時間帯が七時間先の天草は夕方の時刻だった。

天草エアライン整備部課長代理の稲澤大輔は、この日、早出だったので、夕方の早い時刻に、本渡の茂木根海水浴場を見下ろすマンションに帰宅した。

天草エアラインでは、間もなく行われるＡＴＲ42の受領に向け、全社一丸となって準備中だ。整備部では江口ら二人がトゥールーズに行っているため、稲澤はここのところほぼ毎日早出をして、遅番の整備士たちと交替したあとは、ＡＴＲ42受領のための書類作りをすることが多い。

午後五時頃、小学生の娘とキッチンで夕食のカレーライスの準備をしていると、テーブルの上に置いてあった携帯電話が鳴った。

「はい、稲澤です」

濡れた手をタオルで拭き、携帯電話を耳にあてた。

「稲澤さん、ＣＡＢ（航空局）の検査官が、例の『限定変更申請書』が至急ほしいっていってきました」

電話をかけてきたのは、整備部の年下の同僚だった。

限定変更申請書は、整備関係の業務規程にＡＴＲ42－600を追加するための書類だ。

「検査官が『申し訳ございません』っていい出したんですよ」

「検査官が『申し訳ございません。急遽必要になりました。このままではＡＴＲを受領して頂くことができません』っていい出したんですよ」

ＡＴＲ42の受領に必要な体制や書類が完備しているかを確認するため、大阪航空局の検査官が天草エアラインにやって来ていた。

「げっ、ほんと⁉　参っちゃうなあ！」

稲澤は呻《うめ》くようにいった。

「すいませんけど、至急会社に来て、申請書を作って頂けませんか？」

限定変更申請書の作成は稲澤の担当だ。

（はー、また呼び出しか……）

整備部ナンバーツーの江口と、ナンバースリーの山本が出張中なので、ここのところ、ナンバーフォーの稲澤が対処しなくてはならない出来事が多い。

「分かった、すぐ行くわ」

娘と二人で作りかけの料理を手早くタッパーに入れ、冷蔵庫にしまった。

着替える時間も惜しかったので、そのままの恰好で行くことにした。

妻が仕事からまだ帰っておらず、小学校一年生の娘を一人で家に残しておけないので、シルバーの日産ステージアに一緒に乗せた。

「おお、稲澤君、ご苦労さん！　大変だねぇ」

もみあげが長めで肌が浅黒く、大柄な稲澤が、Ｔシャツに短パン、ビーチサンダル姿でオフィスに現れると、社長の吉村らが目を丸くした。

茜色の夕陽がさす滑走路では、福岡行きの１０７便が飛び立つところで、まだ十人以上の社員が働いていた。

「山口さん、ちょっと悪いけど、娘を預かってもらえる？」

デスクでベテランＣＡの山口亜紀（熊本市出身）が手作りの機内誌『イルカの空中散歩』の編集作業をしていたので、声をかけた。

「ああ、いいですよ。……ジュースでも飲もうかぁ？」

小柄な山口は、稲澤の娘に笑顔で話しかけ、大阪線で配っている紙パックのジュースを持って来た。


八月十三日——

南仏トゥールーズの空は青く澄み渡っていた。

「コングラチュレーションズ！」

「サンキュー！」

ＡＴＲ社の一室で、専務の齋木育夫ら天草エアラインの関係者五人のほか、ＡＴＲ社の幹部・担当者、ノルディック・エイビエーション・キャピタルの担当者など、総勢十五人ほどがシャンペンのグラスを掲げた。

機体の点検や契約書類の作成が完了し、購入代金の残額も無事払い込まれ、この日、天草エアラインはＡＴＲ42－600を受領した。

ドル円の為替レートはその後もじりじり円安に振れたため、最終的な購入金額は円建てで二十五億百三十八万円になり、各市町村は補正予算を組んで対処した。

ＡＴＲ42の購入総額に対する各市町村と天草エアラインの負担額は、天草市が二十四億四千七百三十九万円（うち合併特例債が二十三億二千五百万円）、上天草市が二千四百八十万円（同二千三百五十万円）、苓北町が二千三百八万円（同なし）、天草エアラインが六百十一万円となった。

「新みぞか号」は、ATR社のそばのトゥールーズ・ブラニャック空港の駐機場に駐機されていた。

深みのある青色のイルカ模様の外装は、初代みぞか号（ダッシュ8）と同じである。ダッシュ8より二枚多く、推力があり騒音が少ない六枚羽根のプロペラには、深紅のカバーが被《かぶ》せられていた。プラット・アンド・ホイットニー・カナダ社製の右エンジンには子イルカの「かいくん」、左エンジンには「はるちゃん」、胴体の下にはモンタクロース（サンタクロース姿のくまモン）が描かれている。客室の内装はイタリアの工業デザイナー、ジヨルジェット・ジウジアーロが手がけた。座席の色は目も覚めるようなワインレッドで、天草エアラインの社員たちとパラダイス山元が選定した。機体後部にはJA01AMという日本の機体登録番号が白抜きで書かれているが、その上からF－WWLFというフランスの機体登録番号がステッカーで貼られていた。

八月十六日――
午前九時四十四分、新みぞか号は、トゥールーズ・ブラニャック空港の32番滑走路から離陸した。これから日本までフェリーフライト（回送飛行）が行われる。ATR42は燃料タンクを満タンにしても一万ポンド弱で、一度に飛べるのは六、七時間が限度のため、所要日数は五泊六日である。

三日前の機体受領時に取り交わした証明書類をもとに日本の国土交通省が発行した登録証明書、耐空証明書、運用限界等指定書などは、天草エアライン総務部主任の上田健児が「飛脚」（業界用語）として肌身離さずトゥールーズまで運び、機内に搭載された。

プロペラの羽根の赤いカバーはとり外され、機体後部のフランスの機体登録番号のステッカーも剝がされた。操縦席についたのは、ATR社の二人のフランス人パイロットだ。

客室内には六人が乗り込んだ。天草エアライン専務の齋木、整備部の山本と江口、総務部の上田、日本エアコミューターから出向中の萩原整備士、ATR社のフランス人整備士である。

その日、機は、ピレネー山脈を右手に見ながら南下して地中海に抜け、コルシカ島、イタリア南部、ギリシャ南部の上空を横切り、ほぼ一直線にキプロスに向かい、現地時刻（以下同じ）の午後四時十分に同国西部のパフォス国際空港に到着した。

キプロスはギリシャ系住民の島国だが、北部はトルコによって占領されている。パフォスはギリシャ系側の港町で、ギリシャ、ローマ時代の遺跡やモザイク画が残っており、街全体がユネスコの世界遺産に登録されている。

ATR社が手配した宿泊先は、空港から離れたリゾート・ホテルだった。一行は、機体受領手続きの重圧から解放され、ほっとした気分で海岸を散策した。総務部の上田は、この日から毎日、会社のフェイスブックにフェリーフライトの様子をアップした。

二日目は、午前十一時十五分にパフォスを離陸し、紛争地帯であるシリアやイラクを避け、エジプト中部の上空まで一気に南下した。そこから針路を東にとり、コバルトブルーに燦《きら》めく紅海を飛び越え、砂漠や土漠が織りなす蛇紋模様を眼下に見ながら灼熱のアラビア半島を横断。午後三時三十三分、ペルシャ湾に浮かぶ小国バーレーンに到着した。

空港で給油中に機外に出た一行は、四十二度の気温と猛烈な湿気に度肝を抜かれ、早々に涼しい機内に戻った。一時間あまりで給油が終わると、新みぞか号は再び雲一つない空へと飛び立ち、午後七時四十五分、オマーンの首都マスカットに到着。シンドバッド伝説がある石油と天然ガスの国で、ごつごつした岩山と白壁の家々が特徴的な景観を作っている。到着後、機体整備に時間を要し、ホテルにチェックインしたのは夜遅くになった。しかし、天草エアラインの整備士たちにとっては、実機を使ってATRの整備士から整備方法を教えてもらう貴重な機会となった。齋木や上田は、ホテルでの夕食もそこそこに、フェイスブックにアップする記事を準備した。

三日目は、午前九時三十七分にマスカットを離陸し、アラビア海上を一直線に南東に飛び、午後四時二十一分にモルジブの首都マレ市のフルレ島にあるヴェラナ国際空港に到着した。気流が悪かったため、着陸前は長時間にわたってシートベルトを着用しなくてはならず、到着後は、荒海の中をボートで進んで、空港がある島からホテルがあるマレ島に移動した。ＩＳ（イスラム国）系テロ組織や犯罪集団が活動するマレでは迷彩服姿の治安部隊員が路上で警戒にあたっており、「インド洋の宝石」という観光用の宣伝文句とはだいぶ違う不穏な印象の街だった。

四日目は、午前九時三十三分、マレを離陸。アラビア海上を東北東に進み、二時間弱でスリランカの首都コロンボに到着。空港の周囲はヤシの林で、アジアの熱帯にやって来たのが実感された。そこで給油し、一時間弱で再び離陸。ベンガル湾上を東に進み、午後七時十分、バンコクのスワンナプーム国際空港に到着。日本人には身近な土地で、日本との時差も二時間になり、ほっと安堵した。

五日目は、朝八時五十七分にバンコクを離陸。東シナ海上を北東に進み、午後四時四分に台北の桃園《とうえん》国際空港に到着した。空港が混雑していたため、着陸前に空中でしばらく待機し、着陸後は、接近中の台風十五号に備えて機首を風上に向けるため、プロペラを逆回転させて後ろに進む「パワー・バック」を行なった。

到着すると、天草エアラインのことが地元で話題になっていたらしく、見学の人々がたくさん機体の周囲に集まって来た。熊本県が台湾との交流を促進し、くまモンの認知度も高いことも影響しているようだった。フェイスブックの「いいね！」は、海外では台湾の人が一番多かった。

その晩の宿は、各国航空会社のクルーがよく泊まる空港のそばの比較的大きなホテルだった。

ホテル内の中華レストランで、ＡＴＲ社のパイロットと整備士も交え、全員で夕食をとり、その後、クルー専用ラウンジでビールなどを飲みながらくつろいだ。台風の影響も最小限で日本に到着できることに皆安堵し、ＡＴＲ社のフランス人たちは日本訪問に興味津々で、五人の日本人に色々質問をした。

翌朝、桃園空港で新みぞか号に向かうマイクロバスに乗ると、空港関係者らしい五十歳前後の小柄な男性が乗り込んで来た。

「Welcome to Taipei! Your "Mizoka" plane is very charming! You must be tired after a long journey. We have been monitoring you from Toulouse and your Facebook, too. We wish you a safe flight to Japan!（台北へようこそ！　みぞか号はとてもチャーミングな飛行機だね。長旅お疲れ様。あなたがたのフライトをトゥールーズからずっとモニターして、フェイスブックも見ていたよ。日本まで安全な飛行をお祈りします）」

管理職と思《おぼ》しい理知的な顔つきの男性は、てきぱきと挨拶をし、たくさんの月餅と、新みぞか号がトゥールーズから飛んで来た飛行ルートのプリントアウトを満面の笑みで差し出して、天草エアラインの一行を感激させた。

午前八時五十一分、新みぞか号は、日本に向け、台北・桃園空港を離陸した。

同日（八月二十一日）昼十二時半頃——

台風の影響で雲の多い空を飛んで来た新みぞか号は、熊本県上空に差しかかった。

「おっ、天草五橋が見えるぞ」

客室にすわっていた天草エアラインの社員の一人が、進行方向左手の窓を見ていった。

「えっ、ほんとですか⁉」

別の社員が席から立ち上がり、窓に近寄る。

雲の切れ目から、海に浮かぶ緑の島々と、その間にかかる天草五橋が遠くに見えた。

「ようやく帰って来たなあ」

「そうですねえ」

一万キロメートル以上にも及ぶフェリーフライトもようやく終わりだ。

間もなく機は熊本空港に向けて降下を開始した。

空港三階の展望デッキには、日本に初めて就航するATR機を一目見ようと、三十度を超える気温の中、全国から航空ファンや報道関係者が詰めかけ、空港の駐車場には、福岡や大阪など、全国各地のナンバーの車が並んでいた。

間もなく新みぞか号が阿蘇を背に、東の方角の薄曇りの空に姿を現した。

「おーっ、来たばい！」

「ついに来たつかー！」

展望デッキの人々が、秒速五メートルを超える風の中で歓声を上げた。テレビ局の撮影クルーは、集音マイク付きの黒い大きなカメラを向け、父親に肩車された幼い子どもたちが飛行機に向かって手を振る。

新みぞか号は、風上に向かって東北東の方角から25番滑走路に向けてアプローチする。風にあおられ、機体を左右にゆらゆらさせながら、シャーッというプロペラの回転音とともに、鳥のように滑走路に舞い降りて来た。しかし、車輪は出ていない。

「うわーっ、速か、速か！」

「羽《はね》ゆすっとる！」

機は、滑走路のほぼ端から端まで、翼を左右にゆすりながら低空で飛ぶ。まるで海の中でイルカが楽しげに泳いでいるような姿である。

「ローパスばい！」

ローパスは意図的にやる低空飛行で、フランス人パイロットのファン・サービスだった。

新みぞか号は、滑走路の端まで来ると、再び空へ向かってぐんぐんと上昇した。

尾部の白色灯をピカッ、ピカッとストロボのように点滅させながら大きな弧を描いて旋回し、詰めかけた人々は、その自由奔放な姿を堪能する。

機は東の空に戻って小さくなったあと、再び阿蘇を背に滑走路にアプローチし、人々の前に鮮やかな青色の雄姿を見せた。

「今度は着陸するごたるね」

展望デッキから車輪を出しているのが見えた。

機は、前輪に取り付けられた強烈な白色灯を点滅させながら、舞い降りるように滑走路に近づき、今度は二つの後輪、続いて前輪を接地させ、無事に着陸した。

人々の間から歓声や拍手が湧く。

新みぞか号は、ブォーン、ブォーン、というプロペラの回転音に包まれて自走し、8番スポット（駐機場）で停止した。

操縦室のすぐ後ろにある貨物室の扉が開けられ、荷物を積み降ろしたあと、今度は、防災ヘリ事務所そばの駐機場まで移動した。

今後は、来年二月の就航まで、熊本空港を拠点にパイロットと整備士の訓練に使用される予定である。

5

九月——
シンガポール中心街のマリーナ・イースト寄りに建つ高層ホテル、ビレッジ・ホテル・

ブギス・バイ・ファー・イースト・ホスピタリティの一室で、日本エアコミューターの永野英治機長と天草エアラインの清水健夫副操縦士が、英文のマニュアルを見ながら訓練の予習をしていた。

赤道直下のシンガポールは、淡路島とほぼ同じ面積を持つ常夏の国で、色とりどりの花が咲き乱れ、華人、マレー人、インド人、欧米人など雑多な人種の人々が通りを行きかっている。

「……ええと、まず最初にぐらっときて、音もしますと」

丸テーブルの上に開いたマニュアルの一箇所を指さしながら、ポロシャツ姿の永野がいった。

長崎県佐世保市出身の永野は四十五歳。航空大学校を卒業して十七年前に日本エアコミューターに入社し、サーブ340Bを操縦してきた。

「まずペダルで方向舵を動かして、機体を真っすぐにすると」

中背で引き締まった身体つきの永野がいい、清水がうなずく。

「で、基本的にはエンジン・シャットダウンなんだけれど、一時的に調子が悪くなっただけで、すぐリカバリーする可能性もあるんで、そこを見極めないといけないわけだよね」

うなずく清水は、熊本県八代市出身の三十代で、色白の顔に青年の面影を残している。

「まずスラスト・レバーをアイドルに絞って、コンディション・レバーをシャットオフまで絞る」

スラスト・レバーは推進力（thrust）を調整するレバーで、車でいえばアクセルだ。コンディション・レバーは、プロペラの燃料を増減して回転数を調整するレバーである。

「それとフェザリング」

フェザリングは、プロペラピッチを最大角にして、進行方向と垂直にすることで、抗力（空気抵抗）を最小にする操作だ。

清水がうなずき、手順を反芻《はんすう》する表情で、マニュアルの記述を確認する。

高層階にある部屋の窓からは、強い太陽の光を浴びるオレンジ色の屋根の家々、燃え上がるような朱色の花を咲かせた火炎樹、イスラム教寺院の緑色のドーム、彼方の高層ビル群などが見える。

ATR42－600の操縦訓練がシンガポールにあるATR社の訓練センターで始まっており、二人は宿泊しているホテルで、予習と復習に明け暮れていた。

部屋の壁には、大きな紙に印刷されたATR42の操縦室のパネルがセロテープで貼られている。

ATR42－600の操縦室は、アナログ計器を用いず、ブラウン管と液晶ディスプレイに情報を集約した「グラスコクピット」で、これは親会社であるエアバスのコンセプトだ。

「計器類の確認は、トルク系が一番ですよね」

清水がいった。トルクはプロペラの駆動力である。

「そうだね。あと、エンジン関係のこのあたりも……」

永野が清水のマニュアルの図を覗き込み、ほかに確認すべき計器をいくつか指さす。

「で、飛行機の挙動とか計器類全体から見て、やっぱり駄目って場合は、エンジン・シャットダウン」

明日予定されているのは、フライト・シミュレーターによるノン・ノーマル・プロシデュア（異常事態の対処訓練）だ。

ペアで訓練を受けている二人は、毎日二時間以上一緒に予習・復習をしていた。ATRの訓練センターでの訓練は四十日間で、十月上旬に修了し、国土交通省の試験官の試験を受ける。

その後、永野は来年秋頃まで、天草エアラインに出向して、新みぞか号を操縦し、出向が明けると、日本エアコミューターに復帰し、ATR42の操縦と訓練教官を務める予定である。

同社は去る六月、パリで開催されていた航空ショーの会場で、ATR42－600を八機確定発注し、一機をオプションで購入する契約に調印した。調印式には、両社の社長のほか、日本エアコミューターの日吉和彦取締役、乗峯孝志経営企画部長、中川勝也運航企画部運航技術基準グループ長、ATR社のバイスプレジデント、ドミニク・デュマらも出席した。

翌日——

永野と清水は、フライトシミュレーター訓練に臨んだ。

ATR社の訓練センターは三年前にオープンしたばかりで、市街地から一五キロメートルほど北のセレター空港のそばにある。

一帯はセレター航空産業団地で、ATR社のほか、プラット・アンド・ホイットニー（航空機エンジン・メーカー）、エアバス・ヘリコプターズ、ヴェクター・エアロスペース（エアバス系の航空機整備会社）などが軒を連ね、シンガポールの航空産業のハブになっている。

「Can you program the FMS?（FMSに入力してくれますか？）」

肩章の付いた白い半袖シャツ姿で操縦席にすわった二人のパイロットの背後から教官がいった。インドネシア系かマレー系と思しい、浅黒い肌の男性である。

「イエス・サー」

清水は、自分の席の左にあるFMS（飛行管理装置）のCDU（コントロール・ディスプレイ・ユニット）のキーボードを押し、出発空港、現在の駐機スポット、到着空港、飛行ルート、機体重量、燃料重量、巡航高度、滑走路、離陸推力などの情報を入力していく。

すでにAPU（補助エンジン）が起動しているというシミュレーションで、コクピットは、ゴオーッという低い騒音に包まれている。

機長の永野は目の前のパネルで無線の周波数を合わせ、清水は頭上のパネルのスイッチやつまみをひねって、離陸の準備をする。

準備が一通り終わると、二人のパイロットはヘッドセットとシートベルトを装着した。打ち込んだデータにもとづいてFMSが弾き出した離陸に関する速度などの確認に入る。

「V1（離陸決定速度）、ワン・ゼロ・ファイブ（一〇五ノット＝時速約一九四キロメートル）」

「ワン・ゼロ・ファイブ」

FMSの画面を見ながら清水が数字を読み上げ、永野が復唱して確認する。

「VR、ワン・ゼロ・ファイブ」

「ワン・ゼロ・ファイブ」

「V2、ワン・ワン・ツー」

「ワン・ワン・ツー」

目の前のパネルの液晶ディスプレイが、青、緑、白、黄色、赤などに発光し、どこかの都市の夜景のようだ。

やがてエンジン始動の準備が整った。

「エンジン・スタート・チェックリスト」

永野がいい、清水が復唱し、ラミネート加工したチェックリストを取り出す。

「フライト・デック（操縦室全般）？」

「チェックト（確認済み）」

清水がチェック項目をオーダーし（読み上げ）、永野が一つ一つに返事をする。項目によっては、清水も復唱する。

「デパーチャー・ブリーフ（出発のためのブリーフィング）？」

「コンプリート（完了）」

「バッテリー・マスター（電源スイッチ）？」

「オン」

「アルティメーターズ（気圧セット）？」

「ワン・ゼロ・ワン・スリー（一〇一三）ヘクトパスカル」

「パーク・ブレーキ（駐機用ブレーキ）？」

「オン」

「フュエル（燃料）？」

「スリー・ポイント・ファイブ・サウザンド（三五〇〇ポンド）」

「シート・ベルト・サイン？」

「オン」

確認が終わると、永野が頭上のパネルのスタート・ボタンを押してエンジンを始動させ、回転数が上ったことを計器で確認して、コンディション・レバーをオンの位置まで前に倒し、右のプロペラ、左のプロペラの順で回転させる。

目の前の計器類の数字が目まぐるしく回転し、エンジンの出力や回転数がぐんぐん上昇していることを示す。

ブオォーン、ブオォーン……。

プロペラの騒音が聞こえる中、二人のパイロットは「プレ・タクシー・チェックリスト」で、油圧、解氷装置、エンジン・ポンプ、フラップなど、十数項目の状態を復唱しながら確認する。

フロントグラスの先の風景が動き、飛行機が滑走路へと移動していることを示す。

滑走路の左右の芝生が緑の島のように見える。

二人のパイロットは手早く「ビフォー・テイクオフ・チェックリスト」で自動操縦装置やトランスポンダー（無線中継機）が正しい状態であるのを確認する。

フロントグラスの真ん前に、滑走路の白いセンターラインがまっすぐに映し出された。

永野がスラスト・レバーをぐっと前に倒すと、機の速度が増し、プロペラの回転音がさらに大きくなり、灰色の滑走路がぐんぐん後ろに流れ始める。

「V1!」

清水のコールアウト（数字の読み上げ）を合図に、永野が操縦かんを引いた。ヘッドセットを通じてブーンというプロペラの音が聞こえ、機体の小刻みな震えが身体に伝わってくる。

ダッシュ8に比べ、ATR42は重量があり、エンジン出力も大きいので、操縦感覚も微妙に違う。

機が上昇を始め、地平線があっという間にフロントグラスの下に沈んだ。操縦室左右の窓に陸地が遠ざかっていく風景が映し出される。

「フラップ・ゼロ」

高度が四〇〇フィートに達したところで、清水がフラップを格納した。

永野が正面の黒いパネルのボタンの一つを押し、高度を一四〇〇〇フィートにセットする。

ふいに機体が左側に流れ始めた。

背後の教官がそばの壁のタッチパネルを操作し、左エンジンが停止した状況を作り出したのだ。

永野は足元のペダルを踏み込み、方向舵を動かして、機体を真っすぐに戻す。

「エンジン・フェイリャー・シャットダウン・チェック・リスト」

清水がコールし、二人で予習した操作手順を始める。

この日はこのほかに、機内の与圧や空調の故障への対処訓練が行われる予定である。


それからしばらくして——

天草エアライン社長の吉村孝司が自分のデスクでパソコンに向かって仕事をしていると、乗員部長を務める機長の山本幹彦がやって来た。

五十代半ばの山本は、日本エアコミューター（ＪＡＣ）や北海道エアシステム（ＨＡＣ）でプロペラ機を操縦して来たベテランである。

「え、辞めるっていってきたんですか⁉　うーん……」

山本から話を聞いた吉村がうなった。

「どうやら他社から声がかかっているようです」

長身で白髪も少ない山本が残念そうにいった。

副操縦士の一人が他社に転職したいので、会社を辞めたいといってきたという。

「ＡＴＲが就航するっていうときに、参っちゃうなあ」

浅黒い顔の吉村がぼやく。

「こういうご時世ですからねえ」

山本も悩ましげにいった。

航空業界ではパイロット不足が深刻で、引き抜き合戦が熾烈になっていた。

一番の理由は、平成二十四年に始まった本格的ＬＣＣ（格安航空会社）時代の到来で、パイロットの需要が急増したことだ。ピーチ・アビエーション（全日空系、平成二十四年就航）、バニラ・エア（同、同）、ジェットスター・ジャパン（カンタス航空系）、春秋航空（中国系）、エアアジア・ジャパン（マレーシア系）など、国内系四社、海外系十四社が就航し、戦国時代のような様相を呈している。

五年前に経営破たんし、パイロットの新規採用や彼らの訓練を停止していた日本航空が、三年前に東証に再上場し、昨年、パイロット研修生採用と訓練を再開したことも人材不足に拍車をかけていた。

パイロット不足によって、昨年、ピーチ・アビエーションとバニラ・エアで、二千二百三十四便の欠航が出る事態も起きた。

こうした状況は日本に限らず、今年一月から七月までの間に大韓航空から四十二人、アシアナ航空から二十九人のパイロットが辞め、主に三倍程度の給与を提示した中国の航空会社に移籍した。ルフトハンザ系のＬＣＣジャーマンウイングスは、パイロット不足のために「重度の鬱」と診断されていた副操縦士の管理を行わず、去る三月二十四日、同副操縦士が飛行中のエアバスＡ３２０型機のコクピットから機長を締め出し、南仏のアルプス山中の岩肌に激突し、百四十九人の乗客・乗員を道連れにするという衝撃的な事件が起きた。エア・インディアでも、パイロット不足による欠航や、過労で判断力が低下した機長がマンガロール（インド・カルナータカ州の港湾都市）で着陸ミスを犯しただけでなく、睡眠不足の正副パイロットが自動操縦装置による飛行中に揃って仮眠をとり、その間、客室乗務員が操縦席にすわっていたという前代未聞の事件も起きた。

パイロット不足に対処するため、国土交通省が平成十六年に六十四歳に引き上げたパイロットの年齢制限を去る四月末から六十七歳に引き上げ、日本航空は大学のパイロット養成コースの学生を対象に、各年度三十人を限度に四年間で五百万円を給付する奨学金制度を設けた。しかし、国内外ともに航空需要が増大する中、一朝一夕に解決できる問題ではなく、天草エアラインは常に引き抜きに悩まされていた。

吉村はすぐ山本とともに、退職を申し出た副操縦士と面談をした。

「……辞めたいっていうことなんだけど、何とか考え直してもらう余地はないのかい？」

日本航空で長年営業マンだった吉村は、努めて穏やかに訊いた。

「いや、それはちょっと……もう決めて、先方にも行くと伝えましたので」

中年の副操縦士は躊躇《ためら》いがちにいった。

「あなたは、あと一年もすれば機長昇格訓練の時期が来るじゃない。今、副操縦士で行くより、機長の経験と実績を積んで行ったほうが、結局、得になるんじゃないかなあ」

「はあ、しかし、こういうチャンスはなかなかありませんし……」

吉村と山本は、何とか遺留しようと努力するが、副操縦士の意思は固そうだった。

「うちはご存知のとおり、飛行機が一機しかない小さな会社で、乗員さんにも余分な人員はいないのはご存知だよね？」

「はい、それはよく承知しています」

「しかも、今、ＡＴＲを入れるっていう大変な時期で、乗員さんが一人でも欠けると、就航スケジュールに大きく響いてくるんだよ」

副操縦士はうなずく。

「あなたに今辞められると、ＪＡＣさんにも協力してもらって立てた計画が狂ってしまうんだ。だから辞めるとしても、せめてＡＴＲが就航するまで待ってもらえないもんだろうか？」

「そうですか……うーん……」

「あなたにとっても、一緒に働いてきた仲間たちに迷惑をかけないようにして転職したほうが、心残りがないと思うんだけど」

天草エアラインでは、前々からパイロットたちに、辞める場合は、できれば一年程度の余裕をもって申し出るように伝えてあった。

「分かりました」

副操縦士がいった。

「お世話になった会社にご迷惑をかけるのは、わたしとしても望むところではありません。転職先の了解もとった上で、ATRの就航まで務めさせて頂こうと思います」

「有難う。そうしてくれると助かるよ」

吉村と山本は安堵した。

ただし、欠員を埋める必要があるので、直ちに採用活動を始めなくてはならない。


同じ頃——

熊本空港の駐機場で、日本エアコミューターの岡瀬信博機長、永野英治機長、増満猛副操縦士の三人が、新みぞか号と対面した。

三人は天草エアラインに出向中で、同社のパイロットたちがATR42の訓練を受ける間、彼らに代わって新みぞか号を操縦する予定である。

「ぴかぴかだねえ！　新しい飛行機はいいねえ」

黒い制服姿の岡瀬が青い機体を見て微笑した。

航空自衛隊時代は戦闘機乗りで、華麗なアクロバット飛行で有名な「ブルーインパルス」の一員として飛んでいたベテランだ。

「ようやく実機訓練ですねえ。わくわくしますねえ」

永野と増満も笑顔を見せる。

三人は八月初旬に天草エアラインを訪れ、二年前に機長に昇格した谷本真一からオペレーション・マニュアルなどに関する説明を数日間受け、その後、シンガポールのATR社の訓練センターでシミュレーター訓練を受けた。これから熊本空港を拠点に、新みぞか号を使って実機訓練を行い、国土交通省の限定変更試験を受けて、ATR42の操縦免許を取得する予定である。

来年二月に新みぞか号が就航したあとは、天草エアラインのパイロットとしてしばらく乗務する。

その後、日本エアコミューターに復帰し、次の年（平成二十九年）から同社のATR42－600を、鹿児島と屋久島、沖永良部《おきのえらぶ》島、奄美大島などを結ぶ路線で操縦する予定だ。

「頑張って下さい。我々もしっかり整備しますので」

三人のそばにいた整備士がいった。日本航空と同じ、腕が黒で、胸とわき腹に赤い色が入ったグレーの作業服姿の整備士は、日本エアコミューターの社員だった。

同社からは、二人の整備士が天草エアラインに出向し、天草エアラインの整備士たちがATR42の整備訓練を受ける間、新みぞか号の整備に当たっていた。

年が明けた（平成二十八年）一月七日――

天草下島の空は薄曇りだった。

風はほとんどなく、午前十時の気温は九度で、冬らしい寒さの日だった。

午前十時一分、新みぞか号は熊本空港を離陸し、十時二十分頃、南東の上島と熊本本土の方角から青い機体を現した。

新みぞか号の天草空港でのお目見えである。

空港ビル二階の展望デッキや空港周辺には大勢の航空ファンや家族連れが詰めかけていた。

機は高度を落とし、翼を左右にゆすりながら滑走路をローパスすると、右旋回しながら空港周辺をぐるりと一周し、今度は逆の長崎の方角からローパス。

駐機場では、天草エアラインの関係者や報道陣がその姿を見つめ、制服姿のCAたちが「ぼんじゅーる」、「Ｎｅｗみぞか号」、「ようこそ天草へ」という横断幕を掲げていた。

午前十時二十六分、新みぞか号は島原湾の方角から、昨年十月に補強工事が完了した滑走路にゆっくりと降り立った。

つばのある藍色のキャップに騒音よけのイヤーマフ、ＡＭＸの文字が背中に白抜きされた藍色のジャンパー姿の整備士がマーシャリングし、新みぞか号は二つのプロペラをゆっくり回転させ、ブオォーンという騒音とともに自走する。空港の消防車が左右から近づいて放水し、大きな水のアーチを作って歓迎した。

機が駐機場に停止すると、吉村孝司社長以下、社員たちが集まり、熊本空港では大がかりな洗浄ができなかった機体に洗剤と水をかけ、モップで洗った。

洗浄後、そばに駐機していた初代みぞか号（ダッシュ8）がトーイングカーに引っ張られ、新みぞか号のそばにやって来て、二頭のイルカが互いの鼻先をくっ付け合うようにして対面した。

続いて安全祈願祭が執り行われ、それが終わると早速、訓練が始まった。地上に駐機した状態で五人のCAの訓練が行われ、その後、パイロットたちが搭乗して飛行訓練を開始した。

6

二月十八日（木曜日）――

福岡空港はとっぷりと暮れ、空港の周囲では、赤、白、オレンジ色などの灯が華やかに点っていた。

空港ビル二階にある保安検査場を通過し、広い待合ラウンジに入ると、席は半分ほど埋まっており、旅行者やビジネスマンの姿が多い。土産物店が並ぶ一角は、煌《きら》びやかな照明に溢れているが、ラウンジ内には一日の疲れが淀んでいた。

午後六時五十分頃、出発ゲートの一つで、天草エアラインの最終（１０８）便への搭乗が始まった。

「皆様、今晩は。本日もご搭乗有難うございます。天草エアラインならびに日本航空の共同運航便、天草行きでございます」

乗客の搭乗が完了すると、ＣＡ教官も務める山口亜紀が、こぼれるような笑顔でアナウンスを始めた。

「機長は谷本、副操縦士は金子、わたくしは客室乗務員の山口でございます。予報によりますと、天草空港周辺の天候は曇り……」

気象状況、禁煙など機内の注意事項、非常口座席にすわった乗客への緊急脱出時の協力要請などを述べ、自動音声にしたがって安全設備の説明やライフベスト装着のデモンストレーションを行う。

初代みぞか号（ダッシュ8）は、明日がラストフライトだ。大半の乗客はそのことを知らないが、社員たちは哀愁を感じずにはいられなかった。とりわけパイロット、ＣＡ、整備士にとっては、十六年間にわたって様々な思い出が染み付いた機体である。

午後六時五十九分、エンジン音に包まれ、機は滑走路へと移動を開始した。窓から後方の空港ビルのほうに視線をやると、オレンジ色の照明の中で日本航空、全日空、フジドリームエアラインズなどの飛行機がずらりと並んでいた。

午後七時二分、機は滑走を始め、あっという間にふわりと離陸した。

眼下に光の海のような福岡の街が広がり、玄界灘が右手で暗い空間になっていた。

ダッシュ8は遊覧飛行のようにゆっくりと着実に上昇して行く。

機内はほぼ満席で、女性の旅行者や地元の年輩の人々が多く、通路を歩く山口に気さくに声をかける。

「乗客の皆様へ、機長よりご案内申し上げます」

機長の谷本のアナウンスが始まった。

「当機はただ今時速四五〇キロメートル、高度二七〇〇メートルで、天草空港に向けて順調に飛行を続けております。到着時刻は、午後七時半頃になる予定です」

四十歳の谷本は、落ち着いた声でアナウンスを続ける。

「このダッシュ8は明日、最後のフライトを迎えます。皆様の長年のご利用に、乗員一同、心から感謝申し上げます」

すでに福岡の街は途切れ、機体の周囲も眼下もほぼ真っ暗である。

午後七時十八分頃、気流の影響で機が小刻みに震え始め、シートベルト着用のサインが点灯した。

揺れはだんだん大きくなり、二分後に、ズズーンという大きな揺れが機体を襲った。

「皆様、当機はあと五分ほどで天草空港に着陸致します。シートベルトをしっかりお締め下さい」

山口がにこやかにアナウンスをする。

機体は相変わらず大きく揺れているが、揺れなどまったく感じていないかのようで、その落ち着き払った様子に驚く乗客もいる。

「わたくしも着席させて頂きます。揺れましても安全には問題ありませんので、ご安心下さい」

そういって機内先方のジャンプシートにすわり、シートベルトを装着した。

間もなく、眼下に天草のまばらな灯りが見え、機は降下を開始した。飛行機が進むにつれ、島の集落の灯りが現れては消える。

午後七時二十五分、機外で車輪が出る機械音がした。暗い窓の外では、地上の灯りが近くなっており、高度がだいぶ下がったことが分かる。揺れはおさまった。

午後七時二十八分、軽い衝撃とともにダッシュ8は天草空港に着陸した。

空港ビルの壁にはＡＭＡＫＵＳＡ　ＡＩＲＰＯＲＴという大きな文字が赤く点り、一階の天草エアラインのオフィスでは蛍光灯の灯りの下で社員たちが働いていた。

機が、新みぞか号も駐機している駐機場まで来ると、冬枯れの草地に雪が残っていた。

翌日（二月十九日）――

十六年間、たった一機で天草エアラインを支えてきたダッシュ8が、最終日を迎えた。

朝七時すぎ、この日操縦する谷本真一機長、金子照夫副操縦士、午前中の便のCAを務める村上茉莉子が相次いで出勤して来た。

パイロットたちがATR42の訓練を受けているため、ダイヤは午前中に福岡往復一便、夕方同一便のみである。午前中の便（101、102）は朝八時に天草を出て、九時三十五分に戻って来る。

空港周辺はだいぶ明るくなり、滑走路の彼方に、下のほうが霞んだ雲仙岳が、薄紫色がかったシルエットになっていた。

間もなく、ディスパッチ・ルームでスチールキャビネットを挟んで、運航管理者の尾方智洋と谷本、金子が向き合って立ち、尾方が気象条件、福岡空港での離着陸の方向、乗客数、燃料などについて説明し、谷本が飛行計画書にサインした。

続いてディスパッチ・ルームのそばで、二人のパイロットとCAの村上のブリーフィングが行われた。

長身の村上は、天草市本渡町出身で、熊本信愛女学院高校時代に県高校総体で、一〇〇メートル・ハードル、走り幅跳び、四〇〇メートル・リレーを制したことがある。

みぞか号と同じ青いCAの制服は、機材更新に合わせてデザインを一新したもので、動きやすいようにストレッチ素材が取り入れられていた。

「今日はダッシュ８の最終日です。気を抜かずにいきましょう」

童顔の谷本がいった。紺色の制服の袖には機長であることを示す四本の金色の線が入っている。

三人で、「天草空港は終日（滑走路は）ワン・スリー」、「福岡は終日ワン・シックス」、「火山灰の影響はなし」、「お天気が崩れることはないと思います」と、使用滑走路や気象条件などを確認し、特別な配慮や注意を要する乗客について情報を共有した。

「あれ、この人は……」

村上が、乗客名簿の中に、天草エアラインの元社員の女性の名前があるのを見つけた。天草から日帰りで福岡を往復する予約がされていた。

「どうして乗るんですかねえ？」

村上が小首をかしげた。

「思い出作りじゃないの」

引き締まった身体つきの金子副操縦士が微笑した。

金子は元プロボクサー（日本バンタム級六回戦進出）で、パイロットの資格は飛行機専門学校でとり、長崎のオリエンタルエアブリッジでダッシュ８を操縦していた。年齢は谷本より二歳上である。

「強い方なので、何かあったら助かるかも」

村上がいつもの明るい笑顔でいった。

その元女性社員は在職中に、「ハイジャック、やられる前にやっつけろ」という標語を作ったことがある。

「じゃあ、(七時)三十五分くらいに行きますか。今日はお客さんに感謝の気持ちを込めて乗りましょう」

谷本がいった。

金子がいった。

「今日は、今までで二番目にいい着陸をしますので」

「なんで二番目なんですか?」

村上が不思議そうに訊いた。

「一番目っていうと、プレッシャーがかかるでしょ?」

谷本がいい、三人で笑った。

午前七時三十八分、制帽・制服姿の小柄な谷本が、朝日を浴びながらダッシュ8の周囲を歩き、目視点検を行う。

オフィスでは社員たちが出勤して来て、徐々に活気が出てきていた。

七時四十八分、乗客の搭乗が始まった。最後の日とあって、記念写真を撮る人が多い。

やがて機体前方にある搭乗口の扉が閉められた。

電源車のケーブルが外され、ダッシュ８はプロペラを回転させ、滑走路へと向かう。

「楽しい空の旅を」、「いってらっしゃい」というプラカードを持った男女の社員が見送る。

七時五十七分、ダッシュ８は滑走を開始し、南東の方角の空へと飛び立った。

六分後、デスパッチ・ルームのデスクで、気象条件などを映し出すパソコン画面の前にすわった尾方の無線に谷本から連絡が入った。

「揺れが発生したのは、高度六〇〇〇フィートで、ヴィジビリティ（視程）は一〇マイル。クラウドレイヤー（筋のような薄い雲）は高度八〇〇〇フィート……」

谷本は、飛行状況を一通り伝え、最後に明るい声でいう。

「オペレーション・ノーマル。行ってきまーす！」


十二時間後（午後七時五十二分）――

夜の帳《とばり》が下りた天草空港に、最終の１０８便が到着した。ラストフライトは全国から駆け付けた航空ファンで満席だった。

駐機場で、紺色の制服姿の女性社員二人が「ありがとうダッシュ８　16年間おつかれさま」という横断幕を掲げ、社長の吉村とともに出迎えた。

照明の中、乗降口の扉が開き、最初に姿を現したのは、赤いサンタクロース姿のパラダイス山元だった。展望デッキに集まった人々に両手を振りながら、空港ビルのほうに歩いて来る。

空港ロビーには、初代みぞか号の写真や新聞記事が何枚ものパネルに飾られ、十六年間の軌跡が分かるように展示されていた。吹き抜けの二階の壁には、人々が別れの言葉を寄せ書きした「さよならＤＨＣ８」という横断幕が張られ、ロビーの一角にはＡＴＲ42の就航を祝う豪華な花輪が置かれている。

肩に大きなカメラを担いだテレビ局のカメラマン、腕章をした新聞記者、首からカメラをぶら下げた航空ファン、地元の人々や子どもたちなどで、ロビーはごった返していた。前社長の奥島透や、ＣＡ一期生で教官も務めた寺崎（旧姓）純子の姿もあった。

ラストフライトに搭乗した谷本機長、金子副操縦士、ＣＡの井上沙綾（佐賀県唐津市出身）に、天草エアライン・ファン有志が花束を贈呈し、吉村社長がマイクを手に、「十六年間無事故で飛んだみぞか号の飛行距離は地球約三百十周分。間もなくデンマーク国籍となって日本を飛び立ちますが、これからも世界のどこかで元気に飛び続けてくれると信じています」と挨拶した。

人々は、パネルの展示に見入ったり、パイロットやＣＡと記念写真を撮ったり、展望デッキから初代みぞか号を眺めたりしながら、退役する飛行機との別れを惜しんだ。

翌二月二十日は朝から雨だった。

天草空港のロビー左手奥に赤い絨毯《じゅうたん》が敷かれ、後方に青地に白抜きで「祝　天草エアラインATR42－600〝MIZOKA〟就航！」という賑々《にぎにぎ》しいパネルが立てられていた。

その前に六十ほどの席が設けられ、蒲島郁夫熊本県知事、中村五木天草市長、大西賢日本航空会長ら来賓が着席した。県の企画振興部長や交通政策課の幹部たちも顔を揃えていた。

報道関係者は約三十人、カメラを手にした航空ファンは五十人ほど詰めかけていた。

「グッド・モーニング、レディーズ・アンド・ジェントルメン！　ウェルカム・トゥ・ザ・ファースト・フライツ・セレブレーション・オブ・ATRミゾカ！」

午前七時十分、顎に白い髭をたくわえ、堂々とした体躯のDJ兼司会者ケイ・グラント（日本人男性）がよく通るバリトンで式典の口火を切り、自己紹介とATR42の紹介をする。

「Newみぞか号が無事に就航できますよう、皆様方の〝時間的な〟ご協力を何卒宜しくお願い申し上げます。二十分一本勝負でございます」

「時間的な」に力を入れていうと、会場から笑いが湧いた。

社長の吉村孝司が挨拶に立ち、「今まで減便していましたが、今日から一日十便体制に復帰します。ATR機の導入は日本で初めてで、座席はこれまでより九席多く、エンジン音も静かで快適です。今後も安全第一で運航し、日本全国で愛される航空会社を目指したいと思います」と述べた。

祝辞の一人目は蒲島知事で、天草エアラインに協力している日本航空に感謝を述べたあと、「天草エアラインは第二のくまモンで、天草の人々に経済的な豊かさや夢を与えます。アジアの人々が天草エアラインを使って来てくれることを願っています」と話した。祝辞の途中からモンタクロース（サンタクロース姿のくまモン）がかたわらにやって来て、愛嬌を振りまいた。

祝辞の二人目は中村市長で、ATR導入についての島民の理解に感謝し、「天草エアラインは『命のエアライン』で、観光・経済に活躍してくれると思う。わたしたちは天草を訪れる方々に最高のおもてなしを約束する」と述べた。

続いて蒲島知事から吉村社長に記念品が贈呈された。サンタクロースの赤い帽子や樅の木をあしらったATR42用のヘッドレスト・カバーと、この日の乗客に贈られるモンタクロースのキーホルダーだった。

最後はテープカットで、吉村社長、蒲島知事、中村市長、堀江隆臣上天草市長、松野茂苓北町副町長、園田博之衆議院議員（代理が出席）、池田和貴県議、大西日本航空会長、パラダイス山元の九人が、カメラのフラッシュを浴びながら紅白のテープに鋏を入れた。

松任谷正隆が作曲した天草エアラインのテーマ曲「ザ・ドルフィンズ・イン・ザ・サ

ン」の楽しげなメロディーがロビーに流れ、報道各社のカメラマンたちが来賓の写真を撮影し、航空ファンや子どもたちがくまモンの周りに集まった。

間もなく午前八時発の福岡行き101便の搭乗が始まり、乗客たちは傘をさして機体後部の乗降口へと向かった。

すぐそばに駐機している初代みぞか号のダッシュ8に比べると、ATR42は真新しく、ぴかぴかで、機体重量が四トン近く重いせいか存在感がある。

午前七時五十五分、乗降口のドアが閉められ、機は灰色の風景の中、雨で濡れた滑走路の南東の端（本渡町寄り）まで移動した。

この日、機を操縦するのは、101便から202便（午後二時四十分熊本発・天草行き）までの六便が天草エアラインの山本幹彦機長と日本エアコミューターの増満猛副操縦士、105便から108便（午後七時五分福岡発・天草行き）までの四便が日本エアコミューターの永野英治機長と天草エアラインの清水健夫副操縦士である。別々の会社に所属するパイロット同士の組み合わせというユニークな試みだ。

滑走路へ向かう青い機体を見守る整備士たちの中に、ATR社の委託で派遣されたFSR（フィールド・サービス・レプレゼンタティブ）の外国人もいた。ビオレルという名の、旧ユーゴスラビアの出身者で、アイルランドのCAEパーク・エイビエーション社に所属している。

間もなく新みぞか号は滑走を開始した。

スピードは速く、力強い。離陸後の巡航速度は時速五五六キロになり、ダッシュ8より約九〇キロメートル速い。

空港ビル二階の展望デッキで、大勢の人々が雨まじりの風に吹き付けられながら見守る中、新みぞか号は、一気に離陸した。

機体上部と下部のストロボライトをチカッ、チカッと閃光《せんこう》のように輝かせ、雨雲で灰色のまだら模様になった長崎方面の空へと上昇し、間もなく吸い込まれるように小さくなっていった。

7

それから間もなく——

社長の吉村、専務の齋木は、整備部長の木村勝彦以下、同部の主要メンバーと社内の会議室で打ち合わせをした。

「……整備部としては、『ダッシュ8の売却に関しては、現状のままでの引き渡しでないと対応は難しい』とコメントしてあったので、てっきりそういう契約書になってると思ってたんですけどねえ」

整備部員の一人が悩ましげにいった。

「ところが、ノルディック・エイビエーションから、飛行機の状態についてこまごまとした確認や注文が来るんで、『そういうことは契約事項に入ってないんじゃないの?』といったら、『いや、すべて書いてある』というわけなんですよ」

ダッシュ8を下取りするノルディック・エイビエーション・キャピタルと、売却契約書を調印したのはずいぶん前のことだ。

「これ、確かに契約書に書いてあるよね」

齋木が悩ましげな表情で、手元に開いた売却契約書を見ながらいった。

売却(下取り)条件として、契約書で特に重視されていたのは、ダッシュ8の耐空性(安全に航行できる性能)の維持で、点検や修理の記録の提出と、必要な場合は実際に飛行して検査することを求められていた。部品に関しても、次の点検までの時間やサイクルが短いものは交換するよう契約書に書かれていた。

「どこで行き違いが生じたかは分からないんだけれど……とにかく契約書に書いてある以上、それに沿って対応するしかないと思うんだけれど」

吉村がいった。

「まあ、それはそうなんでしょうが……」

整備部のメンバーもうなずくしかない。

「ただ点検・整備の記録は、日本語で書いてある箇所が多いので、それを全部英語に直すとなると、とてつもない作業になってしまうんですけど」

記録は機体を受領したときからこの日までの約十六年四ヶ月分ある。もし全部を英訳するとなると半年くらいはかかる。

「それはもう、標準的な表現を英語に直した対訳表を作って、それで納得してもらうしかないんじゃない?」

齋木がいった。

「対訳表ですか。……まあ、それしかないでしょうねえ」

機体の引き渡しが遅れると、すでに受け入れたデポジット(手付金)の返還を求められたり、ペナルティを科されたりして、億円単位の損失が出る。そうした事態は何としてでも避けなくてはならない。

三月十八日——

天草空港は薄曇りで、秒速約八メートルという強い風が吹いていた。

二つのプロペラを回転させながら初代みぞか号が、ゆっくりと滑走路の北西の端へと移動していた。

コクピットにすわっているのは、約一ヶ月前のラストフライトと同じ、谷本真一機長と金子照夫副操縦士のペアである。

ノルディック・エイビエーション・キャピタルとの契約書で定められた機体の状態に関する条件を何とかクリアし、日本エアコミューターの整備工場で最終の検査と整備を受けるため、鹿児島へ向かうところだった。

社員たちが手を振って見送り、空港ビル二階の展望デッキにも最後の姿を見届けようと、大勢の人々が集まっていた。初代みぞか号が天草と熊本の空を飛ぶのは、この日が最後だ。

午後一時四分、青いイルカの外装のダッシュ8は、本渡の方向に向けて滑走を開始し、あっという間に飛び立った。

JA81AMの登録番号を付けた機体は、十分あまりで八代海を越え、その後、ほぼ真南に針路をとる。

やがて左手に、宮崎県と鹿児島県にまたがる霧島山のゆったりとした青い曲線、正面に薩摩半島に続く平野と、西郷隆盛を思わせる桜島のどっしりとした姿が現れた。

離陸して約三十分後、ダッシュ8は鹿児島空港に着陸した。

その後、自走点検を行い、フェリーフライトを終えた。


約四ヶ月後（七月二十二日）——

日本エアコミューターの整備工場で売却検査と整備を終えた初代みぞか号は、エンジン音とともに鹿児島の青空へと飛び立った。

最終検査でエンジンの不具合が見つかり、積み降ろしてメーカーで修理をする一幕があったが、ようやく諸手続きが完了し、この日、ノルディック・エイビエーション・キャピタルの本社があるデンマーク南部のビルン（Billund）に向け、フェリーフライトを開始した。組み立てブロック玩具で知られるレゴの本社とレゴランドもある人口約六千三百人の町である。

初代みぞか号の外装は青いイルカのままだが、後部の機体登録番号はOY－YGBというデンマーク国籍に変わっていた。

機は左手に桜島の大きな姿を見ながら、東シナ海上を南南西に針路をとった。最初の寄港地は台北で、その後、フィリピン、ベトナム、タイ、インド、オマーン、サウジアラビア、エジプト、ギリシャ、ハンガリーを経由し、六日後の七月二十八日にビルン空港に到着する予定である。

8

約五ヶ月後（十二月十六日）――

カナダ・アルバータ州の石油の街、カルガリーは、一日の最低気温が零下二十五度、最高気温ですら零下十七度という、厳しい寒さの冬を迎えていた。

一九八八年に冬季五輪が開催された町の人口は約百三十二万人。オーロラ観測で有名な北極圏への入り口で、近代的な高層ビルが林立する街のすぐ西側には、標高四〇〇〇メートル近いカナディアンロッキーが白く尖《とが》った峰々を見せている。

空港は市内中心部から北に一〇キロメートルほどの場所にある。

その日、雪が舞う灰色の空に、青いイルカの機体が姿を現した。生まれ故郷のカナダへ十七年ぶりの帰還である。機体後部には、C－FUCLという、カナダ国籍の機体登録番号のステッカーが貼り付けられていた。

カルガリーに本社を置くカナダの航空機リース大手のアブマックス社（Avmax Group Inc）が、初代みぞか号をノルディック・エイビエーション・キャピタルから購入し、デンマークからフェリーして来たのだった。

青いイルカのダッシュ8は、雪が降りしきる滑走路に着陸し、駐機場まで自走すると、乗降口から二人のカナダ人パイロットが降り立った。

アブマックス社のリース先は、米国、ヨーロッパ、中東、アフリカ、アジアと多岐にわたっており、初代みぞか号が、これからどこの航空会社にリースされるかはまったく分からない。

駐機場のアスファルトには、雪と氷が縞模様となってこびり付き、零下二十度前後の雪まじりの風が吹きつけていた。南国の空を飛び続けた青いイルカの飛行機は、凍るような寒さの中で震えているようだった。

エピローグ

翌年（平成二十九年）八月中旬——

島原湾は真夏の朝日を浴びて青く輝き、雲仙岳が海上に力強い姿を見せていた。

午前六時半、天草空港に整備士が出勤して来て、空港ビル左手脇のゲートを開け、いつものように一日が始まった。すでに気温は二十五度を超えている。

整備士たちが、くまモンが描かれた電源車とケーブルで繋がれたみぞか号の点検を始め、その様子が見えるディスパッチ・ルームでは、運航管理者の尾方智洋がパソコンで気象条件をチェックし、飛行計画を立てる。

午前七時頃から、この日の前半のクルーの機長、副操縦士、ＣＡが出勤してきて、乗員室や自分のデスクで、日誌などに目を通す。

オフィス内の蛍光灯はまだ半分くらいしか点されていない。

十七年前の開業時から働いている運送部門のベテランの高橋史英（天草市本渡町出身）が、白いワイシャツ姿で、自分の席で緑茶をすすり、社長の吉村、去る六月に齋木に代わって専務になった日本航空の整備部門出身の小林知史《さとし》が、神棚の前でパン、パンと柏手《かしわで》を打つ。

間もなくクルーのブリーフィングが始まり、空港ビルのロビーでは地上職員たちがカウンター業務を開始し、吉村や小林も荷物の検査や運搬を手伝う。

１０１便の乗客の搭乗は七時四十分頃から始まった。

午前七時五十五分、みぞか号は、「楽しい空の旅を」、「いってらっしゃい」というプラカードを持った男女の社員に見送られ、福岡に向けて離陸した。

この頃には、他の社員たちも出勤して来て、蛍光灯もすべて点され、オフィスは賑やかになる。

ＡＴＲ42が一年を通してフル稼働した昨年度（平成二十八年度）は、四月十四日から発生した熊本地震の影響で、六月頃まで利用客が減ったが、その後回復し、九年ぶりに利用者数が八万人を超える八万千九百八十人となった。搭乗率は五三・三パーセント、就航率は、地震、台風、バードストライクなどの影響で九二・六パーセント。経常赤字は一億百六十八万円、純利益は、ダッシュ８の売却益（約一億四千七百万円）が寄与して、一億三百三万円だった。

午前八時半から朝礼が始まった。

最初に運航管理者の尾方が運航や気象の状況を説明し、整備部、客室部、総務部、営業部などから連絡事項が伝えられ、吉村と小林が一言ずつ述べ、最後に安全のための行動指針を全員で唱和する。

「私達は、法令・規則を遵守します」

総務部の阿部英子（天草市下浦町出身）が大きな声でいった。

唱和のリード役は全社員の持ち回りである。

「私達は、法令・規則を遵守します」

全員が一斉に唱和する。

「私達は、基本事項を遵守します」

「私達は、基本事項を遵守します」

「私達は、推測に頼らず……」


約半日後――

日本と七時間の時差があるノルウェーの北極圏の町トロムソは、午後一時をすぎたところだった。

町の人口は約七万二千人。ノルウェー北部最大の都市である。トロムソ島が街の中心で、本土とは長さ約一キロメートルの橋で繋がっている。海を隔てて、雪を残す山々がぐるりと周囲を取り囲み、北半球の最果てらしい風景だ。

トロムソは、十九世紀初頭から漁業と北極圏探検の拠点で、グリーンランドを初めてスキーで横断したナンセンや、人類で初めて南極に到達したアムンセンもここで計画を立てた。

白夜の季節は終わっていたが、太陽は夜十時半頃沈み、数時間後には上り始める。朝方の気温は七〜十度、日中の最高気温は十〜十七度で、真夏だというのに肌寒い。港には、環境団体グリーンピースの砕氷船アークティック・サンライズ号や外国の大型客船が停泊している。

市内中心部から三キロメートル半ほど北西にある空港では、綿雲が低空に浮かんでいた。駐機場の南端に、フライバイキング航空240便のダッシュ8が停まっていた。

同社はこの三月に定期路線の運航を始めたばかりの新興民間航空会社だ。トロムソを拠点に、ノルウェー北部の本土と島々を結ぶ「島のエアライン」である。

コクピットでは、機長と副操縦士が出発の準備の真っ最中だった。

「テンパラチャー、サーティーン（気温十三度）……」

APU（補助エンジン）の低い騒音に包まれたコクピットで、気象条件などを伝える管制官の無線の声が流れていた。

二人のパイロットは、計器類が緑、オレンジ、赤などのデジタルの数字や文字を表示するパネルに付いたスイッチやつまみを操作し、出発準備に余念がない。

機長は六十三歳のノルウェー人、オーラ・ギーヴァー・ジュニアで、民間航空会社で三十三年のパイロット歴を持つ。私財四千万ノルウェー・クローネ（約五億六千万円）を投じて、フライバイキング航空を設立した同社の会長でもある。

コクピットの背後のドアが開いた。

「ボーディング・コンプリーテッド。トウェンティ・フォー（搭乗完了、乗客二十四人）」

黒髪の女性CAが顔を覗かせていった。

「オールライト」

きかん気の少年の面影を残したギーヴァー・ジュニア機長が振り返って微笑する。

フライバイキング航空は、ダッシュ8－Q100を三機運航している。カナダのアブマックス社からリースしたもので、うち二機は琉球エアーコミューターが使っていたもの、残り一機は天草エアラインの初代みぞか号だ。外装は、オフホワイトに一新され、赤と群青色でFLYVIKINGの文字が入り、尾翼にはそれぞれ異なったバイキングの王や女王の顔が描かれている。客室内を含め、日本を飛んでいた痕跡は一切ない。

この日は、トロムソの南のヴェステローレン諸島方面への八区間を約八時間かけて飛ぶ。

二人のパイロットは、「プレ・タクシー・チェックリスト」で、油圧やフラップなど十数項目を復唱して確認した。

それが終わると、ギーヴァー・ジュニア機長がフロントグラスの先の地上係員に両手の親指を立てて合図をし、係員が機に繋がれていた電源ケーブルを切り離す。

大柄で若いトルへ・オルセン副操縦士が、再びチェックリストを手にする。ラミネート加工された縦長のリストだ。

「アイス・プロテクション（氷結防止装置）？」

「オン」

ギーヴァー・ジュニア機長が答える。

「コーション・アンド・ウォーニング・ライト（注意・警告灯）？」

「クリアー（点灯なし）」

頭上のパネルのライトはどれも点いていない。

「キャビン・クリアー（客室内準備）？」

「レシーブド（完了したと連絡あり）」

「コンディション・レバーズ（燃料・プロペラ回転数調整レバー）？」

「マックス（最大にセット）」

「ブリード・エアー（エンジンの圧縮空気の空調システムへの再循環）……」

九項目のチェックが終わると、ダッシュ8は滑走路へ移動し、床運動を始める前の体操選手のようにぴたりと停止した。

「キャナイ・テイクオフ？」

ギーヴァー・ジュニア機長が管制官に訊いた。

この地域を三十三年間も飛んで来たので、管制官とも馴染みである。

「ボルダー・トゥー・フォー・ゼロ、クリアード・フォー・テイクオフ（ボルダー240便、離陸を許可します）」

フライバイキング航空のコールサインは、北欧神話の光・平和・徳・知恵の神「ボルダー（Balder）」である。本当は「バイキング」にしたかったが、すでにトーマス・クック航空スカンジナビア（本社・コペンハーゲン）が使っていた。

ブオォーン、ブオォーン……。

バードストライク防止用に黒と黄色のまだら模様に塗り替えられた四枚のプロペラが回転を始め、ダッシュ8は一気に滑走する。

「V1《ヴィワン》！」

加速するコクピットで、オルセン副操縦士が計器を見て、コールアウトした。

「VR《ヴィアール》！」

ギーヴァー・ジュニア機長が目の前の黒い操縦かんを手前に引く。渡利斎水《よしみ》、石垣忠昭、小松久夫、山本幹彦、谷本真一ら、天草エアラインの機長たちが握ってきた操縦かんだ。

新造機のようにぴかぴかの機体は、あっという間に空に舞い上がった。

尾翼には、王冠をかぶった女性の横顔が群青色でくっきりと描かれている。アイスランドの年代記に登場する、十世紀のバイキングの女王、ギュヌンヒルド・コングモールだ。

コクピットの正面パネルの丸い高度計の数字が目まぐるしく回転し、機はぐんぐん上昇する。

「フラップ、ゼロ」

高度五〇〇フィートに達したところで、オルセン副操縦士が正面パネルの二人のパイロットの間にある四つのレバーの右端を押し上げ、フラップを格納した。

ギーヴァー・ジュニア機長が目の前のパネルの黒いつまみをひねり、高度を一四〇〇〇フィートにセットし、機は自動操縦で上昇を続ける。

眼下に、低空にかかった雲を通して、残雪が残る雄大なフィヨルドが展開する。ごつごつした茶色い岩山、幾重にも切り込んだ入り江、吸い込まれるような深い青色の海……。

自動操縦になったので、ギーヴァー・ジュニア機長が小型バインダーの各空港の情報のページの差し替え作業を始めた。

「これ、本当に面倒臭いよな」

差し替えながらぼやく。

「早いとこ電子化しないといけませんね」

　オルセン副操縦士がいった。

　高度一四〇〇〇フィートで巡航を開始すると、ギーヴァー・ジュニア機長がヘッドセットを外し、黒いハンドマイクを右手に握った。

「機長のオーラ・ギーヴァー・ジュニアから乗客の皆さんにご案内致します。バイキングの旅へようこそ」

　ノルウェー語で機内アナウンスを始め、飛行経路、速度、到着予定時刻などを伝える。

「我々はバイキング航空ですが、昔のバイキングのように、殺戮したり、破壊したり、盗んだり（killing, destroying, stealing）はしません。ただヴィデロー航空と戦う（fighting）のみです」

　ヴィデロー航空はスカンジナビア航空の子会社で、ダッシュ8－Q100などターボプロップ二十九機を運航するノルウェー最大の地域航空会社だ。

「我々は、ヴィデロー航空の半額で航空券を提供します。我々のフライトにご満足頂けたらまた乗って下さい。ご不満な点がありましたら、パイロットやCAにいって下さい」

　フライバイキング航空は、ノルウェー中に路線を張り巡らし、ヴィデロー航空を追い抜くのが目標だ。

　間もなく、オルセン副操縦士が無線で管制官に呼びかけた。

「スカゲン・ボードー・コントロール、ボルダー・トゥー・フォー・ゼロ、カレントリー・クルーズィング・アト・ワン・フォー・ゼロ（現在高度一万四〇〇〇フィートで飛行中）……」

呼びかけた相手は、ストクマルクネスのスカゲン空港とボードーの空港を管制しているエリア管制センターだ。

「ボルダー・トゥー・フォー・ゼロ、スカゲン・ボードー・コントロール……」

ボードーにあるセンターの女性管制官が英語で答える。

「……ウィンド、トゥー・ファイブ・ゼロ・アト・テン、ヴィジビリティ、フォー・マイル、マイナス・シャワーレイン、スキャター、ゼロ・スリー・ゼロ・キューミュラス（風は二百五十度の方角から一〇ノット、視程四マイル、弱い雨、高度三〇〇〇フィートに全天の八分の三から八分の四を覆う雲）……ランウェイ、トゥー・セブン（27番滑走路を使用）」

女性管制官が気象条件などを伝え、オルセン副操縦士と着陸についてやり取りする。

機が一万二五〇〇フィートまで高度を落とし、ギーヴァー・ジュニア機長が頭上のパネルのスイッチを入れ、シートベルト・サインを点けた。扉の向こうの客室で、ピーンという音がするのが聞こえる。

ギーヴァー・ジュニア機長が、チェックリストを取り出し、二人で「トップ・オブ・デイセント（降下開始前）」のチェックを始める。

「アプローチ・ブリーフィング（目的地空港の進入情報）？」

「コンプリート（完了）」

オルセン副操縦士が答える。

「ＦＭＳ（飛行管理システム）・セットアップ？」

「コンプリート」

機には初代みぞか号時代にはなかったＦＭＳ（コンピューターによる飛行管理システム）が追加で装備されていた。

「ランディング・データ・アンド・Ｖｒｅｆ《ヴィレフ》（着陸基準速度）？」

Ｖｒｅｆは滑走路末端（スレッショールド）に進入するときの速度。

「セット（入力済み）」

「シートベルト・サイン？」

「オン」

ギーヴァー・ジュニア機長が、正面パネルの黒いつまみをひねって、高度を六〇〇〇フィートにセットすると、機は降下を開始した。

高度二七〇〇フィートまで降りたとき前方の海上に客船が見えた。

船体は黒で、甲板は白い三層建て。ストクマルクネスに本社を置く船会社ハーティグルテン社の沿岸航路客船、MSミドゥナトソル（白夜の太陽）号だ。フライバイキング240便は毎日この地点でこの船を追い越す。

「あの船を追い越すたびに、ああ、いつもの路線を飛んでるなあって思うよなあ」

ギーヴァー・ジュニア機長が微笑した。

機は着実に高度を落とし、家々が立ち並ぶ緑の島が左手に見えてきた。人口約三千三百人のストクマルクネスの町で、ヴェステローレン諸島のハドゥセロヤ島の北岸に位置している。

「チェック・エアスピード、ギアダウン」

「ギアダウン」

ゴオーッという風を切る音の中で、車輪が降りる機械音が聞こえる。

「ファイブ・ハンドレッド」

高度五〇〇フィートまで降下すると、コクピット内に、高度を告げる大きな自動音声が響く。

フロントグラスの正面に緑地帯に囲まれた滑走路が真っすぐ伸びる。天草空港よりも短い九一九メートルの滑走路で、左手は海である。

「ワン・ハンドレッド」

高度一〇〇フィート（約三〇・五メートル）まで降下し、目の前に灰色の滑走路が迫る。

「フィフティー」

「フォーティー」

「サーティー」

「トウェンティ」

「ゼロ」

ダッシュ8は、軽い衝撃とともに、ストクマルクネスのスカゲン空港の滑走路に着陸した。

十五羽ほどのカモメが驚いて、小雨の降る空へ一斉に飛び立った。

ヘッドセットを着けた地上係員の男性が、パドルを回し、マーシャリングする。

オフホワイトの機体に姿を変えた初代みぞか号は、駐機場に停止すると、乗客を降ろす。

赤ん坊を抱いた女性、デイパックを背負った青年、老夫婦、猫を入れた籠《かご》を手に提げた男性など、普段着姿の地元の人々だ。自分たちが乗ったぴかぴかの飛行機が、日本の天草で十六年間飛んだものとは、夢にも思っていない。

十分後には、新たな乗客たちが乗り込んで来た。

午後二時七分、二人のパイロットは「エンジン・スタート・チェックリスト」で主電源、燃料、衝突防止灯など十一項目の確認を行う。コクピットのドアの向こうから、客室で保安設備の説明が行われているのが聞こえる。

間もなくギュヌンヒルド・コングモール号は、滑走路へと移動を開始した。空港でのインターバルは二十分で、天草エアラインより短い。

「ボルダー241、クリアード・フォー・テイクオフ」

管制官が離陸許可を出すと、ダッシュ8は小雨をついて滑走を開始し、あっという間に離陸した。

放たれた鳥のように舞い上がったオフホワイトの機体は、ノルウェー本土を左手に見ながら、針路を真南にとる。眼下でローフォーテン諸島の複雑に入り組んだ緑の島影と灰青色のノルウェー海がパノラマのように展開する。

次の目的地は、一四六キロ離れたボードーで、その後、①ボードー↓ナルヴィーク、②ナルヴィーク↓ボードー、③ボードー↓ストクマルクネス、④ストクマルクネス↓ボードー、⑤ボードー↓ストクマルクネス、⑥ストクマルクネス↓トロムソの六区間を飛び、トロムソ空港に戻るのは夜の九時である。

短い水平飛行のあと、ダッシュ8が降下を開始したのは、離陸から約二十分後だった。雲が切れると、眼下に海、左右に複雑な海岸線の緑の陸地、海際にたくさんの家々が現れた。

ボードーはノルウェー海に突き出た半島にある町で、第二次大戦中にドイツ軍の攻撃で破壊され、空軍基地が置かれている。人口は約五万一千人で、ノルウェー北部ではトロムソに次ぐ大きな町だ。

「ギアダウン」

　風を切る音とともに降下を続ける操縦室で、オルセン副操縦士がコールした。

「スピード・チェック、ギアダウン」

　ギーヴァー・ジュニア機長が答え、正面パネルのレバーを押し下げると、機外で車輪が出る機械音がした。

「島のエアライン」は、ノルウェー空軍の戦闘機も離発着する海際の二七九四メートルの滑走路に向け、アプローチを開始した。

［完］

・為替の換算レートは、それぞれの時点での実勢レートを使用しています。
・本書に登場する人物や組織はすべて実名です。

主要参考文献

『藍より青く　上・下』山田太一著、読売新聞社、一九九七年六月
『天草エアラインの奇跡。』鳥海高太朗著、集英社、二〇一六年三月
『天草空港事業説明書』熊本県土木港湾課・天草空港管理事務所・日本工営編集、熊本県、二〇〇〇年十月
『天草一〇〇景』小林健浩著、弦書房、二〇一〇年九月
『オジンカモメ天草を飛ぶ』石垣忠昭著、熊本日日新聞情報文化センター、二〇〇三年八月
『堕ちた翼　ドキュメントJAL倒産』大鹿靖明著、朝日新聞出版、二〇一〇年四月
『改訂版　天草の歴史』堀田善久著、天草市教育委員会、二〇〇八年三月
『街道をゆく17〈新装版〉島原・天草の諸道』司馬遼太郎、朝日文庫、二〇〇八年十二月
『カラー図解でわかる航空管制「超」入門』藤石金彌著、SBクリエイティブ、二〇一四年五月
『カラー図解でわかるジェット旅客機の操縦』中村寛治著、SBクリエイティブ、二〇一五年一月
『客室乗務員になるには』鑓田浩章著、ぺりかん社、二〇一五年六月

『ジャンボ・ジェットを操縦する』岡地司朗編、講談社ブルーバックス、二〇一〇年一月
『西武王国―その炎と影』中嶋忠三郎著、サンデー社、二〇〇五年三月
『西武事件』吉野源太郎著、日本経済新聞社、二〇〇五年五月
『追想　政治の究極は人間の幸せ追求』故池田定行先生を偲ぶ会実行委員会、池田和貴事務所、二〇〇六年七月
『日本一小さな航空会社の大きな奇跡の物語』奥島透著、ダイヤモンド・ビッグ社、二〇一六年四月
『残る銀行、沈む銀行』根本直子著、東洋経済新報社、二〇一〇年三月
『ふるさと回遊』福島譲二著、熊本日日新聞社、一九九四年七月
『るるぶ情報版九州⑤熊本　阿蘇　天草'10』田村知子編集、ＪＴＢパブリッシング、二〇〇九年八月
『歴史回廊　くまもと魅力発見の旅』「熊本城４００年と熊本ルネッサンス」県民運動本部企画、熊日情報文化センター制作、熊本日日新聞社、二〇一〇年五月
『スカイネットアジア航空　キャビンアテンダントへの道』（ＤＶＤ）有限会社トライスター企画・制作・発売、二〇〇三年十二月
『スカイネットアジア航空　エアラインパイロットへの道』（ＤＶＤ）有限会社トライス

ター企画・制作・発売、二〇〇三年十二月
『航空実用事典』（ウェブサイト）日本航空（http://www.jal.com/ja/jiten/index.html）
『東京会議』ＢＳフジ、二〇一二年三月三十一日〜二〇一三年三月二日

「天草エアライン株式会社の経営状況を説明する書類」熊本県、平成十二年度から同二十八年度分
「天草エアライン包括外部監査報告書」二〇〇九年
「天草空港基本計画調査報告書（施設計画編）」熊本県、一九八八年二月
「天草空港周辺整備構想策定調査報告書」天草空港周辺整備構想策定実行委員会、日本空港コンサルタンツ、一九九三年三月
「天草空港対策協議会議事録」一九九七年一月七日
「設立総会資料」天草地域航空振興協議会、一九八九年八月
「『空の日』イベント要項」天草空港利用促進協議会、二〇〇一年九月二十四日
「地域航空フォーラム／05実施報告書　地域の発展と航空―活力ある地域づくりと航空ネットワークの充実」財団法人日本航空協会、二〇〇五年七月
「平成八年度　第42回管内技術報告会資料　天草空港整備事業について」熊本県土木部、天草空港建設事務所、一九九六年十二月

「Ｄｏｃｕｍｅｎｔ 天草を考え天草を創る地域シンポジウム」天草考創シンポ実行委員会、一九九一年五月

・その他、熊本県議会議事録、同交通対策特別委員会会議記録、同建設常任委員会会議記録、天草市議会議事録、天草エアライン機内誌『イルカの空中散歩』、日本トランスオーシャン航空機内誌『コーラルウェイ』、フライバイキング航空機内誌『ＦＡＲＡＶＩＤ』、ＢＳフジ『東京会議』ビデオ、各種論文、新聞・雑誌・インターネットサイトの記事・動画などを参考にしました。

・書籍の年月日は使用した版の発行年月日です。

・天草市立天草アーカイブスの皆様に地元関係の資料収集にご協力頂きました。また、天草市役所の松本三省さんには天草の言葉の監修や現地での取材へのご協力を頂きました。御礼申し上げます。

初出　『サンデー毎日』二〇一六年十月十六日号～二〇一八年一月七・十四日号

本書の単行本は二〇一八年六月、小社より刊行されました。

文庫版あとがき——その後の天草エアライン

黒木　亮

『島のエアライン』の単行本は、平成二十九年（二〇一七年）八月の場面で終わっている。その後の天草エアラインを語る上で、一番大きな出来事は、何といっても令和元年（二〇一九年）末から始まった新型コロナウイルスの世界的な流行である。

コロナ禍に先立つ令和元年二月下旬、三人いる機長のうち五十代の一人が、病気による長期療養が必要となり、他社から代わりの機長を確保するのも困難だったため、天草エアラインは大幅な減便を余儀なくされた。その結果、平成三十一年／令和元年度（二〇一九年四月〜二〇二〇年三月）の運航便数は前年比二四・五パーセント減となり、就航率は八七・九パーセント、搭乗率は四一・〇パーセントという、創業以来の苦しい経営を強いられた。

病気療養していた機長は約七ヶ月後の九月に復職し、失効した機長資格再取得のための任用訓練を受け、十二月から乗務を再開した。運休していた便も再開され、さあこれからと希望が見えていた矢先に、コロナ禍が降ってわいた。

全世界の航空会社に壊滅的な打撃を与えたパンデミックは、天草エアラインも直撃した。乗客数が激減し、飛行機を飛ばせば赤字になる状況に陥ったため、令和二年四月十日から天草-熊本線、熊本-伊丹線を全面運休し、同十九日からは一日二往復・四便だった天草-福岡線も一日一往復・二便に減らした。天草-福岡線は、島内の病院に通う医師が利用しているため、全面運休は回避した。四月の乗客数は七百四十六人で、搭乗率は一一・四パーセントへと落ち込んだ。翌五月は、さらに乗客数が減り、二百八人で、前年同期比九四パーセントの落ち込みとなった。

感染拡大で、平成十五年から続いていた福岡市の特別支援学校と病院の子どもたちへの「ホタル便」も中断せざるを得なくなった。

社員たちは交替で自宅待機し、雇用調整助成金の支給を受けた。ＣＡたちは機内誌『イルカの空中散歩』のための社外での取材ができなくなったので、会社の業務紹介などを材料に誌面作りをした。

熊本県は天草エアラインを支援するため、同社が支払う着陸料などを猶予し、八月に補正予算で千七百九十六万円を交付し、秋には、地元二市一町とともに、総額四億九千七百九十二万円（うち県が四億千六百五十九万円）の交付も決めた（同じ時期、肥薩オレンジ鉄道に対して総額二億四千八百万円の交付も行われた）。

こうした状況下、社長を六年間務めた吉村孝司が六月の取締役会で退任し、新社長に四月から顧問の職にあった永岡真が就任した。五十七歳の永岡は、島根県浜田市の出身で、早稲田大学理工学部を卒業したあと、長く日本航空の整備部門で働き、航空機用地上器材の整備や整備施設の保守を行うＪＡＬエアテックの社長を務めた。日本航空時代は、パイロットの実機訓練施設であるモーゼスレイク空港（米国ワシントン州）での駐在整備や、同地から南米を含む米州各地への応援出張も経験した。子どもの頃は鉄道の運転士に憧れた、乗り物好きの人物である。

新型コロナの流行の少し前の令和元年十月二十五日、天草エアラインにとって、もう一つ大きな出来事があった。同じ九州の地域航空会社であるオリエンタルエアブリッジ（長崎県、全日空系列）、日本エアコミューター（鹿児島県、日本航空子会社）に加え、日本航空、全日空とともに、有限責任事業組合（ＬＬＰ）を設立したのだ。事業期間は四年間で、コードシェア（共同運航）、整備の委受託、予備機・部品の共有化、運航マニュアル統一、機材導入の際の協力、旅行商品の共同開発などに取り組むことになった。事務所は東京に置かれ、日本航空の畑山博康が事務局長となった。

国土交通省は従来から地域航空会社の抜本的な経営改善が必要だと考え、前年三月に同省の有識者会議が、合併や持ち株会社の設立による経営統合を模索すべきだとする報告書をまとめていた。その理由として、①少子化で地方の人口が減少し、将来的に航空需要が縮小する懸念があること、②天草エアラインのように代替機を持たない航空会社は減便や欠航が多いこと、③プロペラ機主体の航空会社は、一席当たりのコストがジェット機主体の航空会社の三倍程度という高コスト体質であること、④プロペラ機主体でブランド力が弱い地域航空会社はパイロットの確保も難しくなること、⑤日本航空から五七・二パーセントの出資を受け、同社グループと協業（コードシェア、整備委託、機材共有化）をしている北海道エアシステム（略称ＨＡＣ）は、定期整備が原因の減便や欠航がないこと、などが挙げられた。

報告書を受けて、ＬＬＰを設立した五社のほか、北海道エアシステム、ＡＮＡウイングス（東京）、国土交通省の八者で実務者協議が開かれ、具体策が検討された。その結果、九州域外の二社との調整が難しかったため、九州地区での業務提携を先行させることになった。

ＬＬＰの設立によって、これまでのところ、以下の協業が実現している。

天草エアラインは日本航空とのコードシェアを以前から行なっており、天草エアラインの旅行商品「天草エアラインと特急A列車で行こう、シークルーズに乗る熊本・天草三日間」の売り出しも実現した。全日空とのコードシェアのほうは、コロナ禍の影響もあって遅れているが、令和四年度下期の実現を目標にシステム開発の準備が進められている。

機材(ATR機)の共有化は、以前から天草エアラインと日本エアコミューターとの間で行われ、現在はオリエンタルエアブリッジもATR機の導入を検討している。

運航系のマニュアル統一については、天草エアラインと日本エアコミューターとの間で進められ、飛行マニュアルの一部を合わせることで国土交通省航空局に「準類似規定事業者」として認められた。これにより両社間の運航乗務員支援がやりやすくなった。

今年(令和三年)度秋をめどに、天草エアライン、日本エアコミューター、オリエンタルエアブリッジ三社で、島めぐりのプランの販売を行うことも検討されている。

LLPは設立三年後に効果を検証し、結果次第では経営統合や合併の可能性もある。しかし、地元の各自治体には、経営統合をすると地元の路線が赤字路線として廃止されるのではないかという警戒感も強い。天草エアラインの副社長を兼務する中村五木天草市長は「整備やパイロット養成での連携はあっても、経営統合は考えていない」と述べている。

その中村市長は、コロナ禍の最中の令和二年十二月三十一日、急性心筋梗塞《こうそく》の発作により、七十一歳で急逝した。今年二月二十一日に新市長の選挙が行われ、鋼材販売などを行

う ババ商店株式会社社長で衆議院議員公設第一秘書の経験がある、馬場昭治氏（五十二歳、本渡出身）が当選した。新市長は、前市長同様、天草エアラインを支援する姿勢である。

こうした中、天草エアラインは、以前と変わらず、社員たちが協力しながら、みぞか号を飛ばし続けている。機が出発するときには、社員たちが「楽しい空の旅を」、「いってらっしゃい」というプラカードを掲げて見送り、足の不自由な乗客がいればＣＡが乗降を介助し、ＣＡたちは機内誌『イルカの空中散歩』の制作を続け、雪が降れば社員総出で雪かきをする。

乗員が怪我や病気をすれば減便を強いられ、パイロット確保に苦労しているのは相変わらずだが、ＬＬＰ設立以前から進めていた日本エアコミューターとの協業のおかげで、平成三十年六月からみぞか号の定期点検中には、代替機を借りられるようになり、懸案だった長期運休の回避が実現した。

新型コロナで一時激減した需要は、「ＧｏＴｏキャンペーン」などもあり、回復してきたため、令和二年六月十五日から天草－福岡線を一日二往復・四便に戻し、七月一日から、天草－熊本線、熊本－伊丹線も再開し、八月一日には、天草－福岡線を一日三往復・六便とし、コロナ禍前と同じ一日十便体制になった。十二月には、毎年恒例のサンタクロース姿の乗客に対する割引運賃「サンタこす割」を実施した。

今年（令和三年）三月二十日には、コロナ禍で延期になっていた天草空港開港・天草エアライン就航二十周年を記念する手作りのイベントを開催した。ユーチューブで配信された一時間五十分のオンラインイベントで、天草エアラインに関するクイズ、空港の紹介、航空教室、ヘリコプター事業部の紹介などが行われ、好評を博した。

天草市も、新型コロナの感染拡大で一時中断していた「天草満喫キャンペーン」を二月に再開した。料金は宿泊費のみ、あるいは天草エアラインなどの交通費を合わせて一人三千六百円から三万千百円で、八月末までの宿泊が対象とされた。

四月には、天草エアラインと熊本市の旅行会社カラーズプランニングの共同企画で、飛行機とレンタカーを利用した観光プロモーション「天草ドルフィントリップ」を始めた。みぞか号と同じ、目の覚めるような青色に塗装したマツダ・ロードスターのオープンカーを用意し、飛行機代とレンタカー代を割引価格で提供するサービスだ。

また、天草地域への移住・定住を検討している人々向けに、六〜七割引きの特別運賃を提供する、移住・定住応援キャンペーンも開始した。

「島のエアライン」はアフターコロナに向かって、地道な歩みを始めたところである。

（令和三年八月記）

解説

河合　薫

「圧倒的な温度感」が本書の醍醐味である。小説でありながら小説の枠を超えた生々しさを感じるのは、単に実名で描かれているからではない。そこに至るまでの黒木さんの揺るぎない覚悟と不断の努力が、登場人物たちが紡ぐ一つ一つの言葉に、天草の美しい風景の彩りに、『みぞか号』の勇姿に、息を吹き込んだ。「熊の尻を噛みちぎるくらいの覚悟で取材に挑む」ことをモットーにする黒木さんがインタビューしたのは総勢80人超、録音時間は120時間を超え、飛行機のコックピットの様子や操縦方法、整備のやり方、管制官とのやり取りなどの専門的な部分は、完全に理解できるまで徹底的に電話やメールを繰り返したそうだ。細長い機体にイルカと波が描かれた天草エアラインのダッシュ8が那覇空港に到着した時の情景や、運行開始検査2日目に不合格になりそうな危機的な状況の中、駐機場で朝日を浴びるダッシュ8の荘厳な姿が、まるで映画でも観てるように細部まで映し出されるのは黒木さんの誠実さがあってこそ。『みぞか号』を天草の空に飛ばすためだけに、心血を注いだ「名もなき英雄たち」の心のひだに寄り添い、「現場」に真正面から光を当てた黒木さんの気概に私はえらく感涙した。そして、心から嬉しかった。

実は、私は元客室乗務員（CA）。個人的な話で恐縮だが、たった2機のジャンボで、ロサンゼルス、ワシントン、シドニーの3本の長距離路線を飛び、「JALに追いつけ、追い越せ！」が合言葉だった頃のANAに大学卒業後入社した。当時のANAは本書で描かれている天草エアラインそのものだった。国際線の客室部はターミナルから離れた場所に建てられたプレハブ小屋。フライトに出発する時にはスタッフ全員が玄関に集合し、映画『ロッキー』のテーマ曲をかけて見送ってくれた。海外の空港でもANAが誘導される駐機場は「ここも飛行場なの？」と疑いたくなるほど遠い場所。青い翼のジャンボが愛おしくてたまらなかった。そんなはるか遠い昔の、ホッコリした心地よい気持ちを蘇らせてくれたのが、福岡空港で偶然みかけた『みぞか号』だった。ポツリとたたずむ小さな青い翼が妙に懐かしく、その数年後にそれが「最も予約が取れない日本一小さな航空会社」としてメディアに注目を集めている天草エアラインのダッシュ8だったと知った。

テレビ画面に映し出される天草エアラインの〝隣のお姉さん的なCA〟の姿が、昔の自分とダブった。そのCAは徹底した経費削減で社内にどんよりとした空気が立ち込める中、「せめて機内だけは明るくしよう」と、「みなさま、本日、都合により私のストッキングが破れておりますが、どうか気になされないようにお願いいたします！」と奇妙なアナウンスをしたという。彼女の自虐アナウンスで小さな機内は温かい笑いに包まれたが、上司からは「CAとしてあるまじき行為」と大目玉をくらうことに。ところが、「組織のトップは率先垂範でなくてはならない」（下巻190頁）という信念のもと、2009年に社長に就任した奥島透氏は、「いいじゃないか！」と笑い飛ばした。「天草らしいサービスってなんだ？」「おい、考えたか？　天草らしさ？」と社員の顔を見るたびに問い続けた奥島氏の〝解〟は、前任者たちが資金獲得に奔走する陰に存在したのだ。飛行機には旅行客だけではなく大切な人の訃報に駆けつける人、愛する人に会いに行く人、とにかく現実逃避したいと飛び乗った人など、さまざまな事情の人たちがいる。しかし、乗客の事情がどうであれCAには、「すべての人が安らぐ場と時間」を提供する力が求められる。天草エアラインのそれは「破れたストッキングを自虐ネタにできる朗らかさ」であり、「隣のお姉さん」のような気さくさだった。

「天草らしさって、なんだ？」――。この実にシンプルな、たったひとつの質問こそが、天草エアラインを再生させた魔法の言葉であり、私が新人の頃に先輩から問われ続けた質問だった。「ANAらしいサービスって何？」と、いったい何人の先輩に問われただろうか。奇しくも天草エアライン就航前、社員や地元市町などの職員たちが福岡市・天神の繁華街で、「天草エアラインです。宜しくお願いします」と声を張り上げビラ配りしている様子が描かれていたが（上巻251頁）、これははるか昔のロンドン市街での「私」の姿だったし、社長さんが作業着姿で会社の入口付近で掃き掃除をしている姿（下巻190

頁）は、玄関を掃き掃除していたＣＡの大先輩の姿を思い出させた。私の同期がお掃除のおばさんと間違え、「あっちもよろしく〜」と指示してしまった〝トンデモ事件〟の記憶が蘇り、可笑しくてたまらなかった。しかしながら、そういった「現場の力」が、経営者たちの奮励努力の結果として、初めて意味を持つ力であることを黒木さんの筆はドライとウェットを絶妙に交えて見事に描いている。

史上最大の赤字を記録した開業8年目に社長に就任した尾形禎康氏は、「金策に追われるばかりで、もう少し余裕がないと、やらんといかんこともできんとゆうてます」（下巻１３０頁）と元専務の古森誠也氏が憫察するほど奔走した。社員の給料もカットし「もう逆さに振っても金は出ません」（下巻１７０頁）と呻きをもらすほどコスト削減した結果、社員たちのモチベーションはどん底まで低下。氏のやり方に反発し忘年会などに顔を出さない社員もいたという。しかし、乗員たちが「一緒に飛びたくない」と一致団結して拒否した時に（下巻１３３頁）、即座に現場に駆けつけ社員たちの声に耳を傾け、問題の機長に会いに行くなど、具体的に動いた事実は社員たちの胸に響いたに違いない。「僕としては、あなたに是非また、うちで飛んでもらいたい」（下巻１３７頁）というメッセージはかなわなかったが、機長はその一言をきっと人生のどこかで思い出し、「自分に寄り添ってくれた上司」がいたことに勇気づけられるであろう。

私はフィールドワークで８００人超のビジネスパーソンをインタビューしたが、40代以上の人たちの多くが、困難な状況に遭遇したときに思い浮かべる「心の上司」がいると話した。本書に登場するすべての〝上司〟が、きっと誰かの心の上司になっていると確信できる出来事が各所に散りばめられている点も実に興味深い。会社の業績や仕事の成果は個人の力ではコントロールできない外部環境に大きく翻弄されることも多く、いつの時点で、どの期間を切り取って見るかで「人の評価」は大きく変わる。特に「経営者は結果がすべて」ではあるけど、結果を出すことだけが名経営者として名を成すのか、というとそれは違う。近くで一緒に過ごした社員たちは、「どんな人間なのか?」を実によく見ているものだ。社員にとっての経営者の評価は、その人が「どんな人間であるか」で決まる。属性や役職をとっぱらった「一人の人間」として自分と向き合ってくれたか、どうかが、すべてだ。

結局、尾形氏は天草エアラインが金策に追われる状況から、少なくとも5年間は脱せる道筋をつけ経営のバトンを奥島氏に渡した。徹底的に現場に寄り添い続けた奥島氏は5年後に、98%という史上最高の就航率を達成し、日本中に『みぞか号』を知らしめた。1998年5月にテレビ朝日の報道番組の中で久米宏氏に、「陽炎空港です!」と揶揄され(上巻137頁)、肥後もっこすの意地に火が点いた村上賢昭氏をはじめとする七人のサムライのいったい誰が、「空港を天草に!」と意気込んだ政治家や市民のいったい誰が、「最も予約が取れない日本一小さな航空会社」になるという未来を予想しただろうか。しかしそれは、本書に登場するすべての「名もなき英雄」たちが、それぞれのミッションに、とことん向き合ったからこそ「今」がある。企業が存続し続けるには、明確な将来へのビジョンが必要だと誰もが思う。だが、過去と今があって初めて輝かしい「将来」につながるのだ。

ミッションは一般的には、使命、あるいは任務、と訳されることが多いが私はミッションを、「自分は何者で、なぜ、そこにいるのか？　といった自己のアイデンティティであり、危機を乗り越えるための正義」と解釈している。そのミッションを具現化するのが大切にすべき「道具」だ。どんな仕事にも有形無形の大切な道具があり、天草エアラインのそれは、たった一機の『みぞか号』だった。自分が大切にしている「道具」を決して忘れることなく、目の前の仕事に腹の底から真面目に向き合い続けることで、「ミッション」は内臓や血流のうねりのごとく、体内の深部まで根を下ろしていく。想定外の危機に遭遇しても、骨の髄までミッションがしみ込んでいれば、「自分のなすべきことは何か？　自分にできることはどういうことか？」と自らの正義に従い、危機に対峙できる。たとえそれが万事を解決せずとも、必ずや後進につながる道筋ができるであろう。一方、本来のミッションが忘れられてしまうと効率性だけが重視され、本来やるべきことがないがしろにされ、そのしわ寄せは「現場」にいく。ミッションなくして、お客さんを満足させることなどできないし、自分自身の職務満足感も満たされない。いい仕事をするためにも、いい人生にするためにも、ミッションは必要なのだ。

雪が降りしきる滑走路に着陸し、凍るような寒さの中で震えているようだった初代『みぞか号』は（下巻376頁）、海の向こうの島のエアラインの大切な道具として、「10世紀のバイキングの女王、ギュヌンヒルド・コングモール」と共に、ノルウェーの空を飛び続けた。

ミッションの大切さを描いた本書が、天草エアラインの創業者たちの熱い想いを、先輩から後輩へ語り継ぐための「物語」になっていくことを願っている。

最後に、一介の研究者である私に「解説」という大役をご指名くださった黒木さんにこの場を借りて心から御礼申し上げる。と同時に、父は天草出身、私は元CA、「陽炎空港」と揶揄した番組は私のデビュー番組である。人生の交差点ですれ違っていたという事実に不思議なご縁を感じている。

（かわいかおる・健康社会学者）

装画　古屋智子
装丁／地図デザイン　岡　孝治
地図作成　千秋社

著者略歴

黒木亮（くろき・りょう）

一九五七年、北海道生まれ。早稲田大学法学部卒、カイロ・アメリカン大学大学院修士（中東研究科）。都市銀行、証券会社、総合商社を経て二〇〇〇年、大型シンジケートローンを巡る攻防を描いた『トップ・レフト』でデビュー。著書に『巨大投資銀行』『エネルギー』『鉄のあけぼの』『法服の王国』『冬の喝采』『排出権商人』『カラ売り屋vs仮想通貨』など。英国在住。

毎日文庫

島《しま》のエアライン　下

印刷　2021年10月20日
発行　2021年11月 5 日

著者　黒木《くろき》亮《りょう》
発行人　小島明日奈
発行所　毎日新聞出版
東京都千代田区九段南1-6-17 千代田会館5階
〒102-0074
営業本部：03(6265)6941
図書第一編集部：03(6265)6745
ブックデザイン　鈴木成一デザイン室
印刷・製本　光邦

ISBN978-4-620-21039-1